31 倪匡珍藏限量紀念版

衛斯理傳奇之

犀照

（含：犀照・再來一次）

倪匡 著

無窮的宇宙，
無盡的時空，
無限的可能，
與無常的人生之間的永恆矛盾，
從倪匡這顆腦袋中編織出來。

——金庸

目錄

犀照

目錄

再來一次

犀照

犀照

犀照

序言

可愛的、令衛斯理有時見到他也不免頭痛的少年溫寶裕，在這個故事中首次出現。「犀照」這個故事，也可以說是「溫寶裕出世記」，像「封神榜」中哪吒出世一樣，從此有了這個性好胡思亂想、常有匪夷所思想法、又膽大妄為、行動完全出格的少年人，在衛斯理故事中翻江倒海，大展拳腳。以後的許多故事，都和他有關，而且環繞著他，又發展出不少別的人物來，都性格鮮明，很可以有點故事在他們身上發展。

這個故事中的胡懷玉博士，是不是真的患了病，還是遭到了不知名生物的侵入？近幾年來，令得人人談虎色變的、破壞人類先天免疫能力的那種病毒，有報導說是從實驗室中不小心「逃」出來的——如果這項報導屬實，那麼胡懷玉的憂慮，就大有道理。

實用科學能解釋的東西太少，所以在許多情形下，需要幻想，在幻想的基礎上，科學能進一步發展；若囿於現在實用科學所能知的，連幻想一下都沒有可能了。

幻想是主，科學是副！

倪匡

第一部：從南極寄來的一塊冰

那天，在一個宴會上，一位美麗的女士忽然對我說：「你們寫故事的人真好，好像可以認識各種各樣的古怪人物，甚麼人都可以在你們筆下出現。」

我笑而不答，對一個珠光寶氣、體態因為不肯在食用上稍為犧牲一點而變得肥胖、有進一步的趨勢變為臃腫的女士，很難解釋一個比較複雜的問題。或許她的智慧十分高，但是由於長期以來太過優裕的生活，使她沒有多動腦筋的機會，所以自然會變得不甚靈敏。

我這樣說，絕對沒有輕視這類女士的意思，只不過指出事實。

而事實的另一點是，那位美麗的女士，真是十分美貌，她的美貌，遠在她身上所佩戴的過量的名貴飾物之上，可是她自己卻顯然不知道，因為她正以一切可能的動作，有意無意地在炫耀她手上的一隻極大的翡翠戒指，而忽略了她那帶著三分稚氣的動人的笑容。

我沒有說甚麼，在座的一位男士卻代我反駁：「其實，衛先生筆下的人物，也只不過是普通人。只不過他在一個普通人身上，發掘出古怪的事情來。」

那位美麗的女士不服氣：「普通？他連神仙都認識。還說普通？」

那位男士顯然知道對方所指的「神仙」是甚麼人，所以立即回答：「你是說賈玉珍？當衛先生認識賈玉珍的時候，他並不是神仙，只不過是一個古董商人，如果當時衛先生以低價把那扇屏風賣給了他，那麼以後再有甚麼事發生，自然和衛先生也不發生任何關聯。」

美麗的女士顯然是她說甚麼人家就一定附和她的意見慣了，所以一旦遇到了反駁，神情就相當不自在，她揚了揚手：「是嗎？那就是說，衛先生就算遇上了一個最平凡的人，也可以在他身上發掘出一個奇特的故事？」

我對於這種爭論，不是十分喜歡，一面喝著酒，一面道：「我倒有點像日俄戰爭時的中國。」

那位男士笑了起來，他聽懂我的話，可是那位女士卻睜大了眼，分明不懂，我也懶得解釋，要告訴她日本和俄國打仗，戰場卻是在中國，看來相當吃力，可是那位女士卻還不肯就此干休：「衛先生，我看你就不能在我先生身上，發掘出甚麼奇特的故事來。」

我微笑道：「恐怕不能。」

事實上，我根本不知道這位美麗華貴的女士的先生幹甚麼，連她是甚麼人，我也不知道，我順口這樣說，是根本不想把這個話題持續下去。

而那位女士卻連這樣的暗示都不明白，神情像是一個勝利者：「看，是不是？」那位男士有意惡作劇。要令這位女士繼續出醜，他問：「你先生是……」

美麗的女士的口部，立刻成了一個誇張的圓圈。彷彿人家不知道她丈夫是誰，是一種極度的無知。

席中另有一個看來相當溫文的長者，在這時道：「溫太太是溫家的三少奶奶。」

我和那位男士，不禁一起笑了起來，「溫家三少奶奶」又是甚麼玩意兒？這似乎是一些人的通病，自己以為有了點錢，全世界就該知道他們是甚麼人。當然，真到了奧納西斯、侯活曉士或洛克斐勒，自然有權這樣，可是一些小商人，真是，請原諒他們。但是笑還是忍不住。

我和那男士一面笑，一面互相舉了舉杯表示我們都明白各自笑的是甚麼。

那位老者又道：「溫家開的，是溫餘慶堂。」

我眨了眨眼睛：「聽起來，像是一間中藥店。」

那男士也學我眨了眨眼睛：「多半還發售甚麼諸葛行軍散之類，百病可治的獨步單方成藥。」

那位男士說著，放肆無禮地哈哈大笑，抱著我：「中藥店的掌櫃，衛先生，我承認，只怕你也不能從蟬蛻、桔梗、防風之中，發掘出甚麼奇特的故事了，算我說得不對吧！」

那位男士在他的言語之中，表現了明顯的輕視，令得闔座失色，那位美麗的女士，更是一陣青一陣白，下不了臺。

我只好替她解圍：「那也不見得，事實上，任何人都可以有奇特遭遇。」

那位男士道：「是嗎?中藥店掌櫃，哈哈，哈哈！」

他一面笑著，一面站了起來，把杯中的酒一口喝乾，向著我說：「很高興認識你，我姓羅，叫羅開。」

這位男士一說出名字來，我震動了一下。這個人的名字，對在座的其他人來說，一點意義也沒有，但是我卻知道他是一個傳奇人物，有著一個古怪的、不是現代人應該有的外號：「亞洲之鷹」。他也有許多極神奇的經歷，我很想認識這個人。

本來，我頗對他的這種肆無忌憚的神情有點不以為然，但既然知道了他是甚麼人，以他這樣的人而言，自然有資格這樣做。

我也站了起來，同他伸出手去，我們握著手，他笑著，他有著十分英俊深刻的臉譜，說的話也更不客氣：「衛先生，我看我們可以另外找一處地方談談，今天我有空。」我即道：「好，很高興能夠認識你。」我來參加這個宴會，只是因為宴會主人是白素一個遠親，左託右請，非要我來不可，本來就索然無味。想不到會在這裏遇上有「亞洲之鷹」之稱的羅開，這真是意想不到的高興。

其餘人，自然不必再打甚麼招呼了，羅開先轉身向外去，我也跨出了一步，可是就在這時，有人拉住了我的衣角。同時。我也聽到了一個少年人在叫我：「衛先生，衛先生。」

我回頭看了一下，看到一個十二三歲的少年，正睜大眼睛望向我。是一個十分俊美的少年，而且，看他臉上的神情，像充滿了無數疑問。

我正在想問他有甚麼事，那位美麗的女士已經用聽來美麗的聲音叱道：「阿寶，放開手，人家衛先生說不定趕著去見外星人，你拉住他幹嗎？」

我皺了皺眉，向那位美麗的女士看去，她權威地盯著那少年。

那少年神情十分為難：「媽，我……」

那位美麗的三少奶奶又喝道：「放手！」

那少年放了手，我在他的肩頭上拍了一下：「別難過，小朋友。我見過很多想把他們自己的無知加在下一代身上的人，不過，可以告訴你，他們不會成功的。」

當時，我急於和羅開這個傳奇性人物去暢談，而且也不知道這個溫家的少年有什麼事，所以只想脫身，而且我的話，也已令那位三少奶奶的神情難看之至，連她的美麗也為之遜色。

我說著，又想離開，那少年卻哀求道：「衛先生，我想……我想……」

我笑了起來：「我現在有事，小朋友，我答應，你有事可以來找我，好不好？」

他神情有點無可奈何，咬著下唇，我不再理會他，轉過身去，卻已不見羅開，我忙走出了那家飯店，也沒有看見到他。

在飯店門口等了片刻，他仍然沒有出現，這個人真是神龍見首不見尾！

我站在玻璃門外，心中自然不很高興。因為像羅開這種傳奇人物，行蹤飄忽，不是有那麼多偶遇的機會。錯過了這次機會，不知道何年何月，才能再見。

我決不定是不是再回去找他。遲疑著半轉過身去，卻看到剛才拉住了我的那個少年，正飛快地向外奔來，幾乎是一下子就衝到了門前。

由於他向前衝來的速度極快，玻璃門自動開關，開門的速度配合不上，眼看他要重重地撞在門上，門旁的司閽發出驚叫聲，嚇得呆了，不懂得如何去阻止這個少年。

我在玻璃門外，全然無能為力，門旁雖然還有幾個人，也都只是在怔呆。我知道用這樣大的衝力，撞向一扇玻璃門，可能造成相當嚴重的傷害，可是也只好眼睜睜地看著。

就在這時，一個人以極快的身法，也不知道他從甚麼地方閃出來，一下子就擠進了那少年和玻璃門之間不到半公尺的空間。

少年重重撞在那人的身上，那人受了一撞，身子連動都沒有動，雙手已按住了那少年的雙肩。

雖然這時，那人還只是背對著我，但是我已經可以認出這人正是羅開。這時，他身後的玻璃門打開，那少年人不知向他說了一句甚麼，就匆匆走出門，逕自向我走來。

羅開也轉過身，我向他揚了揚手，他卻向我急速地做了手勢，我一看就認出他是在用聾啞人所作的手勢在對我說話，他在告訴我，忽然之間，有了重要的事，我們只好下次再長談了。

他打完了手勢，轉身就向前大踏步走了開去，一下子就轉過了彎角，看不見了。

那時，那少年也已來到了我的身邊，仰起了頭，望定了我。

我語音之中，帶著責備：「剛才不是那位先生，你已經撞在玻璃上了。」

那少年喘著氣：「我……怕你已經走了，心裏急……所以……所以……」

我揮著手：「不必解釋了，你有話要對我說？」

少年用力點頭。我向前走出了幾步，在飯店門口的一個噴水池邊，坐了下來。

少年來到我的身前，搓著手，我向他望去，他突然沒頭沒腦地問：「這池水中，是不是有許多我們看不見又不瞭解的東西？」

我怔了一怔，一時之間，還真不知道他這樣問是甚麼意思。

他又道：「我是說，世上是不是每一個角落、每一個空間，都充滿了我們看不到又不知道的東西。」

人的思想，據說，隨著年齡的增長而逐步變得成熟，但是我卻一直認為，人的思想在「不成熟」的時候，更多古怪的想法。這種古怪的想法，甚至出現在兒童的言行之中，很多成年人不會贊同或喜歡，責之為不切實際，但這種古怪的想法，在很多時候，卻是促進人類思想行為進步的原動力。

眼前這個少年，顯然有他自己的想法，不是一個普通的、沒有頭腦的少年，他問的問題，已經重複了兩次，我還是不甚明白他究竟想問甚麼。可是看他問得這樣認真，我也絕不想敷衍了事。

（在這時侯，我十分自然地想起了一個人來，這個人是李一心。當他還是少年的時候，他的言行看來是不可理解的、怪誕的，甚至他自己也不能理解。但是等到後來事情真相大明時，才知道他自有重大的使命，這事給我的印象十分深刻。）

（有關李一心的事，記載在「洞天」這個故事之中。）

這使我對眼前這個少年，也不敢怠慢：「你究竟想問甚麼？我不是很明白。」

那少年向我望來，神情像是不相信，口唇掀動了兩下，才道：「衛先生，你不是什麼全都知道的嗎？」

我攤了攤手：「我從來也未曾宣稱過甚麼都知道，世上也決不可能有人什麼都知道。如果你想知道些什麼，那至少要在問人的時候，把問題說清楚。」

那少年出現十分失望的神情來：「我認為已經說得夠清楚了。」

我心中不禁有點冒火，正想再說他幾句，他的母親——那位美麗的溫家三少奶奶，已經出現在飯店的門口，大聲叫：「阿寶。」

雖然她體型略胖，符合女高音歌手的身型，可是附近的人，顯然都想不到，她會發出如此宏亮可怕的一下叫聲，以致二十公尺的範圍之內，人人停步，用錯愕的神情向她望著。而她卻泰然自若，又發出了第二下更有過之的叫聲。

那少年皺了皺眉，匆匆道：「我實在已問得夠清楚了，我是說……」

我打斷了他的話頭：「你快去吧，不然，你母親再叫幾下，這座三十多層的建築物，可能被她的叫聲震坍。」

那少年苦笑了一下，轉過身，向他的母親走了過去。一輛由司機駕駛的大房車駛了過來，他們兩母子上了車，車子駛了開去。我看到那少年在車中向我揮著手，可是他的母親卻用力將他揮著的手，拉了下來。

我倒很有點感觸，那個叫「阿寶」的少年，有他自己的想法，可是他的母親！他雖然生長在一個十分富裕的家庭之中，可是不一定快樂，至少，就沒有甚麼人可以和他討論他心中古怪的想法。

我慢慢站了起來，望著噴水池，又把那少年剛才的問題想了一遍，仍然不明白他想瞭解甚麼。他問的是：是不是每一個空間中，都充滿了我們看不到又不瞭解的東西？

這種說法，相當模糊，甚麼叫「看不到又不瞭解的東西」？幾乎可以指任何東西：譬如說，空氣中的細菌，看不見，也不見得對之有多少瞭解。細菌或者還可以通過顯微鏡來看，有形體，但是在空間之中，還有更多沒有形體的東西，如電波、無線電波，等等。或者沒有形體的，就不能稱之為「東西」；那麼，他究竟是指甚麼而言？

我在回家途中，還是一直在想。他迫切想在我這裏得到一個疑問的答案，而我未能滿足他，這多少使我感到歉然。

回到了家中，我和白素談起了這少年，白素想了片刻：「少年人有很多奇妙的想法，而又沒有一個系統的概念，所以無法化為語言或文字，使別人理解他們究竟在想甚麼。」

她停了一停：「我們也都曾經過少年時期，你在少年時，在想甚麼？」

我吸了一口氣：「在我們那個時代，少年人的想法比較單純，我只想自己會飛，會隱身法，做一個鋤強扶弱的俠客，你呢？」

白素用手托著頭，緩緩地道：「我只想知道，宇宙之外，還有甚麼。」

我伸了伸舌頭：「真偉大，這個問題，只怕十萬年之後，也不會有答案。」

白素低嘆了一聲：「人生活在地球上，地球是宇宙中微不足道的一粒塵。可是人的思想，卻早已在探索宇宙究竟有多大、宇宙之外是甚麼？誰說人的思想受環境的約束限制？」

我也大為感嘆：「當然，人的思想無限，就像宇宙無限一樣。」

和白素說了一會，仍然不知道那少年想弄明白甚麼。自然，我有各種各樣的事情要做，對於一個少年人詞意不清的問題，不可能長久擱在心上。沒有幾天，我就忘記了這件事。

大約是在七八天之後，那天晚上，我遇到了一件難以形容的事，為了那件事，花了我將近一下午的時間。到我回家時，車子駛到住所門口，就看到了一輛大房車停在門口，我知道有客人來了。

這時，我正為了那件事，作了許多設想，由於事件的本身有點匪夷所思，弄得頭昏腦脹，不想見客人。所以我考慮了一下，是不是停了車之後，從後門進去，就可以避不見人。

可是就在這時，門打開，白素聽到了車聲，知道我回來了，她在門口，同我作了一個手勢，示意我進去。我下了車，走向門口，心情十分不耐煩：「甚麼人？我不想見人。」

白素笑了一下：「一對夫妻，只怕你非見不可，他們指控你教唆他們的兒子偷盜。」

我呆了一呆，我甚麼時候教唆過別人的兒子偷盜？一面想，一面走了進去，一眼就看見到了那個美麗的女士，不見十多天吧，她的體重，好像又大有增進。要命的是她還不知道，穿了一件太窄的鮮綠的衣服。看起來十分怪異。

除了她之外，還有一個中年人，看起來很老實木納，雙手緊緊握著，愁眉不展。

看到了那美麗的女士，我就想起那個少年，難道是那少年去偷了人家的甚麼東西？如果我不是有事在身，倒可以幫他們勸那少年一下。可是如今，我被一件怪事，正纏得頭大如斗，沒有興趣來充當義務的少年感化隊員。

我向他們看了一眼，就逕自走向樓梯，那男人站了起來：「衛先生，我是溫大富，溫寶裕的父親。」

我心中咕噥了一句「關我甚麼事」，腳已跨上了樓梯，頭也不回：「我們好像並不認識。對不起，我有事，沒有空陪你。」

一面說著，一面已經走上了樓梯，溫先生沒有說甚麼，可是溫太太卻叫了起來：「阿寶說，是你教他偷東西的，衛先生，你可太過分了。」

這位女士雖然美麗，可是她的話，卻真叫人無名火起，我仍然向上走著，一直等上了樓梯，我才轉過身來，直指著門口，喝道：「出去。」我沒有在「出去」之上，加上一個「滾」字，那已經再客氣也沒有了。

那位女士霍地站了起來，仍然維持著那樣的尖聲：「我們可以報警。」

我真是忍無可忍：「那就請快去。」我當然絕不會再多費唇舌，立刻走進了書房，把門關上。在這裏，應該先敘述一下那件無以名之的事。因為這件事，總比一個出身富裕之家的少年偷東西，而少年的父母在慌亂之餘，胡亂怪人這種事要有趣得多了。

而且，我確信白素可以對付那一雙夫妻，要是他們再不識趣的話，白素可以把他們在半秒鐘之內摔到街上去。

事情發生在中午，我正在書房裏，查閱一些有關西伯利亞油田的資料。那是蘇聯的一個大油田，石油產量占全蘇產量一半以上，我為甚麼忽然會查起這個油田的資料來，那又是另外一回事情。

在那時侯，放在抽屜中的一個電話，響了起來。我有一具電話，放在抽屜中，這具電話的號碼，只有幾個極親近的朋友才知道，所以只有他們才會打電話給我。

我拉開抽屜，取起電話來，卻聽到一個陌生男人的聲音：「請問衛斯理先生在不在？」

我皺著眉頭，應了一聲：「你是……」一面問，一面心中已極不高興，不知道何以這個電話號碼會到了一個陌生人的手裏。

那邊那聲音忙道：「我姓胡，是張堅張先生叫我打電話給你的。」

我立時「哦」地一聲，張堅，那個長年生活在南極的科學家，是我的好朋友，他最難聯絡，就算幾經曲折，電話接通了他在南極的研究基地，也十次八次都找不到他。

張堅通常會往遠離基地的冰天雪地之中，或者在一個小潛艇中。而這個小潛艇，又在南極幾十尺厚的冰層之下航行，甚至於沒有人知道他是不是還會活著再出現，因為他的行動，每一秒鐘，都可以有喪生的危險。

上一次，他的弟弟張強，在日本喪生，我們都無法通知他，一直到他和我聯絡，才把這個不幸的消息告訴了他。可是他仍然不肯離開南極。

要是他高興，他會不定期地聯絡一下，可是我也行蹤不定，他要找我也不容易，所以長年音訊不通，而他託人打電話給我，這種事，倒還是第一次。

所以，我一聽得對方那麼說，就知道一定有不尋常的事發生。

我忙道：「啊，張堅，他有甚麼事？」

對方遲疑了一下，才道：「衛先生，我看你要到我這裏來一次，電話裏，實在講不明白。」

我說道：「講一個梗概總可以吧。」

對方又遲疑了一下。我不很喜歡講話遲遲疑疑的人，所以有點不耐煩的「哼」一聲，對方才道：「張堅交了一點東西給我，這東西起了變化，張堅在寄東西給我的時候曾說過，如果他寄給我的東西，發生了變化，那就一定要通知你。」

我又哼了一下：「他寄給你的是甚麼東西？發生了甚麼變化？」

對方嘆了一聲：「衛先生，我不知道。一定要你來看一看才行。」

我心想，和這種講話吞吞吐吐的人在電話裡再說下去，也是白費時間，看在張堅的分上，不如去走一次，我就向他問了地址。

這個人，自己講話不是很痛快，可倒是挺會催人：「衛先生，請你越快越好。」

我放下電話，把一根長長的紙鎮，壓在凌亂的資料上，以便繼續查看時不會弄亂，就離開了住所。當我離開的時候，白素不在，我也沒有留下字條，因為我在想，去一去就可以回來，不是很要緊的。

那人給我的地址，是在郊外的一處海邊，他特地說：「那是我主持的一個研究所，專門研究海洋生物的繁殖過程。我是一個水產學家。」我一面駕車依址前往，一面想不通南極探險家和水產學家之間，會有甚麼關係。

那人的研究所所在地相當荒僻，從市區前去，堪稱路途遙遠。

車子沿著海邊的路向前疾駛，快到目的地，我才吃了一驚：這個研究所的規模極大，遠在我的想像之外。

幾乎在五公里之外，海邊上已到處可以見到豎立著的牌子，寫著警告的字句：「此處是海洋生物研究所研究地點，請勿作任何破壞行為。」

就在我居住的城市，有這樣一個大規模的海洋生物研究所，這一點，頗出乎我的意料。我向海岸看去，可以看到很多設施，有的是把海岸的海床，用堤圍起來，形成一個個長方形的池，飼養貝類海洋生物。有的建築了一條相當長的堤，直通向大海，在長堤的盡頭，有著屋子，那當然是為觀察生活在較深海域之中的海洋生物而設。

也有的，在離岸相當遠的海面上，浮著一串一串的筏，更有的海床被堤圍著，顯然海水全被抽去，只剩下海底的岸石，暴露在空氣之中。

車子駛進了兩扇大鐵門，看到了這個研究所的建築物，我更加驚訝。建築物本身，不能算是宏偉，可是占地的面積卻極廣。外面的停車場上，也停著不少輛車子，可見在這個研究所工作的人還真不少。

我在傳達室前略停了一停，一個職員立時放我駛進去，一直到了大門口，一個年紀約三十多歲、穿著白色的實驗袍的人，便向我迎上來，一見我就道：「我就是胡懷玉，張堅的朋友。」

我下了車，和他握著手，發現他的手冷得可以，我開了一句玩笑：「張堅長年在南極，他的朋友也得了感染？你的手怎麼那麼冷？」

胡懷玉有點不好意思地搓著手，神情焦急：「請跟我來。」我跟著他走進了建築物，由衷地道：「我真是孤陋寡聞，有這樣規模宏大的研究所在，我竟然一點也不知道。」

胡懷玉看來不是很善於應對，有點靦腆：「我們的工作……很冷僻，所以不為人注意，而且，成立不久，雖然人才設備都極好，但沒有甚麼成績，當然也沒有甚麼人知道。」

我隨口問：「研究所的主持人是……」

胡懷玉笑了笑，他有一張看來蒼白了些的孩子面，笑起來，使他看來更年輕。他一面笑著，一面說道：「是我。」

那很出乎我的意料之外。在那時，我一定現出了驚訝的神色來，所以他道：「我當然不很夠資格，所以，一些有成就的水產學家，不肯到這裡來作研究工作。但我們這裡的一切設備，絕對世界第一流。有同類設備的研究所，全世界只有三家，全是由國家或大學支持的。」

他這一番話，更令我吃驚：「你的意思是，這個……研究所是私人機構？」

胡懷玉居然點了點頭：「是，所有的經費，都來自先父的遺產，先父……」

他講到這裡，神情有點忸怩，支吾了一下，沒有再講下去。

我看出有點難言之隱，心中把胡姓大富翁的名字，約略想了一下。要憑私人的力量，來支持這樣規模的一個研究所，財力之豐富，一定要超級豪富才成。我沒有再問下去，也沒有再想下去，因為那不是我興趣範圍內的事情。

我轉入正題：「張堅寄給你的是甚麼？」

他皺起了眉：「很難說，他寄來的是一塊冰。」

我立時瞪大了眼，張堅這個人，很有點莫名其妙的行動。但是，從南極寄一塊冰來給朋友，這種行動，已不是莫名其妙，簡直是白癡行徑了。

而且，一塊冰，怎麼寄到遙遠的萬里之外呢？難道冰不會在寄運途中融化嗎？

當時我的神情，一定怪異莫名，所以胡懷玉急忙道：「那些冰塊，其實不是通過郵寄寄來的，而是一家專門替人運送貴重物品的公司，專人送到的，請你看，這就是裝置那些冰塊的箱子。」

這時，他已經推開了一扇房間的門，指著一隻相當大的箱子，那箱子足有一公尺立方，箱蓋打開著，箱蓋十分厚，足有二十公分，而箱子中，有著一層一層的間隔，看起來像是保險層，箱子的中心部分十分小，足有二十公分見方左右。

胡懷玉繼續解釋：「張堅指定，這隻箱子，在離開了南極範圍之後，一定要在攝氏零下五十度的冷凍庫內運送，運輸公司也做到了這一點，所以，一直到箱子運到，我在實驗室中開啟，箱子中的冰塊，可以說和他放進去的時候，一模一樣。」

我「嗯」了一聲，耐著性子聽他解釋。

胡懷玉來到一張桌子前，打開了抽屜，取出了一封信來：「那些冰塊一共是三塊，每一塊，只是我們日常用的半方糖那樣大小，十分晶瑩透徹，像是水晶。關於那些冰塊，張堅有詳細的說明寫在信中，我看，你讀他的信，比我覆述好得多。」

他說著，就把信交到了我的手中，我一看那潦草得幾乎難以辨認的字跡，就認出那是張堅寫的。信是用英文寫的，任何人的字跡再潦草，也不會像他那樣，其中有一行，甚至從頭到尾，都幾乎是直線，只是在每一個字的開始，略有彎曲而已。

我不禁苦笑，這時，我已開始對胡懷玉所說的三塊小冰塊，起了極大的興趣。試想想，從幾萬公里之外的南極，花了那麼大的人力物力，把三塊如同半方糖一樣大小的冰塊運到這裡來，為甚麼呢？

除非張堅是瘋子，不然，就必須探究他為甚麼要那樣做的原因。所以，我實在想立即拜讀張堅的那封信，可是在兩分鐘之後，我卻放棄了，同時，抬起頭來，以充滿了疑惑的語氣問：「這封信，你……看得明白？」

胡懷玉道：「是，他的字跡，潦草了一點。」

我叫了起來：「甚麼僚草了一點，那簡直不是文字，連速寫符號都不如。」

胡懷玉為張堅辯護：「是這樣，信中有著大量的專門名詞，看熟了的人，一下子就可以知道是甚麼。不必工整寫出來。」

我無可奈何：「那麼，請你讀一讀那封信。」

胡懷玉湊了過來：「張堅不喜歡講客套話，所以信上並沒有甚麼廢話，一開始就說：送來三冰塊，我曾嚴厲吩咐過運送的有關方面，一定要在低溫之下運送，雖然箱子本身也可以保持低溫超過三十小時，希望他們做得到，我曾在三塊小冰上面，刻了極淺的紋，是我的簽名，如果溫度超過攝氏零下五十度，這些淺紋就會消失或模糊，如果是這樣，立時把三塊小冰塊放進火爐之中，因為我無法知道這些冰塊之中，孕育著甚麼樣的生命。」

胡懷玉一面讀著信，一面指著信上一行一行難以辨認的草字。經他一唸出來，我可以辨認得出來，張堅的信上，的確是這樣寫著的，尤其是那一段孕育著甚麼樣的生命。」

我皺了皺眉：「張堅當科學家不久，忘了怎樣使用文字了。甚麼叫孕育生命？冰塊又不會懷孕，怎麼會孕育生命？」

胡懷玉立時瞪了我一眼，不以為然，使我知道我一定說錯了甚麼。他說道：「冰塊中自然可以孕育生命，在一小塊冰中，可以有上億上萬的各種不同的生命。」

我自然立時明白了胡懷玉的意思，「生命」這個詞，含義極廣，人是萬物之靈，自然是生命，海洋之中，重達二十噸的龐然大物藍鯨是生命，細小的蜉蝣生物也是生命，在高倍數的電子顯微鏡之下，一滴水之中，可以有億萬個生命，這是科學家的說法，我一時未曾想到這一點，自然是我的不對，所以我一面點頭表示同意，一面作了一個手勢，請他繼續說下去。

胡懷玉繼續讀著信：「你必須在低溫實驗室中，開啟裝載冰塊的箱子。並確實檢查小冰塊上，我的簽字。」他讀到這裡，補充了一句：「我完全照他的話去做，那三塊小冰塊在運送過程中，未曾有高於他指定的溫度，所以冰塊上淺紋，十分清晰。」我點了點頭，只盼他快點唸下去，好弄明白張堅萬里運送小冰塊的目的是甚麼。

胡懷玉吸了一口氣，指著信紙：「這些小冰塊，是我在南極厚冰層中採到的標本，我最近的研究課題，轉爲研究生命在地球上的起源，我有一個大膽的假設，就是生命的原始形式，起源於兩極的低溫。引致我有這樣的設想，是因爲現在已經有許多例子証明，低溫狀態之下，生命幾乎可以得到無限制的延長……」

我揮了一下手，打斷了胡懷玉的唸讀：「這句話我不懂，你可否略作解釋？」

胡懷玉點頭：「一些科學家，已經可以把初形成的胚胎，在低溫之下保存超過十年之久，在低溫保存之下，原始的胚胎，發育過程停止，在若干時日之後，再加以逐步的解凍，把溫度逐步地提高，到了胚胎恢復活動的適當溫度，發育就會繼續。」

我「嗯」了一聲：「是，我看過這樣的記載，把受精之後的白鼠胚胎取出來冷藏，那時的胚胎，還只有四個或八個細胞，經過多年冷藏之後，再提高溫度，胚胎就在繼續變化，終於成爲一頭小白鼠。」

胡懷玉點頭：「就是這樣，這不但是理論，而且已經是實踐。」

在那一霎間，我突然想到張堅信中的「冰塊孕育生命」這句話，心中不禁有了一股寒意，意識到事情的不尋常，可能遠在我的想像之上。

一時之間，我沒有說甚麼，胡懷玉等了片刻，繼續唸張堅的信：「所以，我假設在兩極的低溫之中，可能有自然條件下，保存下來的生命最早形式，我不斷採集一切有可能的標本，用我自己設計的探測儀，對採集來的冰塊作探測，那些標本，全都採自極低溫區，攝氏零下五十度或更甚，在這三塊小冰塊中，我探測到，有微弱的生命信息……」

胡懷玉向我望來，看到了我臉有疑惑之色，他不等我發問，就解釋道：「生命有生命的……」

他講了這一句話之後，立即意識到自己這樣的解釋，詞意太模糊，說了等於沒說，所以他不好意思地笑了一下：「我的意思是，生命是活動的，即使它的活動再微弱，精密的探測，還是可以感覺到它的存在，一個單細胞的分裂過程，它的活動，真是微乎其微，可是一樣可以被測得到。」

他這樣解釋，我自然再明白也沒有。胡懷玉手指在信紙上移動：「這發現使我極度興奮，可是我這裡全然沒有培育設備，無法知道冰中孕育的生命，在進一步發展之後是甚麼。可能是蜉蝣生物，可能是水螅，可能是任何生物，也有可能是早已絕了種的史前生物。所以我要把冰塊送到你的研究所來，你那裡有完善的設備，可供冰塊中生命的原始形態繼續發展下去。

「由於我們對生命所知實在太少，所以我提議一有意外，立即停止，如果意外已到了不可控制的階段，那麼儘快和我的一個朋友聯絡，他的名字是衛斯理，電話是……」

胡懷玉唸到這裡，我已經大吃一驚。張堅的信上說「如果意外已到了不可控制的階段」，就要胡懷玉和我聯絡。如今胡懷玉找到了我，當然是有了意外，而且已經到了不可控制的階段了，這令人吃驚，難道胡懷玉已經從那三塊小冰塊中，培育了甚麼怪物來了嗎？

這倒真有點像早期神怪片中的情節了：科學家的實驗室中，培育出了怪物。怪物不可遏制地生長，變得碩大無朋，搗毀了實驗室，衝進大城市，爲禍人間。

我本來真的十分吃驚，可是一聯想到了這樣的場面，不禁笑了起來，如果真是這樣的話，那真是滑稽詼諧之至。衛斯理大戰史前怪物！真是去他媽的！

所以，我立時恢復了鎮定：「那麼，現在，出現了甚麼不能控制的意外？」

胡懷玉皺了皺眉，像是一時之間十分難以解釋，我耐心等了他一會，他才道：

「還是一步一步說，比較容易明白。」

第二部：效法古人燃燒犀角

看他的神情，雖然遭到了困擾，但看起來並不嚴重，大約不會有「史前怪物」出現的危險，那就由著他一步一步來說好了。

他又停了片刻，才道：「攝氏零下五十度，其實不足以令得胚胎停止生長，張堅用了這個溫度，是他採集了冰塊之後，只能用這個溫度來維持，這也是他爲甚麼可以通過探測儀，測到冰塊中有生命的原因。若是生命在完全靜止的狀態之中，當然也可以測知，但是卻複雜得多。」

我來回踱了幾步：「我明白你的意思，冰塊中的生命，在被採集了之後，已經在開始繼續生長，並不像它在未被採集之前，完全靜止。」

胡懷玉忙道：「是。不過在那樣的溫度之下，生長的過程十分緩慢。」

我真有點心癢難熬，忍不住問道：「那麼，經過你在實驗室的培育，生出了甚麼東西來了？史前怪物，還是九頭恐龍？」

胡懷玉皺了皺眉，並沒有直接回答我的問題，只是道：「請你到實驗室中去，在那裡，解釋起來，比較容易。」

我只好跟著他走了出去，一路上，有不少研究所中的工作人員和他打招呼，但是胡懷玉卻看來心神不屬，愁眉苦臉，轉了一個彎，來到了一扇門口，門口掛著一塊牌子：「非經許可，嚴禁入內。」胡懷玉取出了鑰匙，打開了門，和我一起走了進去。

門內是一間實驗室，看來和普通的實驗室，並沒有甚麼不同，全是各種各樣的儀器。所不同的是，有一個相當大的玻璃櫃子，那玻璃櫃上，有一個架子，乍一看去，架子上空空如也，甚麼都沒有，但仔細湊近去看，就可以看到，在那架子上，有三塊小冰塊，真是只有半方糖那樣大小。而在玻璃的儀表上，可以看到櫃內的溫度，是攝氏零下二十九度。

我指著櫃子：「就是這三塊小冰塊？」

胡懷玉點了點頭。

我用盡目力看去，冰塊看起來晶瑩透徹，就像是水晶。在冰塊內，甚麼也沒有。

我看了一會：「裡面甚麼也沒有。」

胡懷玉忙道：「自然，細胞，肉眼是看不見的。」他說著，推過一具儀器來，按動了一些掣鈕，在櫃子裡，也有一組類似鏡頭也似的儀器，伸縮轉動著，他則湊在櫃外的儀器的一端，觀察著，然後，同我作了一個手勢，示意我留意儀器上的一個螢光屏：「放大了三萬倍。」

我向螢光屏望去，看到了一組如同堆在一起的肥皂泡一樣的東西。

胡懷玉道：「看到沒有，細胞的數字已經增長到了三十二個了，溫度每提高一度，在二十四小時之內，就會成長增加一倍，細胞的分裂成長速度還是相當慢，可是幾何級數的增長，速度十分驚人。」

我指著螢光幕：「現在，可以知道那是甚麼生物？」

胡懷玉道：「當然還不能，幾乎所有生物，包括人在內，在那樣的初步階段，都是同樣的一組細胞，等到成形，還要經過相當的時日。把溫度提高的速度增加，可能會快速一些，但我又怕會造成破壞。」

我不由自主，眨了眨眼睛，整件事，真有它的奇詭之處在。

試想想，來自南極，極低溫下的冰塊之中，有著不知是甚麼生物的胚胎的最早形式，本來，完全靜止，溫度緩慢提高，它又開始了生命成長的活動，終於會使活動到達終點，出現一個外形，是一種生物。而這種生物完成它的發育過程，究竟是甚麼樣子的東西，全然無法在此時預測。自然，像胡懷玉這樣的專家，不必等到它發育完全成熟，就可以辨認出那是甚麼東西來，但至少在目前階段，神秘莫測。胡懷玉又移動了一下儀器，螢光屏閃了一閃，又出現了同樣的一組細胞來。他道：「兩塊冰中的生物，看來一樣。」

我心中想，胡懷玉不知道找我幹甚麼，看起來，並沒有甚麼意外發生，更別說有甚麼「不可控制」的意外。

在這時，胡懷玉的神情，卻變得十分凝重，他苦笑，又操縱著那具儀器，螢光屏閃動著，停了下來，是一片空白。

他道：「看到了沒有？」

我愕然：「看到甚麼？甚麼也沒有。」

胡懷玉的神情更苦澀：「就是不應該甚麼都沒有。」

我不明白他這樣說是甚麼意思，望定了他。他吸了一口氣，走向另一組儀器，按下了不少鈕，那組儀器上也有著一個螢光屏，著亮了之後，可以看到模糊的、三組泡沫似的東西。

胡懷玉道：「這是上次分裂之前，我拍攝下來的。當然，我已經發現第三組，和第一、二組，有著極其細微的差別。」接著，他指出了其中的幾處差別，在我看來，雖然經過了他的指出，但還是無法分辨得出有甚麼分別。

我問：「你的意思是，三塊冰塊之中，有兩塊一樣，而另一塊，將來會出現另外一種生物。」

胡懷玉用力點著頭，神情更苦澀：「可是，那應該是另一種生物……現在卻不在冰塊之中……它……消失了。」當他說到後來，簡直連聲音也有點發顫，看起來事情好像嚴重之極。可是我卻一點也不覺得甚麼，肉眼都看不到的生物初形成，不見了就不見了，有甚麼好大驚小怪？

我道：「或許，在溫度提高的過程中，令得它死亡了？」

胡懷玉嚥了一口口水：「就算是死亡了，死了的細胞也應該在，不應該甚麼都沒有。」

我攤開了雙手：「那你的意思是……」

胡懷玉深深地吸了一口氣：「我認為它……已完成了發育過程。離開了冰塊。」

我更不禁好笑：「離開了冰塊，上哪兒去了？」

胡懷玉態度之認真，和我的不當一回事，恰好成了強烈的對比。他道：「問題就是在這裡，它到哪裡去了，全然不知道。」

我仍然笑著：「那麼就由它去吧。」

胡懷玉嗖地吸了一口氣：「由著它去？要知道，沒有人知道那是甚麼。」

我隨口道：「沒有人知道又有甚麼關係，不管它是甚麼，它小得連肉眼都看不見。」當我講到這裡的時候。我陡然住了口，剎那之間，我知道胡懷玉何以如此緊張，感到事態嚴重。

如果真如胡懷玉所說，它已經完成了發育，離開了冰塊，由於全然不知道那是甚麼，那真值得憂慮。

由於三流幻想電影的影響，很容易把史前怪物想像成龐然大物，一腳踏下，就可以令一座大廈毀滅，不容易想到，就算是小到肉眼看不到的微生物，一樣極其可怕和危險。如果那是一種細菌，一種人類知識範圍之外的細菌，自冰塊中逸出，在空氣中分裂繁殖，而這種細菌對人體有害，那麼，所造成的禍害，足可以和一枚氫彈相比擬，或者更甚。

我的笑容僵在臉上，形容變得十分怪異。胡懷玉望著我：「你也想到，事情可能嚴重到甚麼程度！」

我不由自主，吞下了一口口水，聲音有點發僵：「這件事……這件事……是一個極端，可能一點事也沒有，也可能……比爆發十枚氫彈還要糟糕。」

胡懷玉點著頭：「是的，可能一到了空氣之中，它就死了。」

我突然之間，又感到了十分滑稽：「如果它死了，當然無法找到它的屍體。」

胡懷玉苦笑：「當然不能，怎麼能找到一個細菌的屍體？」他頓了一頓，又道：「如果它在空氣之中，繼續繁殖，由於根本不知道它是甚麼東西，以後的情形，會作甚麼樣的演變，也就全然不可測。」

我道：「甚至全然不可預防。」我說到這裡，實在忍不住那種滑稽的感覺，竟然哈哈大笑了起來，逃走了一隻不知名的細菌，人是萬物之靈，有甚麼方法去把它捉回來？可是在笑了三四下之後，我又笑不出來，因為後果實在可以十分嚴重，誰知道在南極冰層下潛伏了不知多少年的是甚麼怪東西？

這情形，倒有點像中國古代的傳說：一下子把一個瘟神放了出來，造成巨大的災害。

我又笑又不笑，胡懷玉只是望著我，我吸了一口氣：「胡先生，我們一點辦法也沒有……只是我有點不明白，冰塊還在，在冰塊中的生物，如何……可以離開冰塊？」

胡懷玉道：「當然可以的，只要它的形體小到可以在冰塊中來去自如，也就可以逸出去。」

我指著那櫃子：「看來這櫃子高度密封，它離開了冰塊之後，應該還在那櫃子之中。」

胡懷玉道：「我也曾這樣想過，這是最樂觀的想法了。可是櫃子的密封程度，究竟不是絕對的，甚至玻璃本身，也有隙縫，如果它的形體夠小……」

我打斷了他的話頭：「不會吧，已經有幾十個細胞了，不可能小得可以透過玻璃。」

胡懷玉喃喃地道：「我……倒真希望它還在這個櫃子中，那就可以知道它是甚麼，至少，它要是不再繼續繁殖，死在櫃子中，也就不會有不測的災禍了。」

我搖著頭：「就算它不斷繁殖，繁殖到了成千上萬，只要它形體小如細菌，還是不能知道它是甚麼，根本看也看不見。」

胡懷玉盯著那櫃子：「那倒不要緊。只要它的數量夠多，高倍數的電子顯微鏡鏡頭，總可以捕捉到它，怕只怕它已經離開了這櫃子。」

我苦笑：「我想，我們無法採取任何措施，它如果離開了這個櫃子，也有可能早已離開了整個研究所，不知道跑到甚麼地方去了，照我想，情形會壞到我們想像程度的可能，微之又微，不必為之擔憂，還是留意另外兩塊冰塊中，生命的繼續發展的好。」

胡懷玉望定了我，一副「照你看來是不礙事的」神情。我當然不能肯定。危機存在，存在的比率是多少，也全然無法測定，在這樣的情形之下，當然也不必自己嚇自己。所以我還是道：「真的，不必擔憂，要是有甚麼變化，有甚麼發現，再通知我。」

胡懷玉的神情，還是十分遲疑，我伸手拍了拍他的肩頭。看出他仍然憂心忡忡，我道：「張堅也真不好，那些生命，既然凍封在南極的冰層之下，下知道多少年，就讓它繼續冰封下去好了，何必把它弄出來，讓它又去生長？」

胡懷玉搖著頭：「衛先生，你這種說法，態度太不科學。」

我沒有和他爭辯，只是道：「我看不會有事。你的研究所規模這樣大。我既然來了，就趁機參觀一下。」

胡懷玉忙道：「好！好！」然後他又叮了一句：「真的不會有事？」

我笑了起來：「你要我怎麼說才好呢？」

他當然也明白，事情會如何演變，全然不可測，所以也只好苦笑，沒有再問下去。

接著，他就帶著我去參觀研究所，即使是走馬看花，也花了幾乎兩小時，研究所中所進行的工作，有些我是懂得的，有些只知道一點皮毛，更多的全然不懂，但是也看得興趣盎然。例如他們在進行如何使一種肉質美味的海蝦的成長速度加快，方便進行人工飼養，就極使人感到有趣。

看完了研究所，胡懷玉送我到門口，我和他握手：「很高興認識你。」

這倒並不是一句客套話，而是我的確很高興認識他，不單是由於他是一個科學家，而且是由於他以私人的財力，支持了這樣一個規模龐大的研究所。這種規模的研究所，經常的經費開支，必然是天文數字。

胡懷玉道：「一有異象，我立即通知你。」

我連聲答應，駕車回家，一路上，就不斷在思索著，各種各樣的古怪念頭，紛至沓來：三塊冰塊之中，有一塊是生存不知名生物，不知名生物已經離開了冰塊，那有兩個可能，一個是它的發育生長過程已經完成了，以後是它的繁殖過程。另一個可能是，它的發育生長過程還沒有完成，在離開了冰塊之後，繼續成長，如果是高級生物，單獨的一個個體，不能繁殖，那麼，它的形體，是不是可以成長到被肉眼看得到呢？

還有那兩塊冰塊中的生物，在繼續成長著，將來會變成甚麼東西？南極的冰層，亙古以來就存在，這種生物，會不會是地球上最早的生物形態？如果不是從壞的方面去想，一直設想下去，真是樂趣無窮。

我有這麼有趣的經歷，回到家中，卻遇上了溫大富夫婦那樣無趣的人，而且還要莫名其妙地指責我，試想我怎麼會花時間去敷衍他們？

我關上了書房的門，坐了下來，不多久，白素就推門走了進來。

我忙道：「那一雙厭物走了？」

白素笑了一下：「其實你應該聽聽那個少年做了些甚麼事。」

我搖頭：「不想聽，倒是你，一定要聽聽我一下午做了些甚麼。」

我用誇張的手勢和語調：「南極原始冰層下找到了史前生物的最初胚胎，而這個胚胎在實驗室中，又開始成長，可能演變為不知名的生物。」

白素揚了揚眉，我就把胡懷玉那邊的事，同她講述了一遍，笑著道：「胡懷玉真的十分擔心。因為逃走了的那個，沒有人知道是甚麼東西。」

白素側著頭，想了一回：「這是一件無法設想的事。」

我完全同意：「是啊，你想，我哪裡還會有興趣去聽溫寶裕的事。」

白素卻說：「可是，我認為你還是該聽一下。溫寶裕這個少年人做了些甚麼。」

我有點無可奈何：「好，他做了甚麼事。」

白素平靜地道：「他自他父親的店鋪中，偷走了超過三公斤的犀角。」

我聽了之後，也不禁呆了一呆，發出了「啊」地一聲。犀角，是相當名貴的中藥，市場價格十分高，約值三萬美元一公斤，三公斤，那對一個少年人來說，是相當巨大的一筆數字。

我想起溫寶裕的樣子，雖然偷了那麼貴重的東西，不可原諒，但是我總覺得他不是一個普通的少年，而且他的父母，又絕不可愛，所以我又道：「活該，犀角是受保護的動物，只有中藥還在用犀角，因爲犀角而屠殺犀牛。哼，就算犀角真有涼血、清熱、解毒的功用，不見得沒有別的藥物可以替代。」

白素皺眉道：「獵殺犀牛是一回事，偷取犀角，是另一回事，不能纏在一起的。」

我笑了起來：「你不知道。溫寶裕是一個十分可愛的少年。」

白素揚眉：「甚至在偷了三公斤犀角之後？甚至於在說那是由你的教唆？」

我呆了一呆，剛才我倒忘了這一層。溫氏夫婦找上門來，就是爲了指責我教唆偷竊，溫寶裕也真是，怎麼可以這樣胡說八道。

我還是爲他爭了一句：「或許他被捉到了。他父母打他，情急之下，隨便捏造幾句，拿我出來做擋箭牌，也是有的。少年人胡鬧一下，有甚麼關係。」

白素淡然道：「胡鬧成這樣子，太過分了吧。」

我笑了起來：「爭甚麼。又不是我們的責任，猜猜看，在實驗室中那兩個胚胎，會發育成長爲甚麼的生物？有可能是兩隻活的三葉蟲，也有可能是兩頭恐龍。」

白素對我所說的，像是一點興趣也沒有，她只是望定了我：「是你的責任。」

我呆了一呆，指著她，我已經知道她這樣說是甚麼意思了，一時之間，我真是啼笑皆非，可是白素卻一副理所當然的樣子：「你以爲他們怎麼會那麼快離去？」

我苦笑了一下：「是你把他們扔出去的？」

白素微笑一下：「當然不是，我答應他們你會見他們的兒子，和這個少年好好地談一談。」

這是我意料中的事，而且我也知道，白素已經答應了人家，我也無法推搪，但是無論如何，我總得表示一下抗議。

我悶哼了一聲：「人家更要說我神通廣大了，連教育問題少年，都放到了我身上來。」

白素糾正著我：「溫寶裕不是問題少年。」

我揚眉：「他不是偷了東西嗎？」

白素略蹙著眉，望著我：「那是你教唆的。」

我一聽之下，不禁陡然跳了起來，眼睛睜得老大，氣得說不出話來。白素瞪了我一眼：「你一副想打人的樣子，幹甚麼？」

我大聲叫了起來：「把那小鬼叫來，我非打他一頓不可。」

白素一副悠然的神態，學著我剛才的腔調：「少年人胡鬧一下有甚麼關係，何至於要打一頓？」

這一下「以子之矛」果然厲害，我一時之間，說不出話來，只好乾瞪眼。

白素看到我一副無可奈何的樣子，忍住了笑：「他快來了，你準備好了要說的話沒有？」

我「哼」地一聲：「有甚麼話好說的，叫他把偷去的東西吐出來就是了。一口咬定是我教他去偷東西的，這未免太可惡了。」

白素嘆了一聲：「少年人都有著豐富的想像力，其實是人類與生俱來的本能，可是一進入社會之後，現實生活的壓力，會使得人幻想的本能，受到遏制，這實在不是好現象。」

我答道：「也許，但是想像是我教他偷東西的，這算是甚麼想像力？」

白素道：「或許，他會有他的解釋？」

我不禁笑了起來：「剛才是我在替他辯護，現在輪到你了？」

白素也笑了起來：「或許，我們其實都很喜歡那個少年人的緣故。」

我不置可否，就在這時，門鈴聲響了起來，我聽到了開門聲，白素走出書房，向樓下叫著：「請上來。」

我想到自己快要扮演的角色，不禁有點好笑。我自己從來也不是一個一本正經、嚴肅的人。但這時卻板起臉來，去教訓一個少年人，想來實在有點滑稽。

我坐直了身子，那少年溫寶裕已經出現在書房的門。

我用嚴厲的眼光向他望去，一心以為一個做了錯事的少年人，一定會低著頭，十分害怕。躊躕著不敢走進來，準備領受責罰的可憐模樣。

可是出乎我意料之外，溫寶裕滿面笑容，非但沒有垂頭喪氣，而且簡直神采飛揚，一見到了我，就大聲叫：「衛先生，真高興又能見到你。」

我原先擺出來的長輩架子，看來有點招架不住，但是我卻一點也不現出慌亂的神色來，沉聲問：「偷來的東西呢？」

溫寶裕怔了怔，大聲道：「我沒有偷東西！」

我的聲音嚴厲：「你父母剛才來過我這裡，說你偷走了三公斤犀角，難道你父母在說謊？犀角是十分貴重的藥材，你的行爲，已經構成了嚴重的刑事罪行。」

溫寶裕漲紅了臉。他的長相，十分俊美，那多半由於他的母親是一個美婦人。

可是當他漲紅了臉，神情卻有一股說不出來的倔強。

可能他由於我的指責，心情十分激動，因之一開口，連聲音都有點變：「三公斤犀角，是的，不過我不是偷，我只不過是把沒有用的東西，拿去做更有用的用途，犀牛的角做藥材，我就不相信及得上抗生素！」

我對他的話，頗有同感，但我還是道：「別對你自己不懂的中醫中藥作放肆的批評——快把那些犀角吐出來。你父母會原諒你的。」

溫寶裕理直氣壯地說道：「我吐不出來。我已經把它們用掉了。」

一聽得他這樣說法，我和白素都吃了一驚，望了一眼。

犀角作爲藥材來說，近代科學對其成分的分析，已証明了它的有效成分是硫化乳酸。

硫化乳酸經人體吸收之後，有使中樞神經興奮、心跳強盛、血壓增高等現象，更能使白血球的數量減少，體溫下降，藥效相當顯著。所以一般來說，用量相當輕微，通常連一錢也用不到。

著名的使用犀角的方劑「犀角地黃湯」，據說專治傷寒，也不過用到犀角一兩，還是用九升水煮成三升，分三次服食的，犀角服用的禁忌也相當多，孕婦忌服，如果患者，不是大熱，無溫毒，服食下去，也只有壞處，沒有好處。

雖然說，吃了一兩或以上的犀角，也不見得真會有甚麼害處，可是，三公斤犀角，一下子就用掉了，若是他胡鬧起來，以爲犀角能治病，給甚麼病人吃了下去，那麼，這個病人真是凶多吉少之至！

我在呆了一呆之後，疾聲道：「真是，你……給甚麼人吃掉了？」

溫寶裕看到我面色大變，一時之間，倒也現出了害怕的神色來。可是他一聽得我這樣問，立時又恢復了常態：「我不是用來當藥材。」

我和白素異口同聲問：「那你用來幹甚麼？」

溫寶裕眨著眼：「我把它們切成薄片，燒掉了。」

我陡地一怔，最初的反應是：莫非這個少年真有點不正常？把價值近十萬美元的藥材，拿來燒掉了？可是在剎那之間，我腦中陡然一亮，想起了一件事來。

一想到了那件事，立時向白素望去，看到白素的神情，也恰好由訝異轉為恍然。這証明她和我同時想到了這件事！

接著，不但是我忍不住，連白素也忍不住，哈哈大笑了起來。

我一面笑，一面指著溫寶裕，由於好笑的感覺實在太甚，所以一時之間，講不出話來。

溫寶裕顯然也知道我們在笑些甚麼，他的神情略見忸怩。可是也沒有覺得自己有甚麼不對。

我笑了好一會，才能說得出話來，仍然指著他：「你……真有趣，因為是你姓溫，所以才這樣做？」

溫寶裕也笑了起來：「有一點，但不全是。」他講到這裡，略頓了一頓：「你不是常說，世上有太多人類知識範圍及不到的事，只要有可能，就要用一切方法來探索！」

我道：「是啊！」

溫寶裕眨著眼睛：「那麼，我做的事，有甚麼不對！或許，我會有巨大的發明，可以使整個人類的文明重寫！」

我實在還是想笑，可是見他說得如此認真，卻又笑不出來，我只好無目的地揮著手。

在這裏，必須把我和白素在一聽到了溫寶裕把三公斤的犀角，切成了薄片燒掉了之後，同時想到的，令得我們忍不住大笑的那件事，簡略地說一下。

在中國歷史上，有一個曾焚燒犀角的名人，這個人性溫，名嶠，字太真。是晉朝的一個十分有文采的人。「晉書」有這樣的記載：

「嶠旋於武昌，至牛渚磯，水深不可測，世云其下多怪物，嶠遂燃犀角而照之，須臾，見水族覆出，奇形怪狀。其夜夢人謂之曰：『與君幽明道別，何意相照也！』意甚惡之。」

這位出生於西元二八八年的溫嶠先生，是東晉時人，原籍太原（晉太原人，桃花源記中發現桃源的，也是這個地方人），官做得相當大，拜過驃騎將軍，封過始安郡公，卒於西元三二九年，不算長命，只活了四十一歲。

溫嶠在歷史上有名，倒不是他的甚麼豐功偉績，而是因他曾在牛渚磯旁，燒過犀角，把水中的精怪，全都照得出了原形來的那件事。

牛渚磯這個地方，在中國地理上也相當有名，這個名字後來被改爲釆石磯，不知是爲甚麼原因要改名。那是兵家必爭的一個險要地點。

有趣的是，這個地方，和中國的一個大詩人李白，有著牽連，傳說，李白在醉後，看到水中的月亮，縱身入水去捉月亮。就這樣淹死的。

我說有趣，是由於溫嶠燒犀角、李白捉月兩件事，都發生在這個地方。李白捉月一事，只有傳說，並沒有正式的記載。溫嶠燒犀角，記載也不很詳盡，只有上面引述過的「晉書」中的那一小段，而這一小段文字，也犯了中國古代記載的通病，看起來文采斐然，可是卻禁不起十分確切的研究。

例如：這是哪一年發生的事？牛渚磯在如今安徽省的當途縣附近，據記載來看，溫嶠是在一個大水潭的旁邊，傳說這個水潭中有許多怪物，所以溫嶠就焚燒犀角，利用焚燒犀角發出的光芒照看。在這裡，又要略加說明。

（說明中又有說明，希望各位耐心點看。）

溫嶠為甚麼去燃燒犀牛的角，用犀牛角焚燒時發出的光芒去照看怪物的呢？因為犀角這東西，不知為了甚麼原因，很早就被和精怪連在一起。「淮南子」上就有把犀角放在洞中，狐狸不敢回洞之說，犀角一直被認為有辟邪作用。溫嶠或許就是基於此點，所以才肯定焚燒犀角發出的光芒，可以照相到其他任何光芒所不能照相到的怪物。

（犀角並不是普通常見的物品。何以溫嶠想看怪物，就有犀角可供他焚燒，不可考，也不必深究。）

（溫嶠焚燒了多少分量的犀角，發出了何等樣強烈的光芒，記載中照例沒有，也不可考。）

總之，溫嶠在焚燒了犀角之後，發出光芒，赫然使他看到了怪物：「奇形怪狀」。

（至於如何奇形怪狀，也沒有具體的形容，總之就是奇形怪狀，只好各憑想像。）那些怪物，從記載中看來，生活在水中，可是問題又來了，溫嶠在看到了怪物之後，當天晚上，就做了一個夢。

他夢見有人來對他說話。

請注意，溫嶠夢見的是人，不是甚麼奇形怪狀的怪物。何以怪物會變成了人？也沒有解釋。而這個顯然以怪物身分來說話的人，所說的話，也值得大大研究。他說：「與君幽明道別……」

「幽明道別」，自然不是指你在明我在暗那麼簡單，幽，指另一個境界，就是說：「你我生活在不同的環境之中，你為甚麼要來照看我們？」講了之後，「意甚惡之」，對溫嶠的行動，表示了大大的不滿。

怪物後來，是不是曾採取了甚麼報復手段，不得而知，溫嶠燃犀角的故事，卻傳了下來，「犀照」也成了一個專門性的形容詞，用來形容人的眼光獨到，明察事物的真相。

後來，李太白（溫嶠字太真，李白字太白，都有一個「太」字）在牛渚磯喝酒喝得有了醉意，投水捉月，這也很值得懷疑，是不是他的醉眼，在突然之間，看到了水中「奇形怪狀」的怪物，欲一探究竟，所以跳進水中去了？還是水中的怪物把他拉下水去的？

我在很小的時候，喜歡看各種各樣的雜書，也對一些可以研究的事，發過許多幻想，在溫嶠燃犀角這件事上，我也曾有過我自己的設想：那些奇形怪狀的怪物，根本不是生活在水中的，「幽明道別」，他們生活在另一個世人所不明白的境地之中，給溫嶠用焚燒犀角的光芒，照得顯露了出來，使他們大表不滿，所以，就通過了影響溫嶠腦部的活動，用夢的方式警告他，不可以再這樣做。

一千五百多年之前，一個姓溫的曾燃燒犀角的經過，就是這樣。真想不到，時至今日，還有一個姓溫的少年，也會去焚燒犀牛的角。事情的本身，實在十分有趣，有趣得使人忍不住要哈哈大笑。

我深深地吸了一口氣，強忍住了笑，問溫寶裕：「你在焚燒那三公斤犀角之後，看到了甚麼？」

溫寶裕十分沮喪：「甚麼也沒有看到，而且犀牛角根本不好燒，燒起來，臭得要死。」

我忍不住再度大笑：「你是在哪裡燒的？地方不對吧，應該到牛渚磯去燒，學你的老祖宗那樣。」

溫寶裕被我笑得有點尷尬：「我不應該那樣去試一試？」

我由衷地道：「應該，應該。我小時候，家裡不開中藥舖，不然，我也一樣會學你那樣做。」

我這樣說，沒有絲毫取笑的意思，溫寶裕當然知道這一點，所以他高興地笑了起來。

我作了一個手勢，請他坐了下來：「把經過的情形，詳細對我說說。」

溫寶裕坐了下來，做了一個手勢：「大概我姓溫，所以對溫嶠燃犀角故事，早已知道。」

我笑道：「是啊，在牛渚磯旁，有一個燃犀亭，是出名的名勝古跡，日後你如果有機會，可以去看看。」

溫寶裕現出十分嚮往的神情，略停了一停：「上個月，學校有一次旅行，目的地處，有一個大水潭，又有一道小瀑布注進潭中去。我從小就喜歡胡思亂想，經常在夢裡見到許多奇形怪狀的水中生物，像有著馬頭魚尾的怪物等等。」

他講到這裡，同我望了一下，像是怕我聽得無趣，看到我十分有趣地在聽，他才繼續說下去：「當時，附近的人家就說，這個水潭中有鬼靈，有精怪，叫我們不要太接近，更不可以跳進潭中去游泳，說是不聽勸告，跳進潭中去游泳的，不是當場淹死，也在不多久之後就生病死去，十分可怕。」

白素嗯地一聲：「我知道，那個水潭叫黑水潭，在十分僻靜的郊區。」

溫寶裕道：「我約了兩個同學一起去，這兩個同學，也膽大好奇。我們下午就到了，一直等到天黑。那水潭在山腳下，有幾塊大石頭在潭邊，我們就在最深入潭水的那塊大石上，用普通的旅行燒烤爐，生著了火，把早已切成薄片的犀角投進去。」

我聽到這裡，又忍不住「哈哈」大笑了起來，溫寶裕自己也覺得好笑。

溫寶裕道：「犀角並不容易燃燒，也沒有甚麼強光，臭氣沖天，三個人弄了將近兩小時，一百隻犀角燒光了，甚麼鬼靈精怪也沒有見著。」

我問：「那麼，到了晚上，你有沒有做夢，夢見有人對你的行動，大表不滿呢？」

溫寶裕做了一個鬼臉：「做夢倒沒有甚麼人對我不滿，當天晚上，睡到半夜，有人一把將我抓了起來，幾乎打死我。」

我呆了一呆，白素低聲道：「當然是他父母。」

溫寶裕又做了一個鬼臉：「是啊，我從來也沒有見過他們那麼凶過，我爸爸知道我拿走了那批犀角，幾乎要把我吞下去。」

他說到這裡，我臉色一沉：「你就說是我教你做的？」我的責問，相當嚴厲，因爲拿走了一批犀角，想效法古人，在水中看到一些古怪的東西，這是少年人的胡鬧，不足爲奇。

可是，若是胡說八道，說他的行動是我所教唆的，這就是一個人的品格問題，非要嚴厲對待不可。

溫寶裕眨著眼睛：「我並沒有說是你教我這樣做的，我只不過說了幾句話，他們誤會了我的意思。」

我仍然板著臉：「你說了些甚麼？」

溫寶裕看來一副理直氣壯的樣子：「我告訴他們，我把那批犀角拿去幹甚麼了，他們根本一點想像力也沒有，不相信，所以我說，衛斯理說過，世上，在人類知識範圍之外的事情太多了，一定要盡一切力量，去發掘真相。他們一聽，就誤以爲是你叫我去這樣做。」

我一聽得他這樣解釋，當真是啼笑皆非，生他的氣不是，不生他的氣也不是，不知說甚麼才好。

溫寶裕又道：「衛先生，類似的話，你說過許多！」

我道：「是的，而且，都十分有理。」

溫寶裕道：「是啊，我父母他們不瞭解，如果我真有所發現，那是何等偉大，所謂水中的精怪，可能就是生活在另一空間中的生物，這種生物，還有影響人類腦部的活動的能力——它們可以令得溫嶠在晚上做夢，要是有發現，人類的一切知識，要整個改觀！」

溫寶裕的這番話，非但無法反駁，而且還正是我一貫的主張。

我想了一想：「你說得對，但是古代的傳說，有時並不可靠，甚至有人參會轉成小孩子的說法，希望你別再去打你父親店鋪中野山參的主意了。」

溫寶裕道：「當然不會，那天我見到你，問你的問題，就是想知道人類是不是有可能看到自己不瞭解又看不到的東西。」

第三部：研究所中出了事

我想起了那天溫寶裕問的問題：「有一種辦法，可以看到平時看不到又不瞭解的東西。例如細菌，人能看到細菌的歷史不算很久，最原始的顯微鏡被製造出來之前，人類就不知道有種微小的生物和我們在一起，無所不在。」

溫寶裕側著頭：「可是生物……還是和我們生活在一個空間裡的。」

我拍了拍他的頭：「你想得太複雜了，如果說，你想看到生存在另一個空間的東西，首先先要承認確然有另一度空間的存在。」

溫寶裕道：「不存在嗎？」

我吸了一口氣：「這個問題沒有人可以回答，四度或五度空間究竟是不是存在，這是沒有一個人可以肯定回答，就算承認鬼魂，鬼魂是某種人類還不知道的能量，只怕也和我們存在於同一個空間之中。」

溫寶裕側著頭，想了一會。當他這樣想的時候，神情十分認真。運用他所有的知識在深思著，看起來，不再像是一個少年人。

過了一會，他才嘆了一口氣，用力搖了搖頭：「希望在我們這一代，可以解決這類問題。」

我點頭：「希望。」

溫寶裕站了起來：「我要告辭了，你……準備怎樣對付我父母？他們怒意未息，其實我……根本沒有做錯甚麼。」

我想了一想：「我會對他們說，你有可能成爲一個大科學家，而所有的大科學家，在小時候，總有一些成年人不能容忍的怪行爲，叫他們不必在意。」

溫寶裕有點發愁：「這樣說……有用嗎？」

我笑了起來：「當然，我還會嚇他們一下，告訴他們，如果不瞭解你，你就會逃走。」溫寶裕眨著眼，還是很不放心：「如果他們不怕，我想逃也沒有地方可去。」

我哈哈大笑：「逃到我這裡來吧。」

溫寶裕一聽，高興得手舞足蹈，白素在一旁大搖其頭：「你們兩個人沒大沒小，太過分了，你怎麼能這樣教孩子。」

我指著溫寶裕：「看看清楚，他已經不是一個小孩子了，他的想法，比他開藥材鋪的爸爸，不知超越了多少。」

白素又狠狠瞪了我一眼，對溫寶裕道：「你不必擔心，你父母不知道多麼愛你，他們生氣，不是不捨得那批犀角，而是心痛你做壞事，怕你誤入歧途，所以才對你嚴厲。」

溫寶裕笑道：「可能是。但如果我拿的只是三公斤陳皮，他們或許不會那麼緊張。」

我忍不住又呵呵大笑了起來，溫寶裕這小孩，真是精靈得有趣。

溫寶裕看我笑著，提出了他的要求：「衛先生，你最近有甚麼古怪事遇到？能不能讓我和你一起探索一下？」

我立時搖頭：「沒有，就算有，我也不會讓你參加。一個人，在你這樣的年紀，有太多事要做，而最重要的一點，就是拚命吸取知識，才能有其他，人類的新想法、新觀念，全從豐富的學問、知識的基礎上發展起來的。」

白素低聲說了一句：「這才像話。」我忙分辯道：「我說的每一句話都像話，只不過有些和一般人的認識，多少有點不同而已。」

白素笑了一下：「我不和你爭論這一些……」她才講了一句，電話鈴突然響了起來，又是抽屜中的那一隻號碼少爲人知的那一隻。

我才開了抽屜，取起電話來，我以爲是胡懷玉打來的，可是電話中卻傳來了極其微弱、低得難以辨認的聲音，而且是一個女性的聲音，用有濃重澳洲口音的英文在說著：「衛斯理先生？」

我答應著，知道那是長途電話，然後那女聲道：「請等一等。」

這一等，等了足有五分鐘之久，才聽到了一個聲音在叫著：「衛斯理？」我辨不出那是甚麼人，只好大聲答應，那邊道：「張堅，我是張堅。」

我怔了一怔，張堅埋頭埋腦在南極做研究，幾乎和外界完全隔絕，他居然打電話來找我，可知一定有甚麼非常事故。

我忙道：「張堅，有甚麼事麼？」

我在講電話的時候，溫寶裕還在旁邊，他一聽得我這句話，就興奮得直跳了起來：「好哇，張堅，就是那個在南極的探險家。」

我立時瞪了他一眼，同時向白素作了一個手勢，示意白素帶他出去。白素向他招了招手，可是他縮了縮身子，一副哀求的模樣，令得白素不忍心拉他出去。

我由於電話中傳來的聲音十分細小，自然也無法再分神把他趕出去，要用心聽電話。

張堅在電話中傳來的話是：「衛斯理，我要你到我這裡來一次。」

我怔了怔：「你在甚麼地方？」這句話其實是問來也多餘的，張堅還會在甚麼地方？他當然在南極，可是由於他要我到他那裡去，我又不能不問這一句。

張堅道：「我在巴利尼島。」

他說了三四次，我才聽清楚了這個島的名字，我只好苦笑：「這個見鬼的巴利尼島是在……」

張堅道：「在麥克貴里島以南不到一千公里，麥克貴里島，在紐西蘭以南，也不過一千多公里。」

我不禁苦笑，說來說去，張堅還是在南極。

看來除了南極之外，他不會再有別的地方可去。張堅和南極，其間幾乎可以劃上等號。

他這個人，真可以說是不識世務到了極點，他要我到南極去，十幾萬公里，就像是打電話叫朋友出去喝一杯咖啡。

我試圖使他明白我和他之間的距離如何遙遠，並不是一下樓轉一個彎就可以去得的街角，可是又不知如何開口才好。

我只好折衷地道：「你在南極住得太久了，張堅，南極是地球的一端。而我住在地球的另一邊。」

張堅怔了一怔：「你這樣說是甚麼意思？你說你不能來，還是不想來？」

我又支吾了一下，他在那邊叫了起來：「你一定要來。在我這裡，有點事情發生了，比我們上次的事還要超乎人類的知識範圍之外。你要是不來，終生後悔。」

我嘆了一聲，實在不知怎樣說才好。地球上有四十多億人，只怕每一個人，都有他自己的性格，有溫家三少奶奶那樣，自己的孩子做了一些她不愜意的事，就胡亂去怪人；也有像張堅那樣，完全不理會別人處境。

我還未曾開口問，他又道：「我不單要你來，還要你去約一個朋友一起來，這個朋友……」

我打斷了他的話頭：「這個朋友叫胡懷玉？」

張堅高興地道：「是。是。你和他聯絡過了。」

我道：「不是我和他聯絡，是他和我聯絡，就在今天，他給我看了三塊冰塊，其中兩塊之中，有生物的胚胎，正在成長。」

張堅停了一停：「不是兩塊，是三塊。」

我道：「是，另一塊中的生物不見了。胡懷玉擔心得不得了，認爲不知是甚麼上古生物，逃了出來，會鬧得天下大亂。」

張堅又停了片刻，才道：「衛斯理，很好笑麼？」

我聽他的話中，大有責難之意，更是啼笑皆非：「我沒有說很好笑，你那邊發生的事，是不是和胡懷玉實驗室中發生的事一樣？或是有關？」

張堅嘆了一聲：「我不知道，衛斯理，一定要你來了，才有法子解決。」

要在這裡插進來說一下的是，在電話打進來的時候，溫寶裕這少年，就在我的書房中，我在聽電話的時候，曾經暗示他可以離去，也曾暗示白素，把他帶離書房去，可是他卻假裝不懂。

溫寶裕不但假裝不懂，而且，還假裝並不在聽我的電話，而在書房中東張張、西摸摸，一副不在意的樣子。

溫寶裕不論怎麼假裝，絕瞞不過我。他正用心聽我在電話中講的每一個字。當他聽到我講到有上古的生物自實驗室中逃出來，他神情極其興奮，雙眼發光，這使我感到有點不可忍受。

所以，我用手遮掩一下電話聽筒，不客氣地道：「溫寶裕，你父母一定在等你。你可以離去了。去吧。」

溫寶裕還現出不願意的神情來，我沉下了臉：「你看不出我很忙嗎？成年人和少年人不同，少年人可以一直想，但成年人除了想之外，還要做。」

他的口唇掀動了幾下，想說甚麼，可是又沒有說出來，神情略帶委屈，我再向白素示意，白素握住了他的手：「我們先出去再說。」溫寶裕向我揚了揚手，走到門口，居然又十分有禮貌地向我一鞠躬，才跟白素，走了出去。

電話那邊，張堅一直在說話：「你這就去和他聯絡，比較起我寄給他的冰塊來，這裡所發生的，簡直驚天動地，你真是一定要來，我在這裡等你，你到了紐西蘭南部的因維卡吉市之後，南極探險組織的人會和你們聯絡，你可以有小型飛機供應，直接飛來和我會合。抱歉我不能來迎接你，打完電話，我還要回基地去，爲了打電話和你聯絡，我要來回超過一千公里，他媽的，人類的科學，真是落後。」他忽然發起牢騷來。我還在想如何把他的這種邀請推掉，至少，他可以先在電話中告訴我，究竟是甚麼異特的事情。

可是他一說完，就只聽得「卡」的一聲，他顯然已經放下了電話。

我不禁大是著急，連忙「喂喂喂」，可是「喂」了七八聲，電話放下了就是放下了，哪裡還有半分回音。

我瞪著電話，呆了半晌，不知道怎麼才好。張堅這個人，一放下電話之後，極可能立時就啓程回到他與世隔絕的基地去了，除了萬里迢迢，親自去找他之外，無法再和他聯絡。

而他又不肯講出究竟發生了甚麼事，只說胡懷玉實驗室中的事，和他所發現的相比較，簡直微不足道。

在胡懷玉實驗室中發生的事，也已經夠奇特的了，在顯微鏡下，可以淸楚地看出，冰塊之中，有著生命的最初形式，而且在溫度逐步提高過程之中，分裂成長，不知道會成爲甚麼。

而張堅還說那「微不足道」，那麼，他發現了甚麼？難道真是活生生的史前怪獸？張堅的「邀請」，其實也很令人心嚮往之，只是來得太突然。我想了一想，覺得應該先和胡懷玉聯絡一下，聽聽他的意見。

我剛剛準備拿起電話，白素推門走了進來：「他父母一直在車子裡等他。」

我悶哼了一聲：「那女人要把我拉到警局去？你怎麼向他們解釋溫寶裕偷了犀角去的用途？」

白素笑了起來：「的確很難，但是我使他們相信，溫寶裕只不過是在做一個古代有記載的實驗。其中需要用大量的犀角。他的實驗如果成功，是一種小兒科的聖藥……」白素講到這裡，笑聲越來越頑皮：「溫寶裕聽得口張得老大，他一定想不到我也會信口雌黃，可是他父母卻相信了，還稱讚他有出息，可以把家傳的業務，繼續下去。」

我聽得白素居然弄了這樣一個狡獪，不禁「哈哈」大笑，但是笑了幾聲，就覺得十分不對勁，道：「甚麼叫作你『也』會信口雌黃？你在暗示甚麼？暗示我一直在信口雌黃？」

白素淡然一笑，顧左右而言他：「我可沒有這樣說過。張堅的邀請，你可接納了？」

我只好嘆了一聲：「他自顧自講，講完之後，就掛了電話。」

我把張堅的話複述了一遍，白素道：「看來你是非去不可的了。」

我又嘆了一聲：「我倒希望我可以有選擇的餘地，先和胡懷玉聯絡一下，他要是有興趣的話，讓他一個人去。」

白素用疑惑的眼光望著我，我知道她這樣看我的意思，是在說我講的話言不由衷，其實我心中恨不得立刻就身在南極。

我的確有這種想法，所以只好避開她的眼光，自顧自去撥電話。電話撥通之後，久久沒有人聽。我記得胡懷玉說過，他會二十四小時在實驗室中，注視著那些胚胎的變化。電話怎麼會沒人聽呢？我掛上，再打，這一次，電話有人接聽了，可是卻不是胡懷玉的聲音，我道：「請胡懷玉先生……」

那邊一個男人的聲音反問：「你是誰？」

我有點不耐煩：「你叫胡懷玉來聽就是了。」

那個男人的聲音道：「你……」他只講了一個字。又換了另外一個男人的聲音：「我們也正在找胡先生，你是他的朋友嗎？」

我怔了一怔。那第二個男人的聲音，聽來十分熟悉。他說他們也在找胡懷玉，那是甚麼意思？「他們」又是甚麼人？

剎那之間，我感到事情有點不對頭，胡懷玉正在研究一些人類科學不可測的事，在他的實驗室中，又有了神秘的陌生人在截聽電話，是不是他有甚麼麻煩了？

（在故事和電影之中，科學家總是會遭到麻煩的，這類故事或電影，對人還真有影響力。）

我沉聲道：「是，我是他的朋友，有重要的事和他聯絡，閣下又是誰？」

我的問題，並沒有得到回答，可是卻有了意料之外的反應，那個男人用充滿了驚訝的聲音，叫了起來：「老天，你是衛斯理。」

這個人，單憑我在電話中的聲音，就認出了我是甚麼人，那自然是熟人，難怪我一聽他的聲音，就覺得十分耳熟。

（人的聲音，和人的性格有相似之處：幾乎沒有一個人是一樣的。記性好的人，聽到過兩三次，就可以把一個人的聲音記上一輩子，再一聽到時，立刻就可以辨認出來。）

我的記性可能沒有那麼好，但是也絕不差，只要在意些，我還是可以認出聽過幾次的聲音，在他的驚訝聲中，我也已經認出他是甚麼人。所以，當時，我的心中相當吃驚，因爲這個人，沒有理由在胡懷玉的實驗室！

我立即道：「黃堂，是你！」

黃堂是誰，熟悉我記述故事的朋友一定知道。他是警方人員，一個能幹出色的高級警官，接替了以前傑克上校的位置。我和他曾有幾件事，在開始的時候，有過接觸，剛才我沒有一下子就聽出他的聲音，由於我絕未想到胡懷玉的實驗室中的電話，會由他來接聽。

黃堂連聲道：「啊，我知道了，下午到研究所來，和胡所長在一起的神秘人物就是你。」

我「哼」了一聲：「甚麼神秘人物，下午我是在胡懷玉的研究所裡。」

黃堂忙道：「你別生氣，研究所的幾個職員這樣形容你，他們說，胡所長整個下午，都和一個神秘人物在一起。」

我下意識地揮了揮手：「別說這些了，你爲甚麼會在實驗室中：發生了甚麼事？」

黃堂這個人，就是有點討厭，我曾和他有幾度交往，但是交情始終無法發展下去，我不是很喜歡他那種不爽快的性格，也是主要原因。這時，他並不回答我的問題，反倒問道：「你可知道最近胡所長從事甚麼研究？整個研究所中，竟沒有人知道他在做甚麼。」

我不等他講完，就喝道：「他在做甚麼研究，與你無關，講給你聽你也不會懂，痛快點告訴我，你爲甚麼在這裡，他怎麼了？」

黃堂還是遲疑了一下，如果一個人的手，可以通過電話線，直傳過去，我就會毫不猶豫，在這時重重地給他一拳，而且一定要打在他的鼻子上。

他遲疑了一下之後，才道：「發生了一點事，我們是接到了報告之後趕來的。」

我怒道：「他媽的，我就是在問你發生了甚麼事。」

面對著這種人，辦法倒不少，可是在電話裡遇上了這樣的人，似乎除了忍耐之外，沒有別的辦法。所以我只好耐著性子：「職員爲甚麼要請求警方的協助？」

黃堂這次，倒答得很快：「由於胡所長的私人實驗室，有異樣的聲響傳出來，外面的職員聽到，聲音聽來像是甚麼東西的碎裂聲……」

我幾乎在哀求：「不必向我敘述得那樣詳細，說得精要點，你是在辦案，不是在寫小說。」

黃堂停了片刻：「你這人真難應付，如果你可以立即趕來，我看事情比較容易明白，至少你是最後和他在一起的人。」

我吃驚道：「這是甚麼話?他死了?」

黃堂道：「沒有，他不見了！」

我怔了一怔，知道在電話中說起來，一定越說越糊塗，看來非得去一次不可，雖然胡懷玉的水產研究所離我的住所相當遠，但是比起南極來總近得多了。

我簡單地道：「我馬上來。」

黃堂忽然問：「尊夫人……」

我自然記得，他對白素的評價比對我的評價高，所以我立時道：「我一個人來就是，你等我。」

我放下電話，向書房外走去。白素跟在我的後面，我一直來到門口：「我和胡懷玉分手，不過幾小時，就有了意外，他失蹤了……至少黃堂那樣說。」

白素蹙著眉：「在電話裡，怎麼能夠把一件複雜的事弄清楚？」

我回過頭來：「你肯定這是一件複雜的事？」

白素吸了一口氣：「看起來應該是，你忘記了，胡懷玉爲了那冰塊中不見了的胚胎，一直在擔憂……」

一聽得白素那樣講，我也不禁感到了一股寒意。是不是那個「逃走」了的，根本不知道是甚麼東西的生物，真的有力量導致災禍？

這種情形，想起來，有點滑稽，但如果真正發生了，卻極其可怕，因爲那東西究竟是甚麼東西，完全不知道。連是甚麼東西都不知道，當然更談不上可以用甚麼方法來對付。

我望了白素一眼：「希望只是一場虛驚。」接著，我加快了腳步，出了門，上了車，在發動車子的同時，我大聲道：「我去去就來。」白素向我揮了揮手，我駕車駛出去。

一路上，我一直在想著和胡懷玉會面的情形，我和他在研究所門口分手，黃堂說我最後和他在一起，這種說法很值得商榷。或許，他和我分手，一直回到了實驗室，雖然有人見過他，但是他卻並沒有和人打招呼。

胡懷玉帶著我參觀整個研究所，也沒有向研究所的工作人員介紹我，所以我才成了其餘人眼中的「神秘人物」。不過我知道，所謂「神秘人物」的印象，多半是後來發生了神秘的事件之後，才逐漸形成的。

至於胡懷玉在實驗室中所做的事，整個研究所中，竟然沒有人知道，這一點極出乎我的意料之外。胡懷玉在實驗室中，培養張堅自南極送來的、在冰塊中凍結著的生物胚胎，並不是甚麼見不得人的事情，為甚麼他要嚴守秘密？

當然，事情本身相當神秘，在南極冰層下發現的生物胚胎，培育成長，究竟是甚麼生物，這種消息，如果向大眾公佈，當然會轟動一時，也有可能造成若干恐慌。

但是，同研究所中生物學家商討研究一下，又有甚麼關係？

看來，胡懷玉相當謹慎，不想事情在未有結果之前，引起不必要的驚惶，所以一切由他一個人進行。

我一路上不斷想著，想不出一個頭緒來，到水產研究所去的路相當遙遠，後半段路程，幾乎全在漆黑的、沒有路燈的靜僻道路上行駛，自然，我也將車速提得相當高，高到了即使一個大轉彎，車輪和地面摩擦，也會發出刺耳聲音來的程度。

我隱約可以看到前面研究所建築物發出的燈光，估計大約還有十分鐘的路程。車子到了研究所的大門，一個警員迎了上來，一見到我就說道：「黃主任已經等急了。」

我「哼」地一聲：「他甚麼時候性急起來了。」我將車子直駛到了建築物的前面才下了車。

研究所的工作人員，神情都十分異樣，望向我的眼光，也有點怪裡怪氣。白天來的時候匆匆忙忙，有一些工作人員，胡懷玉可能約略地替我作過介紹，我也記不得了。

我逕自向胡懷玉的實驗室走去，才來到了實驗室的外間，就看到了黃堂和幾個職員。黃堂一見我就道：「怎麼那麼久？」

我冷冷地道：「最好我會土遁，一鑽進地下，立時就從這裡冒出來，那就快了。」

黃堂悶哼了一聲，在他身邊，有一個看來年紀十分輕的警員，可能才從警察學堂畢業出來，竟然連看上司的臉色也沒有學會，興致勃勃地望看我：「衛先生，傳說中的土遁，是一種想像，我覺得如今的地下鐵路，倒真是土遁從一個地方鑽下地去，又從另一處的地下冒上來。」

這位年輕警員的說法，相當有趣，和一般人認爲「千里眼」就是望遠鏡的說法一樣，我只向他笑了一下。不過他的上司黃堂，卻顯然對他的話，一點也不欣賞，狠狠地瞪著他，厲聲道：「是麼?那麼火遁又是甚麼?水遁又是甚麼?」

年輕警員一看到黃堂臉色不善，哪裡還敢說話，我笑著：「黃主任，別欺負小孩子。」

黃堂悶哼了一聲：「這裡發生的事，那麼嚴重，我哪裡還有空聽人用現代科學觀點去解釋封神榜。」

我立時道：「嚴重？」

黃堂向一個職員作了一個手勢，那職員走前幾步，打開實驗室的門。

實驗室的門一打開，我也不禁怔住了。

實驗室的門口，掛著「非經許可，嚴禁入內」的牌子，上次我來的時候，胡懷玉用鑰匙打開門，才能進去，可知門常鎖著，不應該有甚麼人可以隨便進去。

但這時，整個實驗室，看來不但有人進去過，而且進去的人，絕不止一個，整個實驗室中，凌亂不堪，不少玻璃製造的儀器，都碎裂了，有的在桌面上，有的在地上。

我立時向那個玻璃櫃子看去，因爲那才是最重要的設施。

而當我一看到那玻璃櫃子時，我更呆住了，玻璃櫃的一面，玻璃已被擊破，碎裂成了一個大洞，我立時趨前幾步，去看櫃子中的那個架子。當然，玻璃破了，溫度不能再受控制，架子上的那三塊小冰塊，也早已消失，甚至連水的痕跡也沒有留下。

當時，我睜大雙眼，瞪著前面的那種神情，十分怪異，所以精明的黃堂立時問：「這櫃子裡，原來是甚麼東西？」

我轉過身來，望著他，他的神情，充滿了疑惑，我想了一想，才道：「簡單地說，我只能說我不知道，但是複雜點說……卻又太複雜了，不是一下子可以說得完，你先把情形的經過說一說！」

黃堂的神情更加疑惑，他想了一想，才指著幾個職員：「還是由他們來說，我也是接到了報告才來的，而當我來到的時候，這裡已經是這樣子。」

我注意到，實驗室中的桌子沒有遭到多大的破壞，桌上的電話也在，我剛才打來找胡懷玉，就是打這個電話的。

我向兩個職員望去，其中一個年紀較長的道：「所長送你出去，回來之後，就逕自走進了實驗室，這些日子來，在做些甚麼實驗，作爲他主要的助手，我一點也不知道。」

我問了一句：「這種情形，正常嗎？」

那職員有點無可奈何地笑了一下：「當然不正常，但是整個研究所的經費，都來自他個人，他有權喜歡怎樣就怎樣，這是間私人研究所。」

這一點，胡懷玉向我提及過，他有那麼大的財力，是來自他父親的財產。

那職員又道：「他開了實驗室，我的責任是，只要他在實驗室中，我便要在外間，和他——」他指了另一個年輕的研究人員：「和他一起，輪流當值，總要有一個人在，可以隨時聽他指示，這幾天，所長幾乎二十四小時在實驗室，所以又增加了兩個人來當值。」

他說到這裡。又指了指另外兩個研究人員。

黃堂悶哼了一聲：「有錢真好，連做科學家，都可以做得這樣威風。」

我也大有同感：「看來，胡所長的上代，留下不少財產給他。」

黃堂咕噥了一句：「不知道是做甚麼生意發財的，倒要去查一查。」

黃堂是在自言自語，可是我也聽清楚了他在講些甚麼。他的話，令我感到相當詫異。因爲胡懷玉的上代幹甚麼，和如今發生的事，可以說一點關係也沒有，何以黃堂竟然會忽然想到了那一點？

是不是黃堂在內心深處，覺得胡懷玉的行爲有甚麼不對？那更是沒有道理的事情，把上代遺下來的財產，用來作科學研究，總是一件大大的好事。

自然，當時我只是略爲詫異，沒有再向下想去。可是後來，黃堂真的去調查了胡懷玉上代，而且，調查的結果，頗出乎意料之外，和這個故事，也可以說有點關聯，至少可以說是整個故事之中的一個插曲。但那是以後的事，到時自會記述。

那職員繼續說：「我們一直在外面，由於沒有甚麼事可做，所以只是在閒談，閒談中，大家各猜測所長在他個人的實驗室，究竟是在做甚麼研究。可是猜來猜去，也不得要領，就在這時候……」他說到這裡，看了看手錶：「正確的時間，是九時十二分。」

黃堂作了一個手勢，示意他繼續說下去。那職員吸了一口氣：「實驗室中，傳來了一陣乒乓的聲響，像是打碎了甚麼東西。這種聲響一定十分巨大，因爲我們在門外的每一個人，都可以聽得十分清楚，而實驗室的門又關著。」那職員講到這裡，向另外幾個人看去，另外幾個人一起點頭，証實了他的敘述。

他又道：「這使我們覺得十分奇怪，可是所長沒有叫我們，我們也不敢去打擾，從剛才的聲音聽來，像是打碎了甚麼。我們不知如何才好，那種聲響又不斷傳出來，我們知道在實驗室中，有點意外發生了……」

我聽到這裡。忍不住道：「你們的反應也太遲鈍了，甚麼叫有點意外發生，那一定是有意外發生了，這個實驗室又不是音響實驗室，怎麼會不斷有打碎東西的聲音傳出來？」

那職員瞪了我一眼，冷冷地道：「你說說容易，我們當然知道有了意外，可是你看看門上所掛的這塊牌子，所長曾一再告訴我們不可隨意打擾他，你叫我們該怎麼辦？」

黃堂又喃喃說了一句：「科學研究不應該和錢財合在一起。」

我冷笑一聲：「沒有錢，怎麼研究？」

黃堂沒有和我再爭下去，那職員見我沒有新的責難，才繼續說下去：「也就在這時候，一下巨大的玻璃碎裂聲，傳了出來……」他的神情，在這時顯得相當緊張，不由自主喘氣：「在實驗室中，有一隻相當大的玻璃櫃，這一點，我們知道。那下聲響，除了是玻璃櫃的玻璃破裂之外，不可能是別的，所以，他……」他指了一指一個年輕的職員：「他立時就去敲門，我們也一齊在門外叫著，問：『所長，發生了甚麼事？』可是實驗室中，卻再也沒有聲響傳出來，我想推門進去，門鎖著。」

我聽到這裡，忙揚起手來，示意有疑問，那職員不等我叫出來，就道：「門，一直等我們報了警，警方人員來到之後，才由專家打開。」

我立時向黃堂望去，黃堂點了點頭：「這個開鎖專家就是我。」我又向實驗室的門鎖看了一眼，那只是一柄普通的門鎖，根本不必專家，一個普通的鎖匠，就可以把它一下子弄開來。

第四部：神經緊張性情乖謬

這時候，我心中實在已經十分驚疑：實驗室的門，由外面幾個職員打開，還是由黃堂打開，大有差異。如果當時職員打開了門，就發現胡懷玉失蹤，和直到黃堂把門打開之後，發現人不在，其間至少隔了一小時左右。

我現在就在實驗室，連窗子也沒有，一點也看不出除了這扇門之外，還有甚麼地方可以離開。但實際上發生的事卻是：胡懷玉不見了。當然，可能實驗室另外有秘密的暗門，可以供人離開。

我一面在想著，一面仍然在聽著那職員的敘述：「我們叫了一會，沒有反應，我就去打電話進去，希望所長會來聽電話，可是電話也沒有人接聽。」我聽著，心想這時候，正是溫寶裕在向我敘說他如何焚燒犀牛的角，希望可以看到存在而看不見的怪東西，逗得我哈哈大笑的時候。

那職員又道：「我們討論，考慮過把門撞開來，因爲在實驗室中，甚麼事情都可以發生。」那職員道：「生物實驗室，充滿危機，有一個著名的細菌學家，就曾在實驗室中，不小心弄碎了培育細菌的試管，而結果一輩子要在輪椅上度過。」

我悶哼一聲：「你想到了有意外，可是結果並沒有撞開門。」

那職員紅了紅臉：「是的，我們沒有那麼做，因爲我們不能肯定是不是真的有了意外，要是根本沒有事，把門撞了開來，所長發起脾氣來……」他沒有再向下講，這時，我心中覺得十分奇怪，因爲胡懷玉給我的印象，十分溫文，絕不是一個脾氣急躁蠻不講理的人，可是那個職員的敘述，聽起來，胡懷玉卻像是一個很暴躁而不講理的人。

我順口問了一句：「胡所長的脾氣不好？」這是十分普通的一句話，我也只是順口問問的。可是卻想不到，那幾個職員，都現出了十分猶豫的神情，像是這個問題，十分難以回答。

沉默了片刻。我感到事有蹊蹺，正想再進一步發問之際，一個年紀較長的職員才遲疑地道：「所長……本來十分和藹可親，可是自從這間實驗室……他不許人進入以來，脾氣就變得有點怪，有時會莫名其妙責罵人。」我皺著眉，在設想著胡懷玉脾氣變壞的原因，我想到，可能工作的壓力太重，人的心境，自然會變得不好。

可是黃堂在一旁，卻已「嘿嘿」地冷笑起來：「一個科學家，在他的實驗室中，變成了『鬼醫』，哈哈哈，他變成了另一個人，所有惡劣的本性，全都顯露出來，最後又神秘失蹤。」

我瞪著他，他的話，一點也不幽默，黃堂用力揮了一下手，不再說下去，指著那職員：「他的做法是對的。他報了警，我們以最快時間趕到，一面聽他的敘述，一面已打開了實驗室的門，實驗室中並沒有人。」

我有點對他剛才的態度生氣，說道：「好，那麼請解釋他人上哪裡去了？」

黃堂道：「第一個可能，自然是這裏另有暗門。但已被否定。」我點了點頭。

在我沒有來到之前，他自然有足夠的時間去弄清楚實驗室是不是有暗門。

他又道：「第二個可能，是他在我們把門打開之前，已經離開實驗室。」他說到這裏，向那幾個職員望去，不等他們開口，就道：「可是他們卻說，絕未曾看到胡所長走出來，門也未曾打開過。」

那幾個職員，對於黃堂對他們的懷疑，相當不滿，可是卻忍住了沒有發作。

黃堂攤了攤手：「除此之外，我想不出第三個可能，所以，要聽聽你的解釋，衛先生，因為照我的推想，你至少知道他在研究甚麼。」

我心中，早已作了七八個假設，可是看來，絕沒有一個可以成立。我的目光停留在那隻玻璃櫃上，緩緩地道：「我只知道他在培育一些由南極厚冰層下弄來的生物胚胎，真正詳細的情形，連他自己也說不上來。」

黃堂聽得我這樣說，揚了揚眉，現出了不可信的神色，尖著聲音：「甚麼？請你再說一遍。」

我把剛才的話，重複了一遍，黃堂吸了一口氣：「你想說，他培育的那些胚胎，成長了，然後把他吞噬掉了？」

我搖頭：「我沒有這樣說，不論是甚麼東西，如果可以把人吞噬掉，就一定要比人更大，現在我們看不到有這樣的東西在！」

黃堂的眉心打著結，這時，剛才那個說「土遁」好像地下鐵路的那個年輕警員，忍不住又道：「也不一定，我看到過一篇記述，是一個醫生的經歷，就記述著微生物吞噬了人的經過，事實上，微生物吞噬動物的屍體，一直在進行著……」

看來，他還想發表他的偉論，可是黃堂已經厲聲道：「閉上你的鳥嘴。」

年輕警員登時漲紅了臉，我拍了拍他的肩頭：「是。我也知道那件事，但是我認爲兩者之間，大不相同，胡所長的失蹤，另有原因。」

年輕警員感激地望著我，黃堂揮著手：「還是第一個可能最合理。我認爲還是要徹底搜索。」他說了之後，瞪著我：「你又找他，有甚麼事？」

我懶懶地回答：「從甚麼時候開始，個人行動必須向警方人員作報告？」

黃堂盯著我：「衛先生，有一個人無緣無故失了蹤，你是可能的知情者，一定要接受警方的查詢。」

我攤了攤手：「正如你剛才所說，他變成了『鬼醫』，消失了，或者變成了隱形人，就在這裏，不過我們看不到他。」

黃堂恨恨地道：「你對他的失蹤一點不關心？」

我伸出手來，直指著他的鼻尖：「不關心？關心的程度在你一千倍以上。可是關心有甚麼用？我們得設法把他找出來。」

黃堂呆了一呆，揚起手來，可是卻又立即垂了下去，並沒有推開我的手，反倒後退了一步，嘆了一聲：「我不想和你爭執，衛先生，你有甚麼設想？你一向有過人的想像力。」

他的態度相當誠懇，我放下手來：「誰想吵架？我實在想不出是怎麼一回事，他要和我見面，因爲他以爲培育過程，有了一點意外，因此而十分憂慮，所以和我聯絡——在他和我聯絡之前，我根本不認識他，只不過我們有一個共同的朋友。」

黃堂一聽得我提及了「意外」，神情緊張，我就把那「意外」，向他說了一遍，我知道他在聽了一定會大失所望，結果果然如此，他道：「那只是他自己以爲可能發生意外。」

我道：「當時我也這樣想，可是現在，實實在在，有一樁不可思議的意外發生了。」

黃堂震動了一下，剎那之間，實驗室中，靜得一點聲音也沒有。我相信人人的心頭，都感到了極度的寒意：不可測的變化，終於發生了，先是胡懷玉的離奇失蹤，再接下來的會是甚麼呢？那年輕的警員，神色張惶地四面看看，像是要把那不可測的危機找出來。

我和黃堂互望著，不知說甚麼才好，由於實驗室中十分靜，所以外面的聲音傳過來，聽起來也格外清楚，只聽得外面有好幾個人，同時用極驚訝的聲音在叫：「所長！所長！」

一聽得這樣的叫喚聲，實驗室中的所有人，連我在內，人人都是一怔。「所長」，那是對胡懷玉的稱呼，而如果不是有人看到了胡懷玉，自然不會無緣無故這樣叫他。

剎那之間，我只覺得滑稽莫名。引起我有滑稽之感的原因是：如果胡懷玉根本不是甚麼「神秘失蹤」，而只是他離開實驗室，未被人注意，而這時他又走了回來，我們卻在作種種假設，推測他神秘失蹤的原因，這不是太滑稽了嗎？實驗室中的人，都轉過頭，向門口看去，看到胡懷玉已經出現在實驗室，他見有那麼多的人在，先是陡然怔了一怔，接著，便極其憤怒。

很少看到一個人在剎那之間會憤怒到這種樣子，尤其是這個人給我的印象，一直相當溫文。就在不到一秒鐘的時間內，彷彿他體內的血液，全都集中到了頭部。使他看來，臉變得通紅，他雙眼睜得極大，眼附近，全是一根根凸起的筋，以致臉看起來十分可怕，甚至有點猙獰。他陡然吼叫，那種吼叫聲，表示了他心中的憤怒，聽起來叫人震動，他在厲聲叫著：「你們在這裏幹甚麼？統統給我滾出去！」

那幾個職員，不知所措，他們想立即離開實驗室，可是，胡懷玉又堵在門口，他們出不去，所以進也不是，退也不是，尷尬之極。

我，黃堂和幾個警員，則大是愕然。胡懷玉突然若無其事地從外面走了進來，那已經夠令人詫異，而他又突然大發雷霆，真叫人不知如何應付才好。

我和黃堂怔了一怔，同時開口，叫了他一下，我的聲音比較大，胡懷玉向我望來。他看到我，震動了一下。顯然，他剛才呼喝著，要所有人統統滾出去，並沒有看到我。

在一下震動之後，他臉上的血，又不知褪到何處去，臉色變得十分蒼白——那種蒼白，和他剛才盛怒時的通紅，看來同樣可怕。

他用一種聽來十分怪異的聲音道：「啊，你又來了。」他一面說，一面揮著手，向前走來，道：「出去，請出去，衛斯理……」他叫著我的名字，作了一個手勢，示意我可以留下來，然後，他又重複了六七下：「出去，全出去。」

那幾個職員，急急忙忙，奪門而出，黃堂仍然站著不動，胡懷玉直來到他的身前，竟然伸手向他推去。黃堂被他推得向後跌出了一步，胡懷玉已道：「出去。」

黃堂忍住了怒意：「對不起，我是警方人員，是接到了報告才來的。」

胡懷玉這時的神情，怪異得難以形容。他看起來，像是十分疲倦，可是又仍然盛怒。而且有著一股極其不可言喻的執拗，他毫不客氣地反問：「接到了甚麼報告？」

黃堂怔了一怔：「我們接到的報告是，這裏可能有人發生了意外。」

胡懷玉立時道：「沒有人發生意外，你可以走了。」

黃堂也不是容易對付的人：「可是，你曾經失蹤。」

胡懷玉的聲音，聽來極其尖利：「我曾經失蹤？你在放甚麼屁？我在你面前！」

黃堂一下子給胡懷玉駁了回來，弄得臉上紅了紅，一時之間，說不出話。

我正想趁機打圓場，說幾句話，勸黃堂先回去再說，可是黃堂已經指著碎裂了的那些東西問：「這裏曾受過暴力的破壞，我有權……」

他的話還沒有說完，胡懷玉已經發出了一下怒吼聲：「你有甚麼權？在這裏，我才有權，這裏的一切全是我的，我喜歡怎樣就怎樣，你理我是暴力不是暴力。」

他一面說著，一面又極快地抓起一些玻璃器皿，用力摔向地上。

胡懷玉用的力道是如此之大，以致那些被他摔向地上的東西，玻璃碎片四下飛濺。他的動作激烈和快速，我還未曾來得及喝止，他已經舉起了一張椅子。我還以為他要去砸黃堂，心裏剛想到，襲擊警務人員是有罪的，黃堂可有留下來的理由了。

可是胡懷玉一拿椅子在手，一個轉身，椅子已向那個玻璃櫃子砸去，嘩啦一聲響，把本來已破裂的玻璃，砸得又碎裂了一大片。

然後，他又疾轉過身來，惡狠狠地道：「我愛怎樣就怎樣，你明白了嗎？現在，你走不走？」

黃堂的神情難看之極，他一言不發，向門口走去，幾個警員跟著他，他等那幾個警員先走了出去，才轉過身來向我道：「衛先生，你和一個瘋子在一起，要小心一點才好。」他說完話，大踏步向外走去，胡懷玉衝了過去，一衝到門口，把門重重關上，然後，背靠著門，不住喘氣。

我向他看去，只見他的臉色仍然蒼白得可怕，隨著喘氣，大滴大滴的汗水，從他的額上，涔涔而下，看起來像是才經過了劇烈運動。

我沒有說甚麼，只是看著他，實在也不知道該說甚麼才好。

黃堂臨走時所說的話自然是氣話，可是卻也大有道理，因爲胡懷玉突然出現，所有的一切行動，除了說他是一個瘋子之外，也真沒有別的話可以形容。

他背靠著門，低著頭喘息，汗水在他的臉上，積聚了太多，開始滴向地上。我一直凝視著他，等他先開口，可是過了足有五分鐘，他仍然一聲不出，我只好問：「怎麼了？」

我一開口，他震動了一下，並不抬起頭來，聲音聽來又嘶啞又疲倦：「沒有甚麼。」

我低嘆了一聲：「你騙我不要緊，可是別自己騙自己，究竟怎麼了？」

他用力搖著頭：「真的沒甚麼。」

我自然有點生氣，發生了這樣的事，他卻只是搖著頭說「沒甚麼」！我冷笑了一聲：「看來你不需要任何人幫助你，我告辭了。」

我向他走過去，他仍然背靠門站著，並沒有讓開的意思，我站定說：「請讓一讓，或者，請告訴我可以另外從甚麼地方出去。」

胡懷玉像是十分困難地抬起頭來：「你……知道這個實驗室另有出路？」

我悶哼一聲：「應該有，不然，就是你有穿透牆壁，自由來去的能力。」

胡懷玉忙道：「是的，有時，我不想人打擾，所以當初我在建造這間個人實驗室之時，就留下了一個十分隱秘的暗門。可以來來去去，不必被人看到。」

我諷刺地道：「對不起，我一直不知道你在做的是見不得人的勾當。」

胡懷玉口唇掀動了一下，像是想分辯甚麼，但是卻沒有說甚麼，只是極其疲乏地揮了揮手。

我又道：「我要告辭了，你讓不讓開？」

胡懷玉忽然嘆了一聲：「衛斯理，我不知道，何以我會變得那麼暴躁，本來我不是這樣的人。可是現在，我全然無法控制自己的脾氣，我會莫名其妙地破壞一切，會……」當他講到這裏時，他雙手捧住了頭，現出十分痛苦的神情。

他那種痛苦，絕不是假裝出來的，我對他十分同情，我把手放在他的肩上：「或許你的工作壓力太重了，或者，你長期服食著甚麼提神的藥物？」

胡懷玉用力搖頭否認。我心中不禁暗嘆了一聲，像他的這種情形，其實並不是十分罕見的，這種突然之間，爆發無可控制的壞脾氣，使得一個本來是溫文的人，全身充滿了暴力，由理智而變爲蠻橫的例子，在精神病中十分常見，屬於精神分裂那一類，有天生的病例，也有在生活中受了過度刺激而來的病例。

如果胡懷玉真是這樣的精神分裂症患者，那自然十分可惜，因爲這種病症，即使經過長時期的醫治和療養，也不是一定可以痊癒，而且誰也不知道在痊癒之後，甚麼時候又會發作。

我吸了一口氣：「是不是要我陪你去找一個醫生，檢查一下？」

胡懷玉抬頭向我望來：「你以爲這是精神分裂的一種癥象？」

我覺得沒有必要隱瞞真相，所以我指了一下實驗室中凌亂的情形：「這一切，顯然不是你所需負責的行爲所造成的。」

胡懷玉面上的肌肉抽動了兩下，聲音嘶啞：「是我的行爲所造成的，我就要負責。」

我道：「如果你這些行爲，由於你自己不能控制的一種精神狀態，那麼……至少在法律上，你可以不必負責。」

胡懷玉又不住搖著頭：「不是這方面的問題，這個研究所是我的，就算我放上兩百公斤炸藥，將之夷爲平地，法律上也沒有人向我追究責任。問題是，當我在這樣做的時候，我十分清楚自己在做甚麼，而且盼望著這樣做，也十分清楚感到這樣做了，會給我極大的快樂。」

我呆了一呆，才道：「你不覺得這樣……不正常？」

胡懷玉想了一想：「很難說。」

我等了片刻，他沒有再說甚麼，我就裝作不經意地問，因爲如果他真有精神分裂症的話，他會十分敏感。我問：「你今晚做了些甚麼？」

胡懷玉抬著頭，目光緩緩地在實驗室中掃了一周：「你走了之後，我仍然像平日一樣，自己一個人在這裏。突然之間，我覺得一切全是那麼滑稽，那麼……沒有意義……我埋頭埋腦在做研究，希望在科學上有新的發現，那一直是我追求的目標，可是突然之間我想到，就算被我達成了目標，又有甚麼意義呢？」

他說到這裏，用一種十分疑惑的神情望定了我，看來是希望在我這裏，得到答案。

我不禁苦笑了一下，胡懷玉提出有關人生哲理的大問題，豈是在如今這樣的情形下用三言兩語就可以回答的？而且，老實說，就算換一個環境，給我充分的時間，我也回答不出來，這種問題，古今中外，有誰能回答？

我只好反問：「當你這樣想的時候，你怎麼樣？」胡懷玉忽然笑了起來，他的笑容看來有點慘然：「我？我一想到這一點，立時感到我真是傻瓜，爲甚麼一天到晚作研究，所以我……我……開始破壞，奇怪的是，當我開始破壞，我感到了無比的樂趣，越做越是起勁，終於把這櫃子，也砸破了一面，真是痛快無比……」

他講到這裏，我長嘆一聲：「工作壓力太重了，再加上近日來你又憂慮，又擔心，精神受不起這樣的重壓，你……有病了。」

胡懷玉瞪大眼睛望著我，直截地問了出來：「你是說我有了精神病？」

我也十分直截地回答他：「可以這樣說。」

胡懷玉呆了片刻：「事後，我離開了實驗室，一個人到了海邊，驚訝自己如何會有這樣的行爲，在海邊呆了很久，肯定有一些不對頭的事在我身上發生……你也看到，剛才我回來的時候，行爲多麼怪異。」

我點了點頭：「你需要休息，和一個專家照顧。」

胡懷玉忽然嘆了一聲：「衛斯理，其實你應該知道是發生了甚麼事。」

我呆了一呆，立時明白了他這樣說是甚麼意思，我用力一揮手：「別胡思亂想了，像你這種有輕度精神分裂的人，世上不知有多少。」

胡懷玉苦笑著：「我和別人不同，我知道自己為甚麼會變成這樣，如果我一直在憂慮著的事，只是這樣，那倒不算太壞。」

我忍不住叫了起來：「你還在鑽牛角尖。」

胡懷玉立時道：「一點也不：那……逃走了的不知道甚麼東西，一定已經進了我的身子，更可能是進了我的腦子，在影響著我，我……怕……遲早會被它征服，到時，我……就不再存在……這不知道是甚麼的東西……就佔據了我的軀殼……」

他一面說著，一面現出極恐懼的神色，令我也不由自主，不寒而慄。

可是對他所講的事，我卻一點也不相信。他這時的情形，分明是在精神上受了太大的壓力的反應，這種輕度的精神病，應該不難治療。

當下，我又伸手拍了拍他的肩，想安慰他幾句，可是他卻十分緊張地握住了我的手，聲音也在發顫：「衛斯理，你要答應我，如果發展下去，我只剩下了軀殼，腦子被那東西控制了的話，你……要幫助我……別讓那東西藉我的身體來作惡。」

我苦笑了一下，從他這時的神態來看，他的病況，看來遠比我想像的來得嚴重，他堅信自己受了某種不知名生物的侵襲，會有十分嚴重的後果，他實在需要立即去就醫！

我想了一想：「其實你不必太憂心，就算事情真如你所料，一定也有法子可以把東西驅出你的體外。」

胡懷玉皺著眉，十分認真地想了一會：「讓那東西再去害別人？算了吧。」

我又好氣又好笑，從他的話聽來，他人格十分偉大，寧願自己受害，也不願把事情擴大再去害別人。

可是，他所堅信的，發生在他自己身上的事，卻又是如此之無稽！我知道沒有別的話可以勸得動他，所以只好「投其所好」，也來危言聳聽一番：「你怎知道那東西不會以你的身體作基地，大規模地繁殖，去轉害其他人？」

胡懷玉一聽，立時張大口，現出駭然之極的神情，而且在鼻尖上，也沁出了汗珠。

我的話，只要稍微想了想，就可以知道那只是一種「恫嚇」，可是胡懷玉卻如此認真，這証明他對自己的幻想，有著極度的恐慌，我不是精神病專家，可是也知道這種現象絕非甚麼好現象，我只好道：「所以，我們要採取措施，不能就這樣算數，一定會有甚麼辦法，對付那東西！」

胡懷玉喃喃地道：「你能提供甚麼辦法？就算把我腦子切開來，也不見得可找……到那東西！」

我嘆了一聲：「如果你肯聽我安排……」

我一句話還沒有講完，他已經陡然吼叫了起來：「我知道你在想甚麼，你以爲我神經有毛病，把我當作瘋子。告訴你，我甚麼毛病也沒有，一切，全是那不知甚麼東西在作祟，那東西……簡直就是妖魔鬼怪，它在我的體內作祟！」

我盯著他：「好，那麼我們就去找一個能把在你體內作祟的妖魔鬼怪驅出來的人。」

胡懷玉急速地喘著氣，道：「那……還好一點……那倒可以試一試。」

本來，我來找胡懷玉，因爲張堅要我到南極去，邀他也一起去。如今看情形，他的精神狀態如此惡劣，顯然不適宜遠行。要是他在飛機上，或是在南極的冰原上，忽然發起瘋來，那可誰也吃他不消。

如今當務之急，需要一個好的精神病醫生的治療。所以，我絕口不提張堅在南極打電話來的事，只是搓著手，沉吟著：「讓我想想看，誰有這樣的能力……」

胡懷玉用十分焦切的神情望著我，其實，我心目之中，早已有了合適人選，只不過故作深思之狀，好讓他心中對我想到的人，更具信心。

我想到的是梁若水醫生。這位美麗的女醫生，正是精神病科的專家。而且，我認識她，由於她的同事張強的緣故，而張強，卻正是張堅的弟弟。

（世界真小，是不是？）

張強後來不幸死在東京，梁若水和一個生物學家陳島，共同從事各種各樣外來信號對人腦的影響，早兩個月，又回到了她曾服務過的醫院，和我聯絡過。把胡懷玉交給她來治療，可再恰當不過的了。

（梁若水、張強和我與白素，曾經在一樁極曲折的事件中共同有過怪異的經歷，全部記述在以「茫點」爲名的那個故事之中。）

我故意想了一會，才一揮手：「有了，有一個女……」我講到這裏，便生生地把下面「醫生」兩個字，吞了回去，改口道：「有一個女……神人，這個女神人有著不可思議的力量，和對種種神奇的事，有著十分深刻的理解力，她一定可以幫助我們。」

胡懷玉的神情仍然有所疑惑，可是他顯然感到了一定的興趣：「她……肯幫我們？」

我忍住了笑：「我想肯的，不妨讓我和她聯絡，我看你還是先回家去休息。」

胡懷玉苦笑，緩緩點了點頭，我和他一起向實驗室中走去。當來到門口的時候，他又回頭，向那玻璃櫃子望了一眼。

我陡然想起一件事來，忙問：「那櫃子中還有兩塊冰塊，在冰塊中的肧胎，怎麼樣了？」

胡懷玉伸手在自己的臉上，抹了一下，雙眼有點發直：「玻璃被我砸了，低溫不再保持，冰塊迅速溶化。裏面的肧胎，照我估計，不適應突如其來的溫度提高，已經死了。」

胡懷玉這樣說法，自然是合理的。

可是我轉念一想，如果那兩個不知名的胚胎，可以適應溫度的驟然提升呢？或者，它們在這樣的情形下，反倒更加速成長呢？誰又能知道？

我只是這樣想了想，並沒有說出來，因爲胡懷玉的「病況」已經夠嚴重了，我如果再把想的說出來，對他自然沒有好處。

實驗室的門一打開，在門外本來顯然是在竊竊私議的一些人，立時住了口，雖然他們竭力裝出若無其事，可是他們望向胡懷玉的眼光，仍然掩飾不了那種怪異。胡懷玉向其中一個吩咐了幾句，就和我一起走了出來，我請他上我的車子，他也沒有拒絕。

我駕著車，沿著海邊的路，駛向市區，他指著一處海邊，說道：「剛才我就在這裡，一個人坐著，想著種種的問題。」

車子未進入市區，在胡懷玉的指點之下，轉進了一條小路，又駛了一會，才看到了一幢建造在山坳中的一幢相當古舊的房子。

我未曾到過胡懷玉的住所，但是再也想不到，像他這樣一個主持著一間龐大的研究所，走在人類科學前端的科學家，會住在一幢那麼古舊的大房子中。

那房子只是古舊，並不殘。屋子至少有超過三百年的歷史，整幢建築物，可以列入爲「古跡」保護範圍。

古屋保養修飾得相當好，門口有一對巨大的石麒麟，大門上，甚至還有看匾，匾上題的是「海闊天空」四個字。

很少看到舊屋子的大門橫匾上題著這四個字的，或許是胡懷玉的祖先，十分酷愛自由約緣故？我並沒有問他，和他一起下了車，胡懷玉猶豫了一下：「進去坐坐？」

我對這古舊的屋子感到了興趣，雖然聽出胡懷玉的邀請只是一種客套，並不是真有誠意，但是我還是立即點頭：「好。」

胡懷玉神情有點不自在，我裝作不知道，已經來到了門口。

屋子的兩扇門，自中間打開，門上有著銅環。胡懷玉跟了上來，四周圍極靜，我道：「你……一個人住？」

胡懷玉搖了搖頭：「事實上我很少回來，有幾個老親戚在看房子，不必打擾他們了。」

他取出鑰匙來，打開了鎖——古舊屋子的門是沒有鎖，那門鎖顯然是後來配上去的。最妙的是，當胡懷玉推開大門時，大門的轉軸，還發出了「吱呀」一下聲響，我像是走進了甚麼電影的佈景之中。

進了門，是一個很大的天井，然後是一列亮窗，胡懷玉推開了一扇，閃身讓我進去。一面道：「到我書房去坐坐，這裏太大，太陰森。」

這時，我在一個相當大的廳堂中，在黑暗中可以看出，一切的陳設，全是古老的。奇的是在大廳中，有幾件一時之間，在黑暗中看不真切，奇形怪狀，卻又相當大的東西擺著。

那幾件東西，等我略爲走近一些，才看清那是幾艘船隻的模型，精致之極，每一艘將近有兩公尺長，上面的帆、桅、艙、舵，一應俱全，手工精巧得無以復加。我從來也未曾見過那麼精美大型的船隻模型，雖然在黑暗之中，看了之後，也不禁發出由衷的贊嘆聲來，可是胡懷玉顯然無意向我介紹那些模型，只是急急向前走去，我自然只好跟在後面。

不一會，進了一間房間，他著亮了電燈——電燈自然是近年裝上去的。那是一間相當大，古色古香的書房。但也有與一般書房不同的地方，在牆上，掛著許多兵器，有刀有劍，還有許多外門兵器，看起來，像是武俠小說之中，甚麼武林大豪的書房。

我猜想胡懷玉的祖上，可能是武將，更有可能，是清朝海軍（水師）的高級將官之類。

胡懷玉在書房的一邊，推開了一道暗門，裏而是一間相當精巧的臥室，他道：「我就住在這裏。老房子，有很多不方便，但是有一樣好處，睡在這樣的房間中，像是把自己關在保險箱裏，有安全感。」

我點了點頭，表示同意，他卻又立時憂慮起來：「可是，不知是甚麼東西，侵入了身子。還有甚麼環境是安全的？」

離開研究所以後，他一直都很正常，這時，他又說起這種話來了，我忙岔了開去：「明天你就去找那位女……女神人，她會幫你，我給你她的地址。」

我在那張古老的檀木書桌架上找到了紙筆，把梁若水的住址，寫了下來。

我當然想到，一離開這裏，我就要先和她聯絡，把胡懷玉的情形告訴她，同時，也要請她維持「女神人」的身分。

我把紙條遞給了胡懷玉，他十分珍重地摺了起來，放好，我又道：「明天我有遠行，你自己去找她，一定沒有問題。」

他一聽說我要遠行，又現出惶然的神情來：「如果……如果……那東西繼續……侵襲我……使我……不能自己控制自己……那怎麼辦？」

我只好道：「女神人會幫助你的。」

胡懷玉雙手掩住了臉，自喉間發出了一陣「嗚嗚」的呻吟聲來：「有時，我覺得自己……像是傳說中的『午夜人狼』。好好的一個人，一到午夜，就會變成一頭狼。」

我駭然失笑：「你怎麼不想像自己會變成吸血殭屍？」

我是在譏刺他胡思亂想，可是這個人的精神狀態，真是緊張到了極點，他一聽得我這樣說，一點也不知道我的真正意思，只是驚惶失措地連聲問：「會嗎？會變成吸血殭屍？我會變成吸血殭屍？」

我忙道：「不會。不會，當然不會。」

他還是不相信：「不會？那你剛才爲甚麼會這樣說？」

我嘆了一聲：「我是說你的想像力太豐富了！」

胡懷玉苦笑了一下：「發生在我身上的變化，只有我自己才知道……即使是你，也無法明白。」

我只是敷衍地道：「是啊！所謂如人飲水，冷暖自知，發生在一個人身上的變化，本來就只有自己一個人才明白。」

胡懷玉呆了片刻，打開了一隻抽屜，指著一本日記本：「我覺得有事情發生，就開始把我感覺到的變化，詳細記了下來，我的文字運用不是很好，但也已經盡了力，到我再也敵不過……那不知是甚麼妖魔時……至少可以給別人知道我是怎麼輸的。」

聽他說得這樣認真，我除了苦笑之外，沒有甚麼話好說，我斜眼看了那本日記簿一眼，心想如果是一個精神分裂症患者，用心把他思想中不同點，記錄下來，只怕很有心理學上的價值。如果寫日記的人文采夠好，說不定還有文學價值，總比作家刻意寫出來的「瘋人日記」之類好多了。

我一面想著，一面和他隨意閒談著，過了不一會，看他十分疲倦，我就起身告辭，他要送我出去，我攔住了他：「不必了。我自己會出去，記得明天去找能幫助你的人。」

他疲倦得連點頭的氣力也沒有，只是頹然坐在椅子上，也沒有再客氣，我獨自一個人走了出去，經過那個黑暗的大廳，我又在那四艘船隻的模型前，停了好一會。

那幾艘古代的中國式海舶的模型，真是精緻絕倫，我點著了打火機，仔細觀察它們，發現船模型凡是用到木頭的部分，全是上佳的酸枝紅木，金屬部分，全是錚亮的白銅。

那幾艘船，看起來像是大型的商船，但是在兩邊舷上，又有著具體而微的大炮。最多大炮的一艘船上，有二十四門之多。

所有的帆，全都潔淨如新，每一艘船上都有旗幟，旗上是精工繡出來的「胡」字，自然是胡懷玉祖先的旗號。

我看了相當久，才離開了那幢古老的屋子，駕車回家，回到住所，已經凌晨三點了。白素在看書，我把胡懷玉的情形，向她大致說了一下，她也同意我的結論：胡懷玉的精神狀態不正常。

我故意不望向白素：「看來我只好一個人到南極去了。」

白素笑了一下，不置可否，我取起了電話來，她才道：「現在打電話給人，好像不是很合適？」

我道：「我怕他明天一早就去找梁若水，早點安排的好。」

白素蹙著眉：「我以為至少，他第一次見梁若水的時候，你要在場，或者，把梁醫生約到我們家中來。」

第五部：超級頑童膽大妄為

我想了一想，放下了電話：「對，到南極去，路途遙遠，也不在乎遲一天半天。」

當晚，我一直在想著張堅不知道是發現了甚麼怪事，要我非去不可。可惡的是，他在電話之中，甚麼也不說，叫我設想一下，也無從設想起。

第二天一早，我就和梁若水通了一個電話。請她在家裏等我，然後，我驅車前往。梁若水還是住在老地方，看到了我很高興，我先問她：「陳島的蛾類研究，有甚麼進展？」

梁若水緩緩搖著頭道：「很難說。人的腦部，肯定可以直接接受外來的訊號，訊號強烈時，甚至可以使人的行爲整個改變，可是卻始終無法找出甚麼類型的訊號，才能肯定地被人腦接受，像是完全沒有規律可循。」

我問：「那麼，在不斷的實驗之中，至少有過碰巧成功的例子？」

梁若水答：「是。所有參加實驗研究的人，全是自願的，因爲在一切不可知的因素下，會有可能產生十分可怕的後果。」

我想起發生在「茫點」這個故事中的一些事來，由衷地道：「真是，要是人忽然在鏡子中看不見自己了，或是老覺得有一隻蛾在手，的確可怕。成功的例子是……」

梁若水道：「其實，不能算是甚麼成功，參加實驗的人，在忽然的情形下，會有十分怪異的幻覺，一個年輕人有一次，就見到了無數鬼怪。」

我不禁駭然：「無數鬼怪？那是甚麼意思？」

梁若水攤了攤手：「他自己也形容不出來，只是在那一霎間，不知是甚麼訊號，使他有了看到無數奇形怪狀東西的感覺，而究竟是哪一組訊號使他有了這種幻覺的，全然找不出來。」

我想了一想，說道：「那只好不斷研究下去。我來找你，是因為有一個朋友，看來像是患了精神病……」

我把胡懷玉的情形，詳細說了一遍，最後道：「他堅決相信有甚麼……不知是甚麼東西的東西，進入了他的身體，他正在和那種他稱之為妖魔鬼怪的東西作鬥爭。

對他來說，這種鬥爭，像是非常劇烈。」

梁若水點頭：「是的，世上最慘烈的鬥爭，就是自己和自己的鬥爭，像那位胡先生這樣的情形，作爲一個精神病醫生，不知見過多少了，你放心，把他交給我好了，我可以扮演驅除他體內邪魔的角色。」

聽得梁若水這樣講，我自然大大放了心，不過我還是說了一句：「他自己絕不認爲自己有病，而且，還認爲他自己和別的精神分裂症者不同。」

梁若水淡淡然笑著：「每一個精神分裂病者，都這樣想，等他來了，我自有處置之法。」

我自然沒有理由不放心，我們又閒談了一會，梁若水忽然感慨起來：「人腦的構造，真是複雜。像精神分裂症，已經有了不知多少宗病例，它的症狀，甚至醫療方法，也都被固定了下來，治療的百分比高。可是，導致一個人患上精神分裂症的原因，卻一點頭緒也沒有。只知道腦部有甚麼地方不對頭，可是病因、病源，完全不能尋找。」

我同意她的看法：「是啊，構成人腦的幾十億個各種不同類型、不同功用的細胞，只要其中單一的一個出了點毛病，整個腦部的功能運行，就會出差錯，總不能把人腦的幾十億個細胞，逐一檢查。」

梁若水嘆了一聲：「就算能逐一檢查，也沒有用，因爲即使在放大了幾十倍的電子顯微鏡下，也無法知道何者是正常，何者出了毛病，就算是專家，也未必能真正瞭解自己，唉。」

她神情傷感，我知道她一定是想起了她的好友，因爲腦部活動受了不明訊號干擾而墜樓致死的張強，只好陪著她嘆了一下，然後告辭。

離開梁若水的住所，我的心情倒相當輕鬆，因爲我知道胡懷玉必然會去找她，聽她的口氣，胡懷玉的症狀不算是嚴重，可以治療。那使我可以放心到南極去。

我趕著去辦各種手續，到南極去見張堅。早若干年，我曾到過一次南極，幾乎沒有在冰天雪地之中死去，這次再去，自然不會有甚麼恐懼，但是多準備一下總是好的。

我在中午時分回到住所，訂好了下午起飛到紐西蘭的班機，所餘的時間不能算多，我才到門口，就看到門口停著溫家的車子。

我不禁皺了皺眉，一進屋子，看到坐在客廳中的，又是溫寶裕的父母，我更是厭煩。雖然，我看到溫太太雙眼紅腫，溫大富一臉淒惶，看來有相當嚴重的事。但是我不打算理會。

白素也沒有陪著他們，在我進來之後，她才在樓梯上出現，溫大富一見我進來就站了起來，語帶笑音：「寶裕……失蹤了。」

我向樓梯走去，先是怔了一怔，隨即道：「你可以通知全市的警察到我這裏來搜，看他是不是在這裡。」

溫大富急忙道：「衛先生，我不是這個意思，我是說，我的意思是，能不能請你幫幫忙找一找他，他還小，現在社會又不太平，他離家出走，唉，後果真是不堪設想，真是……」

溫大富真是急了，竟然抽抽噎噎哭了起來。他一哭，他那位肥胖但十分美麗的妻子，也跟著哭出聲來。

一時之間，客廳之中，大有哭聲震天之勢，我真不知道是生他們的氣好，還是同情他們好，只好向白素望去，白素嘆了一聲：「我勸他們報警，他們卻不肯聽，一定要等你回來，請你幫忙。」

我已經上了幾級樓梯，轉過身來：「你們最好報警，我想他不會走遠。」

溫大富連連搖頭：「他昨晚回家，一進房間就沒有出來，看來連夜跳窗子逃走，警方說，沒超過二十四小時，不受理。」

我一揮手：「那就等到滿了二十四小時再去報警，我立刻有遠行，不能奉陪。」說著，我就自顧自上了樓梯，半小時之後，當我提著手提箱下來時，發現他們還在。白素正在打電話，我只聽到最後一句：「黃先生，多多拜託。」

白素放下電話，望向他們兩夫妻：「我已對一個高級警官說了。他叫黃堂，你們這就可以到警局去見他。」

我悶哼了一聲：「黃堂是警方特別工作組主任，一個少年離家出走也去找他！」

白素向我作了一個手勢，溫氏夫婦千恩萬謝，走了出去，白素搖著頭：「可憐天下父母心。」

我「哼」了一聲：「天下也有不是的父母。」

白素瞪了我一下：「至少他們兩夫婦不是，寶裕這孩子也真是，上哪兒去了？

他父母說他把自己名下的存摺帶走，他們到銀行去問過，相當大的一筆數目的存款，全叫取走了，他們擔心是受了匪徒的脅迫。」

我笑道：「對，就像他拿了犀角，他們以爲是我教的一樣。對了，梁若水……」

白素接過了話頭：「梁若水打過電話來，胡懷玉已經去找她，說沒有甚麼大問題。」

白素和我一起上車，直駛向機場，當上了飛機之後，我只是看書，沒有甚麼事可做。

長途飛行，十分乏味，唯有看書，才能打發時間，飛機在紐西蘭著陸，我還要轉搭小飛機到因維卡吉弟去，等我到了因維卡吉弟時，有兩個人，舉著有我名字的紙牌在接我，我向他們走了過去。

兩個人都年紀很輕，體魄強壯，面色紅潤。他們自我介紹，是紐西蘭國家南極探險隊的工作人員，和我用力握著手，指著一架小飛機：「張博士說，衛先生自己會駕駛這型飛機。」

我向飛機看了一眼。點了點頭。這兩個人，忽然之間，像是十分有趣地笑了起來。

我有點莫名其妙，向他們望了一眼。他們立時斂起了笑容，鬼頭鬼腦。

二人其中一個，把一大疊文件交給我：「所有飛行資料全在這裏，你和控制塔聯絡，就可以起飛，經麥克貴里島，到巴利尼島。到了巴利尼之後，會有探險人員再和你聯絡。」

我把飛行資料接了過來，先約略翻了翻，和他們一起到了那架小型飛機的旁邊，在我登機之際，我又發現他們兩人，有點鬼頭鬼腦的神情，這使我感到有點難以忍耐，我陡然回頭：「你們有甚麼事瞞著我？」

那兩人吃了一驚，忙道：「沒有。沒有。」

他們這種態度，真是欲蓋彌彰，可是我想了一想，我和他們素不相識。他們的言語之間，又對張堅充滿了敬意，實在不可能害我的。他們看來有點鬼祟，但是卻並不像有甚麼惡意，我一面想著，一面指著他們：「真有甚麼事，還是快點講出來的好。」

兩個人一起舉起手來作發誓狀：「沒有，真沒有。我們有甚麼事要瞞你？」

我心中仍是十分疑惑，但一時之間推究不出甚麼，總不能一直向他們逼問下去，只好瞪了他們一眼，上了機。我在駕駛艙中坐定，看到那兩個人你推我打，嘻哈大笑著奔了開去，而且頻頻回頭，望向飛機。這更使我疑惑，他們可能在飛機上做了甚麼手腳。

但是如果他們在飛機上做了手腳害我，神態又不可能這樣輕鬆，這真叫人有點摸不著頭腦。

我開始和控制塔聯絡，不多久，就滑上了跑道，起飛，小飛機的性能極好，速度也極高，二小時之後，就已經在麥克貴里島降落，增添燃料之後再起飛，又三小時之後，到達了巴利尼島。

巴利尼島在南極大陸的邊緣，我到的時候，算來應該是天黑了，但是整個空間，卻瀰漫著一種如同晨曦也似的明灰色，這正是南極大陸的連續的白晝期。南極的白晝期，也是南極的暖季。可是所謂暖季，溫度也在攝氏零度之下，我打開艙門，寒風迎面撲來。

我才一下機，就有一個人迎了上來，熱烈地和我握著手。這個人留著濃密的鬍子，鬍子上全是冰屑，以致連他的面目也看不清楚。

他操著濃厚的澳洲口音的英語，對我表示熱烈的歡迎：「張博士已經回基地去了，我是探險隊的聯絡負責人，張博士吩咐過，你一到，就用適宜雪地降落的特種探險用的飛機給你使用。」

他說著，向停機坪不遠處的一架飛機，指了指。我知道這種專為探險用而設計的飛機，可以在天氣惡劣的南極上空飛行——南極大陸上空，不論是寒季還是暖季，終年受西風寒流所籠罩。

在那裏，就算是最「風平浪靜」的日子，風速也達到每秒鐘二十公尺，風大的時候，風速可以高達每秒七十公尺以上，普通飛機無法在南極上空順利飛行。

這種特殊設計的飛機，也可以在惡劣的環境之中，降落在南極的冰原上——整個南極大陸，有百分之九十三長期受冰雪覆蓋，只有少數邊緣地區才在一年之中，難得有零度以上的天氣。南極的冰封面積比北極大五倍左右，想找一個沒有冰層的地方降落，幾乎不可能。

我也知道這種飛機有完善的救生設備、通訊設備和食物，可以供在萬一失事的情形下，作最長時間的堅持，使得救援隊能夠救援失事者。

這種飛機，全世界不超過五架，全供各國在南極的探險隊所用，由各國政府，不論政治立場如何敵對，共同出資建造——在南極，有著人類在科學上高度合作的典範，即使是在美國和蘇聯的冷戰最激烈的時期，在南極的美國科學家和蘇聯科學家，還是抱著共同目標在努力工作，並無歧見。

所以，我看到張堅留下了這樣的飛機供我使用，覺得十分滿意，那人又邀我去休息一下，我也表示同意，和他一起步向一幢建築物。

在休息期間，我試圖在那人身上，多少問出一些張堅究竟遇到了甚麼奇事的端倪，可是那人卻甚麼也不知道。我休息了大約一小時，享用了一頓味道雖然不是很好，可是卻熱騰騰的飯餐和熟讀了飛行資料。

然後，他又送我到了那架飛機之旁，有兩個地勤人員正做好了最後的檢查工作，做著手勢離開。他們向我望來，我又在他們臉上，看到了那種似笑非笑、鬼頭鬼腦的神情。

這真使我疑惑到了極點：爲甚麼老是有人用這種神情對我？這使我不能不警惕，

因爲根據資料，從這裏飛到張堅所在的基地，航程超過一千公里，需時六小時，如果飛機上做了甚麼手腳，在遼闊的南極冰原上，救生設備再好，流落起來也絕不愉快。

所以，我一看到兩人有這種神情，就立時停步：「飛機有甚麼不妥？」

那兩個人呆了一呆，一個道：「沒有不妥，燃料足夠一千五百公里使用，你的航程，只是一千兩百公里，沒有問題。」

另一個也道：「沒有問題，你一上飛機，立時就可以起飛，沒有問題。」

這兩個人的神態，和上次那兩個人一樣。

我吸了一口氣，空氣冰冷，我還未曾再問甚麼，他們已急急走了開去。

那個聯絡主任看來像是全不知情，只是說著：「現在是南極的白晝期，你不必採取太高的高度飛行，可以欣賞南極冰原的壯麗景色，甚至可以遠眺整個南極上最高的維索高地的冰川。」

我「嗯嗯」地答應著，有點心不在焉，可是想來想去，又想不出甚麼來。

由於心中有了疑惑，所以特別小心，對救生設備作了詳細的檢查，又從電腦上確定了機上的各部分都操作正常，才開始起飛。

一切都沒有甚麼異狀，我只求飛行平穩，倒不在乎是不是可以欣賞到壯麗的景色，把飛行高度盡可能提高。

望出去，不是皚皚的白雪，就是閃著亮光的冰層。高山峻嶺，從上面看下去，顯不出它們的高峻，感覺上倒像是一道一道的冰溝。

一切正常，再有一小時，就可以降落了，我嘗試和張堅的基地通話，不多久，就有了結果，基地方面說天氣良好，隨時可以降落。

在南極冰原上降落，不需要跑道，只要在基地附近，找一幅比較平坦的地方就可以了。

看來，我的疑心是多餘的，或許是寒冷的天氣，使人會有那種似笑非笑的神情？

正當我在這樣想的時候，突然在我的身後，響起了一個聲音，在叫著「衛先生」。

那是極普通的一下叫喚，我一生之中，被人這樣叫，不知有多少次了，可是卻從來也沒有一次像這次那樣吃驚過！在南極冰原的上空，明明只是我一個人在駕著飛機，而忽然之間，身後有人在叫我，這怎能不令人吃驚？

我一面陡然回頭，在回頭去的那一霎間，心念電轉，已作了許多設想，其中的一個設想甚至想到了，是不是胡懷玉所說的「那個東西」在我身後呢？

可是，當我一轉過頭來時，我卻在剎那之間，甚麼都明白了。

一時之間，我真不知道是吃驚好，還是生氣好，或者是大笑好！在我身後，站著一個人，一副調皮的神情望著我，這個人，竟然是溫寶裕！

我不明白在這樣的情形下，有甚麼可笑的，但可能是由於我那種錯愕的神情，看起來相當滑稽之故，所以溫寶裕一和我打了一個照面，就「哈哈」笑了起來。

他一面笑著，一面擠了過來，就在我的身邊的一個座位上，坐了下來，說道：「你無法把我送回去了。回去燃料不夠，你只好把我帶到基地去。」溫寶裕會突然出現在飛機上，自然意外之極。

我一看到了溫寶裕，前後兩批和飛機有關的人，為甚麼那樣鬼頭鬼腦，倒十分容易明白了。

在我離開住所之前，他的父母已經聲稱他提走了他名下所有的銀行存款「失蹤」

了，毫無疑問，他一定先我一步，到了紐西蘭。

他曾在我書房中，聽到了我和張堅的對話，知道了我的行蹤，和我與探險隊成員聯絡的方法，他趕在我前面，可以令得和我聯絡的人，相信他和我在一起。

他是用甚麼方法使那些人不對我說的呢？多半是「想給我一個意外的驚喜」之類，西方人最喜歡這一套，尤其是溫寶裕能說會道，樣子又討人喜歡，在南極邊緣工作的人，生活都十分單調，自然容易幫他。

（後來，事實証明我的猜測，完全正確。）

問題是，他自稱是我的甚麼人，才能使人家相信他呢？我盯著他，眼神自然十分嚴厲，這小子，他也覺得有點不對了，笑容消失，現出一副可憐的樣子。

他的表情雖然十足，可是我可以斷定那是他在「演戲」，這個少年人，是一個十足的小滑頭。

我冷冷地問：「你對人家說，你是我的甚麼人？」

溫寶裕吞了一口口水：「我……說是你的……助手。」

我悶哼了一聲：「助手？有理由助手的行動，要瞞著不讓我知道嗎？」

溫寶裕眨著眼：「我說……你的南極之行，非要我隨行不可，可是在出發之前，不論你怎麼說，我都不肯答應。」

一聽得他說到這裏，我已經忍不住發出了一下悶吼聲，溫寶裕怕我打他，縮了縮身子，又用手抱住了頭，眼睛眨著，一副可憐狀。

我冷笑道：「不必在我面前裝模作樣，你父母會吃你這一套，我不會。」

被我揭穿了他的「陰謀」，他多少有點尷尬，訕訕地放下手來：「所以，我告訴他們，我終於肯來，你一定會很高興，但是我要給你一個意外的驚喜，他們就答應了我的要求。」

我吸了一口氣，這小滑頭，真的，飛回去，燃料不夠，只好把他帶到基地上去，但是他以為我沒有辦法對付他了嗎？那他就大錯而特錯了。

我冷笑一聲：「一到基地，我絕不會讓你下機，立刻加油，自然有人把你送回去。」

溫寶裕吞了一口口水：「這……又何必呢？古語說，既來之，則安之……」

我不等他講完，就大吼一聲：「去你的古語。」

溫寶裕忙道：「好好，不說古語，只說今語，或許我真的可以幫助你，不一定完全沒有用。」

我冷笑：「你有甚麼用？」

溫寶裕對答如流：「這也很難說，獅子和老鼠的寓言，你一定知道，當老鼠說可以有機會報答獅子的時候，獅子也不會相信。」

我真是又好氣又好笑：「任憑你說破了三寸不爛之舌，我也不會聽你，你父母因爲你的失蹤，焦急得像熱鍋上的螞蟻，你還在這裏和我說寓言故事。」

溫寶裕道：「他們現在已經知道我和你在一起了，我在上機之前，寫了一封信給他們，詳細說明了一切，他們知道我和你在一起，自然再放心也沒有。」

我瞪著他，這小滑頭，做事情倒有計畫：「這樣說來，我又多了一條拐帶罪了。」

溫寶裕忙分辯：「不！不！我信裏說得很明白，一切全是我自己想出來的主意，不過……不過……」

他略頓了一頓：「不過我告訴他們，你一定會答應照顧我的。」

機。」

我沒好氣：「我要照顧你！用我的方法，立刻要人把你送回去，絕不會讓你下

溫寶裕聽出我的語氣極其堅決，他抿著嘴，沉默了一會，才道：「如果真是這樣，那我會在歸途從飛機跳下去，我知道緊急逃生設備在何處。」

我「哈哈」大笑：「歡迎之至，你未曾落地，整個人就會變成一根冰柱，希望你落地時，不至於碎裂得太厲害，你真要跳，現在就可以跳。」

溫寶裕哭喪著臉：「衛先生，你真沒有人情味。」

我立時道：「你說對了，半分也沒有。」

溫寶裕緊抿著嘴，不再出聲。這時，飛機離目的地已不是很遠，我又檢查了一下降落前的準備工作，同時開始和基地作正式的無線電聯繫。

溫寶裕忽然又問：「你的第一次冒險，是在甚麼時候開始的？」

我一聽得他這樣問我，已經知道了他的用意何在。所以立時道：「可能比你更早，但那是自然而然來的，不是我用手段，欺騙和隱瞞去刻意追求，像你這樣子，只怕一生也找不到甚麼真正驚險的經歷。」

溫寶裕急急分辯：「不，不，我不是刻意追求，對我來說，這次到南極來最自然，任何事情，用上一點小小的手段，是免不了的，相信你也不止一次用過同樣的手段。」

我懶得再和他爭辯。這個少年，不但聰明，而且簡直有點無賴。我一生之中，和各種各樣的人打過交道，可是和這樣的少年人打交道，倒還是第一次。

溫寶裕說著，忽然又叫了起來：「衛先生，我可能是人類有史以來，到達南極的最年輕的一個人。」

我更正他的話：「到達南極上空的最年輕的一個人，我不會讓你下飛機，你沒有機會踏足南極大陸。」他眨著眼望著我，我已經和基地通完了話，我大聲吩咐：「我需要立時替飛機加滿回程的燃料，同時希望有駕駛員可以立刻將飛機飛回去，因爲有一個意外的搭客在飛機上，他是混騙上來的。」

基地方面的回答十分吃驚：「怎麼會有這種情形。」

我還沒有回答，溫寶裕像是明知沒有希望了，所以豁了出來，對著無線電通訊儀大聲叫：「這是由於衛斯理先生的疏忽。」

我用力把他推了開去，他倒在座位上，我又吩咐，同時令飛機的高度迅速減低，不一會，已經可以看到下面一望無際的冰原之上，探險隊基地的各種建築物和旗幟，以及在適合飛機降落處，所作的標誌，同時也看到一輛雪車駛向前。車上有一個人，正在揮動著一幅相當巨大的紅布。

我估計這個在車上的人，可能就是張堅，這時，我當然不能和他打招呼，只是專心於飛機的降落。

當飛機終於落地，在冰面上滑行，而我也放出了減速傘之後，溫寶裕作最後掙扎：「衛先生，求求你，我已經來了，就讓我留下來。」

我堅決地道：「不行。」

溫寶裕道：「我就留在基地，哪裡也不去。」

我冷笑：「你以爲南極探險基地是少年冬令營，隨時歡迎外來者參加？你知道南極的生存條件有多差，你隨時可以死亡，到時，我就會成爲殺人的幫兇，不行！」

溫寶裕深深吸了一口氣：「如果我說，我已有足夠的準備……」

我打斷了他的話頭：「你的所謂禦寒準備，只能參加城市郊外的冬令營。」

飛機在這時完全停了下來，溫寶裕向機門望了一眼，看他的情形像是想強衝下去。可是不等他有任何動作，我已經發出了一下嚴厲的冷笑聲。這樣的冷笑聲，足以使得一個恐怖分子不敢輕舉妄動了，何況是溫寶裕。

果然，溫寶裕乖乖地坐著，不敢再動，我已經看到，停在不遠處的雪車又向前駛來，當我打開艙門時，車子恰好駛到近前，在車上的那人果然是張堅。他拉下口罩，大聲叫著。

我和他相隔不過十來公尺，可是由於風勢強勁的緣故，他在叫些甚麼，我一點也聽不到，我向前做著手勢，示意他過來。

他下了車，踏著積雪，向前走來，上了登機的梯級，我讓他進了機艙。

他進了機艙之後，第一個向他打招呼的居然不是我，而是溫寶裕。溫寶裕向他一揚手：「嗯，張博士，你好。」

張堅怔了一怔，拉下了厚厚的帽子和雪鏡，我也忙把機艙門關上。外面的氣溫至少是攝氏零下十多度，不是沒有禦寒設備可以受得住的。

張堅向溫寶裕望去，現出極訝異的神色來，笑道：「嗨，小朋友你好！」

我忙道：「張堅，別和他多說話，他是一個小滑頭，你這種凱腦的科學家，不夠他來。」

張堅顯然不明我的勸告，十分有興趣地望著溫寶裕，而且，立時和他互相眨眼睛。

我連忙橫身，攔在他們兩個人的中間，不讓他們繼續眉來眼去，因為我知道，只要給他們兩人有說上十句話的機會，溫寶裕一定有辦法被張堅邀請他在基地住下來。

所以，我一隔開了他們之後，立時正色對張堅道：「你聽著，這孩子的事，完全由我來處理，你只要多一句口，我不管你這裏發生了甚麼事，立刻就走。」

張堅張大了口，忙道：「好，我不說，我不說。」

他一面說「不說」，一面還是多了一句口：「這孩子，他竟然能瞞過了你混上機來，真不簡單。」

溫寶裕大聲叫：「張博士，准我留下來。」

張堅搔著頭，想代他求情，我轉過頭去，狠狠瞪著溫寶裕：「你再說一句話，我就把你打昏過去。」

溫寶裕後退了一步，望著我，一聲不出，神情十分古怪。

我「哼」地一聲：「你心裏在罵我甚麼？」

這小鬼頭也真可惡，他不回答「沒有罵」，卻說：「不告訴你。」

張堅聽得他這樣回答，不禁「哈哈」大笑起來：「原來衛斯理也會有沒做手腳處的時候。」

我決計不會讓溫寶裕跟在我的身邊。雖然我絕不討厭他，還十分喜歡他的機靈和富於想像力。可是南極的環境實在太惡劣，絕不是城市少年所能適應，如果是別的環境，我早已答應他的要求了。

我只是揮了揮手：「請通知基地人員加燃料，立即駕機回去，並且押送這孩子回紐西蘭，到了紐西蘭之後，就不必再理他，他知道怎麼來，就知道怎麼回去。」

張堅點了點頭，拿起隨身帶著的無線電對講機，吩咐了下去，小聲對我道：「有一位日本的海洋學家田中博士恰好要回去，由他駕機走好了。」

我悶哼了一聲，張堅又道：「這次我叫你來……」他講到這裏，忽然吞吐了起來，我向他作了一個儘管說的手勢。

張堅喃喃地道：「照說是不會有意外的，冰層下航行的深水潛艇，我已經航行過很多次了，你必須和我一起乘坐這種小潛艇。」

溫寶裕存心搗蛋，我還沒有說甚麼，他已經叫：「他不敢去，我去。」

我笑著：「當然沒有問題，你在冰層下，究竟發現了甚麼？」

張堅的神情極猶豫：「我不知道，或者說，我不能確定，所以一定要你來看看，聽聽你的意見。」

我吸了一口氣：「和上次一樣，是來自外星的……」

溫寶裕立時又接了上去：「綠色小人的屍體？」

他知道我上次在南極，和張堅一起，發現過「來自外星的綠色小人的屍體」，自然曾看過我記述的題名爲「地心洪爐」的故事。

張堅呵呵笑著，向他偷偷招了招手：「原來你知道，所以你才知道我是誰？你叫甚麼名字？」

溫寶裕忙道：「我叫溫寶裕。」

張堅還想說甚麼，我的臉色已經變得極難看，嚇得張堅不敢再說下去。

我問：「究竟是甚麼東西，你難道一點概念也沒有？」

張堅努力想著，像是想說出一個概念來，可是過了一會，他嘆了一聲：「人類的語言，實在十分貧乏，只能形容一些日常生活中見過的東西，對於不知道是甚麼東西的東西，無法形容。」

我心中震動了一下，因為「不知是甚麼東西的東西」這種說法，聽來十分累贅，可是我卻不是第一次聽到。胡懷玉就曾不止一次地提到過，冰塊中的胚胎，會發展成為「不知是甚麼東西的東西」。

張堅連一個大概也形容不出來，真難想像那究竟是怎麼一回事。

我想了一下，就沒有再想下去，因為反正張堅會帶我去看的。這時，我看到一輛加油車已駛近飛機，開始加添燃料了。

我想起了胡懷玉，搖頭嘆息：「胡懷玉的情形不是很好，我看他患有精神分裂，我來的時候，把他託給了梁若水醫生。」

一提起梁若水，張堅自然想起了他的弟弟張強來，他默然了半晌，才道：「怎麼一個情形？」

我把胡懷玉的情形簡單地說了一遍，張堅皺著眉，溫寶裕忽然大聲道：「我倒認爲真的有甚麼侵入了他的腦部，要把他的身軀據爲己有。」

我厲聲道：「這只是一個精神分裂症患者的幻想，這種現象十分普通，並不是他一個人所獨有。」

我真不明白，我何以會忍不住去和這個小頑童多辯。溫寶裕的回答來得極快：「或許，所有所謂精神分裂症患者，全由於不可知的東西侵入了他們的腦部，誰知道？」

我哼了一聲，他作這樣的設想，不見得有根據，可是卻也不失爲一種設想，所以我並沒有反駁他的話，溫寶裕神氣了起來：「一些很奇特的現象，有時會被當作是普通的現象，在這種情形下，真相就永遠不能被發現了。」

我真是又好氣又好笑：「對，應該在他面前去燒犀牛角，看看入侵他腦部的是甚麼鬼怪。」

溫寶裕的臉紅了起來，張堅大感興趣：「說得倒也有道理。甚麼燃燒犀牛角，怎麼一回事？」

我揮了揮手：「傻事，別說它了，那位田中博士來了，我看見。」

我又看到了一輛雪車駛來，一個人跳了下來，向飛機揮著手。

我過去打開艙門，讓那個人上來，那人除下了帽子、口罩和雪鏡，至少已在五十歲以上，而且看起來，不像有現代知識，倒像是日本小飯店中的老廚師。

張堅十分熱切地向我介紹，我表示懷疑：「博士，你肯定會操縱這架飛機？」

田中呵呵笑著，一副好脾氣的樣子：「會，會，我駕駛這種飛機，來回過好多次了。」

聽得他這樣說，我自然不再懷疑，我指著溫寶裕：「這是一個超級頑童，他偷上機來。要勞煩你送他回去，他的父母已經報了警，我相信他居住的城市已有了他出境的紀錄，一定通過國際警力在找他。」

田中斜著頭，望著溫寶裕，十分有興趣。我又叮囑了幾句，要他小心防範溫寶裕，就穿上了外套，戴上了雪鏡和帽子，和張堅一起下了機。

下機之後，我還不放心，駛開一些距離，看看飛機起飛，我和張堅才一起到了基地的建築物。

在進去的時候，張堅壓低了聲音對我道：「我沒有把發現告訴過任何人，你在其他人面前，不必提起。」

我十分疑惑：「爲甚麼不讓大家知道？」

張堅嘆了一聲：「我不知道那是甚麼現象，何必引起整個探險隊的驚惶不安？」

我更吃了一驚：「有危險性？」

張堅仍然是那種迷惘的神情：「我不知道，要等你去看了之後，才能下判斷。」

我給他的態度弄得疑惑之甚：「那麼我們應該儘快去看一看。」

張堅神色凝重，點了點頭：「隨時可以出發，你不需要休息一下？」

我性子急：「爲甚麼要休息？」

張堅想了一想：「好，那我們拿了裝備就走。」

探險隊基地的建築物之中，有著不少人，都和張堅打著招呼並且對我這個陌生人投以好奇的眼光，張堅則是一副心不在焉的樣子。

到了屬於張堅居住工作的範圍之中，他向我解釋了一下深海小潛艇的情形。並且一再強調，這種小潛艇，雖然是好幾個國家科學家的心血結晶，但是在冰層下航行，仍然十分危險，必須熟悉它的一切性能，和緊急逃生的設備。

聽他說得那麼危險，我心中也不禁凜然。

我們所要準備的東西並不太多，因為那種特製的新潛艇，根本沒有甚麼多餘的空間可供使用。

我們離開時，基地上幾個負責行政工作的人，紛紛過來和張堅握手。張堅每次去從事這種探險工作，都使整個探險隊中的人感到敬佩，所以也每次都有人來表示他們的敬意。

這一次，他們都用十分疑惑的神情望著我，張堅對我的介紹是：「這位衛先生，是著名的探險家，我邀請他來一起觀察南極的冰層。」

所有探險隊員，一聽之下，對我也肅然起敬，倒弄得我十分不好意思。

第六部：出事之前見到異象

離開了建築物，上了雪車，由張堅駕駛，向茫茫的雪原，疾駛而出。

儘管已戴上了深黑色的雪鏡，可是向陽光之下的雪原看久了，眼睛仍然不免有點刺痛，雪的反光十分強烈，要是沒有雪鏡的話，在十分鐘之內，就會令眼睛受到嚴重的損害。

開始駛出去時，還可以看到雪原上，有一些探險隊員在活動，駛得遠了，甚麼人類的活動也見不到，整個死寂的世界中，只有我們一輛雪車在向前駛，雪車的橇，在雪地上劃出兩道痕跡，但立時又被強風吹起積雪，淹沒無蹤。約莫一小時，我們才到達了一個海灣，那海灣十分狹窄，巨大的不規則的冰塊，擠滿在海灣附近，看來晶瑩奪目，幻出絢麗的色彩。

海灣中的海水，全結了冰，張堅把雪車直向海面的冰層駛去，在巨大的冰塊之間，穿來插去，顯然他對海面上堆積的冰山，十分熟悉。雪車在那些奇形怪狀的冰山之中經過，猶如置身於一個幻境之中，環境之奇特，不是置身其中，真是難以想像。

在結了冰的海面上，又駛出了將近半小時，前面忽然出現了一大團霧氣，那更是壯觀之極。在冰天雪地之中，忽然出現了一大團熱霧，足有二十公尺高，熱霧在不斷向上冒著。

熱霧在冒到了一定的高度之後，因爲寒冷的空氣，而使得冒上來的熱霧，全都變成了細小無比的冰層。

那些冰層，有的四散飛濺開去，有落在熱霧之中，重又溶化，在陽光的照射下，幻成一圈又一圈的七色彩虹，以致整大團熱霧，看起來就像是一朵巨大無比，彩色絢麗無儔的大花朵。

我看著自然界形成的這種奇景，忍不住發出讚嘆聲來。張堅道：「這是我們已經發現的最大南極溫泉，溫泉連結著一股海底暖流。我真不懂，人類對自己居住的地球，所知還如此之少，卻拚命去探索地球之外的事物，真不懂那是甚麼心態。」

張堅經常發這種牢騷，我也不以爲意。

他又道：「那股暖流，我去年才發現，它竟然存在於超過兩千公尺厚的冰層之下，真是自然界的奇蹟，等一會，潛艇就會沿著這股暖流前駛，你才可以體會到地球上的最大奇景。」

我凝視著那團濃霧：「你的小潛艇在甚麼地方？」

張堅向前一指：「就在那裏。」

我循他所指看去，看到在熱霧之中，依稀有著金屬的閃光。

張堅停下了雪車，我們一下車，就聽到熱霧噴發出來時，那種轟轟發發的聲音，細小的冰層灑下來，落在我們身上，轉眼之間，身上便布滿了這種冰屑。而當我們進入了熱霧的範圍之內時，冰層又迅速地溶化，變成一顆顆細小的水珠，又很快地變成了一片濡濕。

直到進入了熱霧的範圍之內，我才看清楚了那個溫泉，溫泉噴起的高度不是十分高，大約只有三公尺左右，可是它的溫度一定相當高，所以才形成了那麼大的一團熱霧，而且使它附近的冰層溶化，形成了一個直徑約有二十公尺的小湖。

在這個小湖的邊緣，冰層光滑如晶，那是冷和熱不斷鬥爭所形成的一種奇異的現象，彷彿是大片水晶，經過巧手匠人打磨過。

張堅剛才說過，這股溫泉，和海底的一股巨大暖流連結著，我不禁也佩服起張堅的勇氣來。他輕描淡寫的一句話，聽來容易。但當他最初，駕著小潛艇，在這個溫泉池中潛下去的時候，需要多麼大的勇氣。若不是他對於科學探索，有著殉道者的精神，絕做不到這一點。我用戴著厚手套的手，用力在他的肩頭拍了一下，表示我的敬意。他顯然知道我的心意，也回拍了我一下。

這時，我也看到了那艘小潛艇。

小潛艇的樣子相當奇特，和一般傳統觀念上，潛艇一定是梭子型的大不相同。乍一看來，它的形狀，更像是一輛密封著的大卡車——大小也和一輛大卡車差不多，它停泊在溫泉池的旁邊。

通向溫泉池的冰層，其滑無比，我們兩人要小心扶持著，才能小步前進。低頭望向冰層，冰層晶瑩透徹，不知有多麼深，自己的倒影，清晰可見，簡直令人目眩。

張堅指著腳底下的冰層：「在暖流旁的冰層特別晶瑩，你看，至少可以看到三公尺以下冰層中的情形。」

我點頭表示同意，張堅又道：「這就是我能在海底暖流中，看到冰層中怪異現象的原因。」

一直到這個時候，張堅才說了一句比較實在的、有關他發現的奇怪現象的話——原來他發現的奇怪現象，在冰層之中。

這令我大惑不解，冰是固體，在冰層之中發現的東西，再怪異，也一定可以形容得出來的，因爲不論是甚麼東西，在固體的冰層之中，一定維持形狀不變，就算是樣子再古怪，照著它來一筆一筆描，也把它描出來了，何以張堅會一再說無法形容呢？我這樣想著，並沒有發問，因爲反正不多久，就可以親歷其境了。

我們來到了池邊，攀上了小潛艇，張堅打開了艙蓋，我們兩人滑了進去，彎著身子走了兩步，各自坐進了一個座位。

兩個座位緊貼著，相當窄小，前面是密密麻麻的儀表板，和約有五十公分高，一公尺寬的觀察窗。

我已聽張堅解釋過這艘小潛艇的各種功能，知道潛入海底，不但可以藉觀察窗觀察外面的情形，還可以通過雷達探測，和聲納探測，把探測的結果，反映在螢光屏上，電腦控制的探測設備，還可以立即告訴駕駛人，那是魚群還是岩石，是冰層還是大團的海草，等等。

而且，在潛艇外，還有兩條十分靈活的機械手臂，可以隨心所欲採集標本。張堅交給胡懷玉的，內有生物胚胎的冰塊，就是藉由這種機械臂採集。

張堅已開始忙碌地把許多控制掣按下去，許多控制燈開始閃閃生光。由於控制系統實在太複雜，我一點也幫不上手，只好看他忙著，一個螢光屏上閃出一行一行的文字，表示著各方面的操作是不是正常，這我看得懂，所以我不斷地告訴他螢光屏上所顯示出來的結果。電腦宣告一切都正常，潛艇可以良好運行。

張堅吸了一口氣：「我們要開始潛下去了，一潛進水中，頭頂上就是超過兩千公尺厚的冰層，一切通訊，全部斷絕！」

我道：「我知道，有一次，我想和你聯絡，基地就告訴我，你在厚冰層之下潛航，沒有任何方法可以和你通訊聯絡。」

張堅伸手在臉上抹了一下：「和外界斷絕聯絡，會給人心理上一種巨大壓力，所以我習慣在下潛之前，先和基地聯繫一下。」

我笑道：「只管照你的習慣去做。」

張堅也笑著：「我怕你笑我膽小。」

我由衷地道：「如果你還算膽小，那麼世界上沒有勇者了。」

張堅聽得我這樣說，十分純真高興地笑，順手按下了一個按鈕，沉聲道：「基地，這是暖流，這是暖流，作潛航前的通訊。」

一具小巧的擴音器中，立時傳來了回答：「暖流，你通訊來得正及時，有緊急情況，請你等一等，隊長在找你。」

張堅和我都怔了一怔，互望了一眼，過了極短的時間，又響起了另一個聲音，聽來急促而憂慮：「張堅，我是隊長。」

我和張堅同時問：「甚麼緊急情況。」

隊長喘了一口氣：「半小時之前接到的消息，由田中博士駕駛的那架飛機……」

我才聽到這裏，已經遍體生寒，隊長的聲音在繼續著：「……遇上了一個大風雪團，基地只收到了他半句求救訊號，就失去了蹤跡，拯救隊已經出發，不過……不過……恐怕……」

聽到這裏，我和張堅，才從閉住氣息的情況之下，緩過一口氣，不約而同，一起發出了一下驚呼聲。

「大風雪團」！我對南極的情形不算是很熟悉，可是也知道甚麼是「大風雪團」。

那是一股強烈的旋風，把地面上的積雪，捲向空中所形成。

這種大風雪團，小則直徑十公尺左右，大可以到接近一公里，視旋風風勢的強烈度來決定。大風雪團可以貼著地面飛旋，也可以在幾百公尺、幾十公尺的高空急速旋轉。

別看雪花平時那麼輕柔，可是由於旋風力量的帶動，雪花在強大的壓力之下，會迅速凝聚，變成大小不同的冰塊，記錄中曾有超過一百公斤重的大冰塊，在大風雪團之中，急速地旋轉，別說是一架小型飛機，就算是一輛坦克車，如果被大風雪團捲上了，只怕也會成爲碎片。

那是南極雪原上最可怕的一種災害，曾經有一個探險隊的所有一切，包括隊員和堅固的建築物，在大風雪團的橫掃之下，全部消滅，連一丁點兒痕跡都未曾留下！

那架小飛機遇上了大風雪團，我一聽到就遍體生寒，不是沒有理由的。

剎那之間，我腦中幾乎只是一片空白，我所想到的只是溫寶裕。

溫寶裕在那架飛機上，當然還有田中博士，可是我對田中博士沒有感情，對溫寶裕卻有。我思緒紊亂之極，我想到，如果我答應了溫寶裕的苦苦哀求，讓他留在基地上，他就不會有事。雖然我要他立即回去，是爲了他安全，但結果，那架飛機卻遇上了大風雪團！

我和張堅都怔住了不出聲，隊長的聲音繼續傳來：「張博士，你聽到了麼？」張堅喘了幾口氣，才軟弱無力地回答：「我聽到了，天，田中博士，天，還有那可愛的孩子。」

隊長陡然尖叫了起來：「可愛的孩子？他是可惡的小魔鬼，是你那個該死的朋友把他帶來的。再沒有比他們更該死的了……」

隊長接下來的話，是一連串只有人在喪失理智之下才會罵出來的髒話，聽得我心驚肉跳，等他罵完，我才道：「不是我帶他來，而是他騙過了一些人，偷上了那架飛機的。」

隊長仍處在極度的憤怒之中：「那你一發現他在飛機上，就該把他推下去。」

我嘆了一聲：「隊長先生，你的建議，合乎情理嗎？」

隊長當然知道他的建議不合情理。那只不過是他怒極的話。所以，我只聽到他呼呼地喘著氣，我定了定神：「這小魔鬼做了甚麼事？」

隊長喘了半晌，才道：「小魔鬼和田中博士的對話，基地的控制站一直都收到，他要田中博士別飛得太高，好讓他仔細觀賞南極的景色。」

我不由自主，發出了一下呻吟聲，田中博士看來是老好人，不會拒絕溫寶裕的懇求。

我無助地問：「飛機上有很好的雷達設備，應該可以及時避開大風雪團。」

隊長道：「本來可以，可是當時飛機正在兩座冰山之間的狹谷中飛行……」

張堅發出了一聲驚呼：「天，這似乎不能單怪孩子，田中博士應該知道這種飛行的危險性，兩座冰山之間……氣流，已足以摧毀飛機了。」

隊長悶哼一聲：「基地的控制站也曾提出嚴重的警告，可是……這其間，田中博士和那小……小……孩之間有幾句對話，不是很容易弄得明白，似乎他們有非向前飛去不可的原因……」

我和張堅互望了一眼，隊長的聲音，聽來又是憤怒，又是哀傷：「他們進入了峽谷，大風雪團迎面而來，就算雷達發現，他們根本沒有躲避的機會。」

我和張堅沉默了片刻，隊長又道：「照情形來看，派出拯救隊實在是沒有意義的事。」

我陡地叫了起來：「不，一定要派出去。」

隊長悶哼了一聲：「已經派出去了。」

我轉頭向張堅望去，張堅立時明白了我的意思：「請告訴我們詳細的出事地點，我們取消潛航行動，趕到出事地點去。」

隊長咕噥了幾句，不是很聽得真切，然後報出了一連串的數字和術語來。

隊長用的是探險隊員使用的專門代表地點的名詞，我不是十分聽得懂，可是看張堅聽了之後的神情，也可以知道那地點，不會是甚麼風和日麗的好去處。

張堅聽了之後，喃喃地說道：「天，那峽谷……是一個巨大的冰川。」

隊長又悶哼了一聲：「他們是在一千二百公尺的空中迎面遇上大風雪團，峽谷下面就算是柔軟的彈床，也不會有甚麼分別，你們要去的話，可以不必經過基地，或許可以和拯救隊會合，不過別太接近，現在是暖季，你應該知道太接近巨大冰川的危險。」

張望一面答應著，一面不由自主地，震動了一下。

在南極，有著大大小小，不計其數的冰川，冰川在寒季，幾乎絕對靜止，在暖季，有著緩慢的移動。這種緩慢的移動，幾乎不能被人所覺察，可是卻產生巨大的力量，可以破壞一切。

張堅已經停止了通話，我聲音苦澀：「如果根本無法接近，拯救隊……又有甚麼用？」

張堅苦笑：「是沒有用，只不過是循例在出事之後，要有拯救隊出動。」

我略想了一想：「我們還是要先回基地去，基地有直升機可以……」

張堅一聽得我這樣講，尖叫了起來：「你瘋了，在南極冰川的峽谷中使用直升機？就算沒有大風雪團，你可知道峽谷中的空氣對流速度是多少？」

空氣對流速度就是風速，在兩邊是高山的地形中，風速通常會更高，直升機在強風之中，最容易失事，我自然知道這一點。而且，事實上，探險隊的直升機，只是作近距離的聯絡之用，這一點，我也一樣知道。

可是我還是固執地道：「那怎麼辦？雪車無法接近冰川，直升機又危險，總要有甚麼辦法接近一下出事的地點才好。」

張堅的口唇掀動一下，但是沒有說甚麼。

他雖然沒有出聲，但是他想說甚麼，我是可以肯定知道的，他是想說：接不接近出事地點，都是沒有意義的事。

我長嘆了一聲：「你也知道，溫寶裕他曾要求我留他在基地。」

張堅說道：「全是他闖出來的禍。」

我又嘆了一聲，忽然想起隊長的話來：「也很難說，不是說有一段對話，不是很聽得明白，可是聽來像是他們有非飛進那峽谷去不可的理由？」

張堅望定了我好一會，手放在一個控制桿上，神情十分猶豫不決，我一看這種情形，忙道：「你別亂來，我們先得到基地去。」

張堅又猶豫了一下：「我看到過的……那種情形……那種現象可能不會一直等著我們……它可能會消失，再也看不到。」

我堅決地道：「看不到就看不到好了，如果現象會消失，就証明那並不重要，不值得去研究。」

張堅緩緩搖著頭，喃喃地道：「我不作出發前的聯絡就好了，現在我們早已進入海底的暖流了。」

我心情極其沉重，以致令得講起話來，也粗聲粗氣：「不會耽擱你多少時間，只要我不死，總跟你到海底去一次就是了。」

張堅用一種十分吃驚的神情望著我，我也覺得自己說的話太重了一點，勉強笑了一下：「你未必見得會相信甚麼不祥之兆，一語成讖這類事吧。」

張堅並沒有回答我，只有用力搖著頭，同時，打開了潛艇的艙蓋，扳下了所有的掣鈕。

我和他一起攀出了潛艇，再登上雪車，駛回基地。

這一來一去之間，只不過相差兩個多小時，可是心情輕鬆和沉重，卻猶如一天一地。

基地建築物前的空地上，雪車駛來駛去，顯得十分忙碌，一進去，隊長就迎面走了出來，他先是狠狠地瞪了我一眼，然後轉過身去，背對著我，對張堅道：「真可惜，田中博士是那麼出色的一個科學家。蘇聯、法國和日本的探險隊，在知道了消息之後，也都派出了拯救隊，可是，全世界的拯救隊都出動，我看也沒有用了。」

我知道隊長對我十分不諒解，但是我還是道：「我想請求使用直升機，飛近失事地點去觀察。」

隊長像是有一塊冰突然自他的衫領之中滑了進去，失聲怪叫了起來：「甚麼？你要駕直升機飛進峽谷去？除非我是加倍的白癡，才會批准。就算只是普通的白癡也不准。」

我明知一定會碰釘子，看來一點希望也沒有，我只好悶哼一聲：「我不會死心的，我有許多朋友，可以請他們運適當的飛行工具來。」

隊長幾乎是向著我在吼叫：「是，當工具運到，或許你可以發現他們的一隻手，一隻手指，封在冰中，希望你發現的手還有生命，會向你招手，感謝你去看看他們的殘肢……」

隊長講到這裏，在一旁的張堅陡地叫了起來：「住口，別再說下去了。」

隊長徒然住口，我向張堅看去，心中暗暗吃驚，因爲張堅那時的神情，可怕之極。一個人若不是受了極度的驚恐，那驚恐超乎他能忍受的程度的話，絕不會現出這種可怕的神情來！這多少使我感到有點愕然。因爲剛才隊長所講的話，雖然過分，而且使人感到噁心，但是張堅也沒有理由會有那麼強烈恐懼的反應。

這使我心中十分疑惑，張堅轉過了身去，背對著我們，隊長走了定神：「對不起，我實在因爲太激動了，講話沒有法子動聽。」

張堅發出了一下近乎硬咽的聲音：「是，是，沒有甚麼……」

這時，另外有人奔過來，向隊長道：「拯救隊有消息來，說是現場附近，天氣算是十分好，可是他們無法接近峽谷，只是利用了一個高地，用長程望遠鏡觀察，甚麼也沒有發現。」

隊長喃喃地道：「這是意料中的事，偏偏還會有傻瓜自以爲可以開創奇蹟。」

他口中的「傻瓜」，顯然指我而言，這不禁令我感到十分惱怒。老實說，隊長他心情不好。難道我心情好得很了？而且，許久以來，加在我身上的不算是佳譽的形容詞也相當多，但被人稱爲「傻瓜」的機會，倒不是很多。

我立時冷笑一聲：「意外一發生，你就認定了沒有希望，那還救援甚麼？哥倫布發現新大陸用得著望遠鏡，救人而用望遠鏡，那才是希臘神話中的事。」

隊長怒道：「依你怎麼說？」

我一挺胸：「駕直升機，飛進峽谷去，作近距離的搜索。」

我不等他再開口，一伸手，手指指住了他的鼻尖：「你自己不敢去，我去，我可以告訴你，即使是傻瓜，只要肯行動，都有創出奇蹟的機會。」

隊長怒極反笑：「好。好，算我是加倍的白癡，我批准你去。」

張堅轉回身來：「你們兩人怎麼啦，吵得像小孩子。」

隊長吼叫了起來：「別將我和小孩於相提並論。」

我已經大聲道：「謝謝你批准，我該向誰下令，請他準備飛行。」

隊長立時道：「我會下令，但是你必須在飛行書上簽名，証明那純粹是你個人的自願行動。」

這時已另外有幾個人，聽到了爭吵聲，走了過來，這時卻一起靜了下來。

張堅厲聲叫了一下我的名字，我揚起手來：「不要再勸我。我已決定了。」

人人都望著我，我道：「各位都是見証，我堅持要去，任何人不必對我的安全負責。」

各人仍是靜得出奇，過了一會，張堅才道：「你一定要去，我和你一起去。」

我哈哈笑了起來：「不必了，世上少了一個傻瓜不要緊，少了一個科學家，可是人類的大損失。」

張堅漲紅了臉，隊長吞了一口口水，嘆了一聲：「好，對你的惡評，我道歉，你至少可以接受儘量安全的設備，那需要一點準備的時間。」

我想了一想：「也好，反正一直是白天，我想趁這機會，聽一下失事飛機上的對話。」

隊長悶哼了一聲：「冷靜下來也好。」

我立刻反唇相譏：「冷靜下來之後，我更可以肯定自己的行動是必須的。」

隊長氣得臉色鐵青，張開了雙臂，大聲道：「大家為這位朋友祈禱吧。」他說完，大踏步走了開去，張堅苦笑，和幾個人低聲交談著，等他講完，那幾個人帶著我們進入了基地的通訊室。

通訊室有著極其完善的設備，其中一個人在一組儀器之前，操作了一會，通訊室中所有的人都靜了下來，然後，就傳出了溫寶裕和田中博士的對話。

一般來說，這種對話都不是很清楚的，但是這段對話，卻十分清晰。全是溫寶裕讚嘆南極景色的壯麗。溫寶裕十分懂得言談的技巧，他的話，顯然引起田中博士的談話興趣。接下去，就是田中博士講南極風光的美麗。

然後，田中博士提到了南極的一個奇景，冰山與冰山之間的峽谷，景色更是奇特，溫寶裕在這時，就開始慫恿田中博士把飛機飛過這樣的一個峽谷，好讓他開開眼界。

在這裏，基地人員發出了警告，告訴田中博士，這樣做十分危險。

田中博士當然收到了基地的警告，但是溫寶裕這小魔鬼卻繼續引誘著他，說甚麼這飛機本來就是爲南極探險而設計的，要是連這種行動也不能的話，那麼還不如不要用這種飛機的好。

他又講了不少話，田中博士意動了，答應他的要求。田中博士對自己的駕駛技術，顯然十分有信心，這時，他還對基地說：「不要緊，我也不是第一次駕駛過冰山之間的峽谷，我實在無法拒絕這位熱愛南極的小朋友的要求。」

當錄音帶放到這裏時，不止是我一個人，都發出了低沉的咒罵聲。

再接下來，就是溫寶裕歡樂的呼叫聲和田中博士呵呵的笑聲，顯然這一老一少兩個人，在南極奇麗的景色之中，得到了極大的樂趣。

在大約十分鐘之後，又是基地的警告：「博士，請注意，在你飛行的峽谷中，雷達顯示可能有大風雪團。」

博士的回答是：「知道，我們不會深入峽谷，已經開始升高飛出峽谷，大風雪團對我們……」博士的話，就講到這裏爲止，這並不表示博士和溫寶裕之間不再有對話，他們還在繼續講話，那一段對話，直到通訊斷絕爲止，時間並不是十分長，也就是隊長所說的「不是很聽得懂」的那一段話。

先是博士突然中斷了和基地的對話，他的話，是被溫寶裕的一下驚呼聲打斷。溫寶裕的驚呼聲，事實上是一句十分驚惶的話：「博士，你看。」

溫寶裕叫了一聲，博士的話就停止了，接著，是一下明顯的吸氣聲。一般來說，當人在看到了一種極其奇異和值得令人驚訝的事情或景象時，會不由自主，大口吸氣。

（所以，這一下吸氣聲，可以証明田中博士在這時，看到了甚麼極奇異的景象。）

（這種景象由溫寶裕首先發現的，他也覺得奇訝，所以才叫田中博士看。）

（可是爲甚麼溫寶裕的驚訝，反倒不如田中博士之甚？我也立即有了解繹，因爲溫寶裕對南極陌生，所以他看到的景象雖然奇特，也可能認爲那是在南極冰山峽谷中所應有的。但是田中博士卻不同，他對南極極其熟悉，一看就知道那種景象極不尋常，所以他才如此驚駭。）

（他們究竟看到了甚麼？）

在博士的一下吸氣聲之後，溫寶裕急切地道：「博士，接近一些。」

博士道：「我已經盡力了，氣流不怎麼對，你注意雷達上的反應，我再接近些，天，這不可能，這些冰，存在南極以百萬年計，那不可能……」

溫寶裕陡然叫了起來：「雷達上顯示有東西正在接近我們。」

田中博士卻像是完全不曾聽到溫寶裕的警告，直到溫寶裕又發出了同樣的警告，他才以十分激動的語音道：「不管它，我要弄清楚，一定要弄清楚。」

溫寶裕的聲音之中有了怯意：「博士，那……很不尋常？」

博士的聲音中有著狂熱：「不尋常？這簡直是不可思議的，我……」

溫寶裕陡然驚叫起：「博士，前面甚麼也看不見了，全是一片白，一片白。」

（前面甚麼也看不見了，只是一片白。那表示他們已經可以看到大風雪團，離大風雪團已經極近，可能只有幾百公尺了。）

（在這樣的近距離，要逃避大風雪團的機會，本來已是微乎其微，但是還不能說完全沒有機會。）

這時，基地人員以極惶急的聲音叫著：「博士，快設法。看老天的分上，快設法。」

可是博士卻仍然以那種接近狂熱的聲音在說著話：「基地請注意，我，田中，向基地報告，作極重要的極地探險報告，我……」

他的「報告」，只到此為止。不但是他，甚至溫寶裕也沒有發生甚麼驚叫聲，一切全靜了下來。

剎那間變得那麼寂靜，那真令人心寒。我呆了片刻，才道：「大風雪團的呼嘯聲和飛機的碎裂聲，當然沒有記錄下來。」

一個探險人員苦澀地道：「自然，飛機一被捲進了大風雪團之中，只怕在十分之一秒的時間內就粉身碎骨，還有甚麼可以被記錄下來的？」

通訊室中又靜了好一會，張堅才道：「照……對話聽來，似乎不能全怪那個少年。他第一次發出警告時，應該還有足夠的機會，可以避開大風雪團。」

另一個探險隊員道：「那要看風雪團有多大，如果大到了覆住上升的孔道，那時已經沒有用了。」

聽了這段對話，正如張堅所說，事情似乎不能責怪溫寶裕一個人，田中博士有著極大的責任。

更重要的是，在出事之前，他們一定見到了極其奇異的景象。是這種奇異的景象，驅使田中博士不願去避開大風雪團。

田中博士最後的幾句話又是興奮，又是驚駭，好像他所看到的景象，使他的情緒陷入了一種狂熱的境界之中。

我一面思索著，一面向張堅望去，我知道，他心中一定也會有和我同樣的疑問。而他對南極的情形，比我熟了不知多少，聽聽他的意見，十分重要。

張堅現出十分迷惘的神情，像是在沉思，我望著他：「你想田中博士，看到了甚麼？」

張堅震動了一下：「我……不知道。」

我追問了一句：「一點概念都沒有？」

張堅深深吸了一口氣：「他們……一定看到了十分奇異的……景象，在南極有許多幻象形成，奇異的光團，有時會幻成各種各樣的形狀，寒冷的空氣，也可以形成幻景，那和沙漠上熱空氣形成的幻景大抵相類，只不過正反方向不同。南極地區的海市蜃樓幻景，十分著名……」他還在絮絮不休地解釋著各種幻象形成的可能，我已經不耐煩起來。

張堅的話，表面上看來，是在回答我的問題，但是我卻強烈地感到，他是想藉那些話，來掩飾一些他不願意說出的話。

所以，不等他講完，我已打斷了他的話頭：「張堅，別再在幻象上加說明了，我認爲，田中博士看到的不會是甚麼幻象。」

張堅停了下來，又再度現出那種迷惘的神情：「不是幻象，又……會是甚麼呢？在大風雪團快來之前，空氣的運動十分劇烈。更容易在視覺上造成……」

我固執地道：「不是幻覺，他們一定看到了甚麼真正的東西。」

張堅的神情苦澀：「我不知道，單從他們的對話之中，我無法知道他們看到了甚麼。」

張堅這樣的回答，倒十分實在，我拍著他的肩：「是的，真是無法想像，就像你，和我講了那麼多次，我仍然不知道你在海底的冰層中，看到了甚麼。」

我這樣說，只不過隨便講講，爲了表示同意他這樣說法，可是再也想不到，我的話一出口，張堅陡然震動起來，面色發白，甚至連牙齒也在格格作響，盯著我，看起來像是一個人正在壓制著心中的盛怒，但是我卻看出，他內心深處，實在有著難以遏制的恐懼。

他壓低了聲音：「我叫過你，別將我的事對任何人說起。」

我忙否認道：「我沒有……」我本來是想說我沒有對任何人說起，但是講了一半，就發現通訊室中其餘的人，都以一種十分奇訝的目光，望著我和張堅。我知道，張堅甚至不願我在有人的場合，提起他在冰層之下看到過甚麼的那件事！我停住了不再說下去，改口道：「對不起。」

張堅沒有說甚麼，逕自向外走，我忙跟在他的後面。

這時侯，我忽然想到了一點：張堅何以會那樣震動？而且，剛才聽到田中博士和溫寶裕的對話，他又那麼迷惘？有沒有可能，張堅早已想到，田中博士看到的奇異景象，和他在海底看到的一樣？這似乎是唯一解釋張堅失常神態的原因。

他和我一先一後走出了通訊室，他一面向前走，一面道：「衛斯理，我和你一起到那峽谷去。」

我跨過幾步，來到了他的身邊：「你心中對田中博士所見到的景象，已經有了概念？」

張堅緊抿著嘴，並不回答，又向前走出了十來步，才道：「我和你一起去。」

第七部：冒險進入出事地點

這時候，探險隊長恰好迎面走過來，聽到了張堅的話，他立時叫了起來：「天，一個瘋子還不夠，又增加了一個瘋子。」

我向他作了一個手勢：「隊長，那段對話的錄音，你難道聽不出，田中博士在那峽谷之中，看到了一種奇異的景象，所以才錯過了最後避開大風雪團的機會？」

隊長悶哼了一聲，這一點，凡是聽過對話錄音的人，都不能否認。

但是隊長卻道：「那峽谷兩邊是亙古以來就存在的冰，下面是一個巨大的冰川，我想不出有甚麼景象可以吸引田中博士。」

我嘆了一口氣：「是的，我也想不出來。所以，我們才要去看一看，冒著極大的危險，去探索一種我們不明白的景象。這種行爲，如果說是瘋子，那麼所有在南極的人，包括閣下在內，就全是瘋子。」

我這一番話，倒是說得慷慨激昂，聲容並茂，隊長聽了，也呆了半晌，作聲不得。

我問：「直升機準備好了？」

隊長苦笑了一下：「直升機實在不適宜在峽谷之中飛行，如果你們肯等一兩天，會有另一架設備精良的探險飛機……」

隊長的提議，可以考慮，但張堅卻立時道：「不必再等了，我們立刻出發，哼，設備精良的飛機，田中博士駕駛的，就是設備精良的飛機。」

張堅非但說得堅決，而且以行動表示著他的決心，立時又向前走去，再也不望隊長一眼。

我和隊長交換了一個眼色：「請你放心，我們會盡一切力量照顧自己，我們不是敢死隊員，只不過是探險隊員。」

隊長苦笑了一下，咕噥了一句：「照你們的行爲來看，也沒有甚麼分別。」

我看到離張堅已有十幾步距離，就急忙向隊長揮著手，追了上去。

來到基地建築物的出口處，我們一起穿上厚厚的禦寒衣服，戴上雪鏡——基地建築物內的氣溫和外面相差甚遠，任何人進出基地，都要經過加衣的手續。若是貿然走出去，後果堪虞。

而且，基地建築物的出口處，和潛艇出入口有隔水艙的設備一樣，先要經過一個小小的空間，才能出去，以避免寒冷的空氣湧進來。

我和張堅來到那個小空間，只有我和他兩個人在，我們不約而同地望向對方，同時想開口說話，又同時道：「你先說。」

我不再讓，搶著道：「張堅，你其實可以不必去冒險，我一個人去就可以了。」

張堅一聽，呵呵乾笑了起來：「我正想對你說同樣的話，如今看起來，你一定不肯答應的了。」

我怔了一怔，也呵呵笑了起來：「算了吧，我們就兩個人一起去。」

張堅作了一個無可奈何的神情，一面去旋轉出口處門的開關，一面道：「由我來駕駛，我對那一帶的地形、氣流，熟悉得多。」張堅說的是實情，所以我連考慮都沒有考慮，就表示了同意。

這時，張堅已將沉重的門，推了開來。門一推開，寒冷的空氣，就像是無形的魔鬼撲面而來，雖然身上穿的全是最佳的禦寒衣服，但是在剎那之間，還是有全身陡然跌進了冰水之中的感覺。

我們一起大踏步走了出去，直升機的「軋軋」聲傳來，我看到，在基地建築物前的空地上，直升機翼已在轉動。

兩個工作人員向我們蹣跚地奔過來：「氣候很好，大風雪團已升向高空消失了，可能會有大雪，不過……峽谷中的氣流，會使直升機產生劇烈的震盪。」

張堅鎮定地道：「這一點，早已在估計之中。」

兩個工作人員作了一個「祝成功」的手勢，我和張堅，一起走向直升機。

已經講好了是由他來駕駛，自然先由他登機，直到那時候為止，我對張堅的行動，還沒有絲毫的懷疑。正因為如此，所以接下來發生的事，全然出乎我意料之外，我不是沒有應變的能力，而是事起倉猝，我連應變的念頭都不曾起，事情就已經發生了。

張堅先登機，他一進了機艙，我攀著欄杆，走上去，看到張堅已經坐在駕駛位上，拉下了駕駛桿，我正在奇訝他太心急了，他陡然一橫身，雙腳一起向我的面門踹過來。

這一下動作，真是意外之極。我本能的反應是身子突然向後仰。

在那一霎間，我想到的是不能被他踢中——在冰天雪地的南極，所穿的全是適宜在積雪之上行走的釘鞋，鞋底上有著許多尖銳的鐵釘，給穿著這樣鞋子的腳踹中面門，實在不是有趣的事。

爲了避開他突如其來的攻擊，我向後一仰的力道十分大，而欄杆又因爲有著一層冰在上面，十分滑溜，所以我就從登機架上跌了下去，我才一倒地，就已經知道張堅想幹甚麼，張口想叫罵，可是一股強大寒冷之極的氣流，自上而下，直壓了下來，壓得我幾乎窒息，這股氣流是直升機翼急速轉動所帶起來的。

我盡力翻了一個身，臉向地下，才能對抗那股氣流。這時，我聽到了空地上其餘人發出來的驚呼聲，同時也感到直升機已經在搖晃著上升。

我不顧一切，用盡了氣力，跳了起來，想在直升機未曾上升之前，抓住機艙下的雪橇，張堅想擺脫我的陰謀，就難以得逞了。

我這向上一躍，確然用盡了氣力，躍得相當高。

（事後，好幾個探險員對我說，他們從來不知道一個人從雪地上開始起跳，可以跳得那麼高，因爲積雪鬆軟，會使人下沉，不會使人上騰。自然，他們不知道我面向著下，那一躍，絕大部分用的是腰和背部的力道，與地面上是否有著積雪，並沒有多大的關連。）

我在一躍而起之後，由於直升機翼轉動，帶起積雪亂舞，我一點也看不到甚麼，可是我的雙手，卻十分肯定已經抓住了甚麼。

我不管抓到的是甚麼，只要那是直升機的一部分，我就可以攀進機艙去，我甚至已經決定進入機艙之後，把張堅從空中推下來。

可是，我雖然抓到了甚麼，多半是降落架的一部分，那上面也結著一層冰，滑溜異常，雖然抓住了，可是抓不平。再加上直升機在這時，忽然大幅度地震動起來。可能是由於上升的必然震動，也可能是張堅故意令得機身震動，我戴著厚手套的手，又不能太靈活地指揮手指的活動，所以，大約在不到兩秒鐘的時間之內，在眾人的驚呼聲中，我雙手滑離了抓住的東西，自半空之中，跌了下來。

由於時間短，我並沒有升高多少，大約只有一公尺左右，所以跌下來時，我穩穩直立在雪地上。

好幾個人向我奔了過來，一抬頭，直升機離我至少已有二十公尺，機身傾斜，正以極高的速度，一面升高，一面向外飛開去。我無論如何，沒有法子再去對付張堅的了。

在那時候，我心中真是又驚又怒，張堅那樣對付我！我知道是一片好意，他不想我去涉險，寧願他一個人去犯難。可是這樣子對付一個朋友，那算是什麼行爲！他如果在心中，承認我是他的朋友，他就不應該用這樣的方法來對待我。

當時我只覺得，血往腦門衝，情緒激動已極，對著直升機大叫了幾聲，陡然向一旁停著的幾輛雪車，奔了過去。

眾人又開始發出驚呼聲，我甚麼都不理會，跳上了其中一輛，向著直升機飛出的方向，直追了上去。一下子，就把速度提得最高，令得車頭和車身兩旁的積雪，全都飛濺起來。地上的交通工具和空中的交通工具相比較，佔優勢的總是在空中飛行的。從來也只有直升機追逐地面上行駛的車子，但是我現在，卻在地面上駕著車子，去追在天上飛的直升機。

當時我的情緒雖然激動，但倒也不是一味亂來。我考慮到，雪車特別設計在雪地上行駛，沒有輪子，用雪橇滑行，而且探險隊使用的雪車，都是馬力相當大的噴射引擎，可以輕易超過時速兩百公里，要追上小型直升機，並不是沒有可能的事。

追逐一開始，就証明我的料斷不錯，雖然我未能追上張堅，但當我全速前駛時，直升機始終在我的視線之中，並未曾飛得太遠。

由於我專注直升機的航向，所以對於地面上的情形，反倒不怎麼注意，我只是隱約注意到，有兩架雪車，在離我不遠處，迎面駛來，轉眼之間，便已經交錯而過，那可能是探險隊員回基地去的車子。

我一直追著，大約在二十分鐘之後，我發現我已經遠離了基地。

在南極，一離開了基地之後，四顧茫茫，全景皚皚的白雪和堅冰——南極的冰，在凝結之際，由於夾雜著空氣的緣故，絕大多數是白色的，飄浮在海面上的冰山全是白色的，就是這個道理，只有極少數的例外，冰塊才會晶瑩透徹。

所以，看出去，通過深藍色的雪鏡，全是一種帶看淡青色的慘白色，十分詭異。尤其氣溫如此之低，有置身於奇異的地獄中一樣的感覺。我一直以高速前進，這一帶的地形雖然平整，但是也有不少起伏的冰丘，當雪車極快地掠過冰丘，曾往空中滑行一大段距離，才又落下來，震盪得十分劇烈。

我相信在直升機上的張堅，一定也看見了我駕雪車在追逐他，所以他也提高了飛行速度，漸漸地，我和他之間的距離拉遠了。

我心中雖然氣憤，但是也無可奈何，認定了直升機飛行的方向，仍向前駛著，又過了二十分鐘左右，直升機已經只剩下了一個小黑點，我也發現前駛的道路，十分崎嶇不平，車又簡直是在跳躍前進的，自然速度也減慢了許多，終於，直升機看不見了。

也就在這時，我又看到有兩架雪車，在我前面，向我迎頭駛了過來，雙方迅速接近時，兩輛雪車，阻住了我的去路，使我不得不停下來。

自那兩輛雪車中，跳出四個人來，其中一個一下子拉開了我的車門，大喝道：「你駕駛雪車在極地行駛，怎麼不打開無線電通訊儀？」

我吸了一口氣，一時之間，也不及去在意那傢伙的態度如此之差，回答道：「我不是極地的工作人員，不知道規矩。」

那人怔了一怔，伸手進車來，一下子扳下了一個掣鈕，立時，我聽到了張堅的聲音，他啞著聲音在叫：「回去，衛斯理，回去，你沒有機會，一點機會也沒有，你再跟在我的後面，會駛上冰川，當你發覺駛上冰川時，再想退回來就不能了。」

我耐著性子聽他叫完，陡然之間，發出了一聲大吼，我想，張堅要是不夠鎮定的話，這一下吼叫聲，就足以令他震駭至機毀人亡。

我在叫了一聲之後，罵道：「你是一個出賣朋友的賊，卑鄙小人。」

張堅的聲音又傳了出來，他在急速地喘著氣：「隨便你怎麼罵，衛斯理，我求你別再追上來。」

我厲聲道：「我偏要追上來。」

我根本不想再聽張堅講任何話，所以伸手把那個通訊儀的開關掣又扳了回去。

那四個人圍在我的車邊，不知道如何才好，我問：「你們是探險隊員？」

那四個人一起點頭。其中一個道：「還負責拯救的工作。」

我「啊」地一聲：「你們到過田中博士飛機失事的峽谷？」

那人搖頭道：「峽谷下是一條巨大的冰川，根本無法從陸地上接近。」

我無明火起：「那你們去幹甚麼？只是循例如此？」

那人也惱怒起來：「你總不能要求我們四個人一起喪生，去進行一件無意義的事。」

我揮了揮手，表示無意和他們爭吵：「雪車如果在冰川上行駛，會怎麼樣？」

那四個人都戴著雪鏡、厚帽子和口罩，帽沿上和雪鏡旁，全是冰塊，他們臉上的神情如何，根本看不清楚。可是從他們身體的行動上，我還是可以知道自己問了一個十分愚蠢的問題。

這個問題的愚蠢程度，大抵和「一個人如果把頭伸進一條飢餓的鯊魚口中去會怎麼樣」相若。

那四個人沒有出聲，當然是他們不知道該如何回答我提出的這個問題才好。

我卻不肯干休，又提出了我自己的看法：「冰川移動的速度十分緩慢，甚至看也看不出來，每一年，不過移動幾十公尺，為甚麼不能在冰川上逆冰川流行方向駕駛雪車？」

那四個人一聽得我這樣說，一起發出了一下怪聲來，有兩個還叫道：「天！這傢伙甚麼也不懂！」

另一個比較有耐心：「冰川運動，由於巨大的壓力所形成，看起來十分平靜的冰川，在它緩慢的行動之中，你根本不能知道甚麼地方是陷阱，只要一遇上了陷阱，就會把任何東西扯進去，在冰塊之中，擠榨得甚麼也不剩下。」

聽了那人的話，的確有點令人不寒而慄，可是除此之外，我沒有法子。

我考慮了幾秒鐘：「我要去試一試。」

那四個人先是一呆，接著不約而同，像是聽到了最荒謬的笑話，極度誇張地笑——他們口罩上的冰花，就紛紛灑下來。

那個人又道：「天！你絕不能和冰川對抗，冰川的力量，甚至形成了如今地球上五大洲的面貌，它的力量，無可抗拒。」

我點頭：「我知道，甚至阿爾卑斯山、喜馬拉雅山，也是冰川的力量推擠而成。但是我又不是要去和冰川對抗，我只是想在冰川上逆向行駛，我加上這輛車子，重量微不足道。」

那人嘆了一聲：「要是有一塊巨大的冰塊，忽然傾斜了，那你怎麼辦？」

另一個人阻止了那人：「我看別對他說了，我們遇到超人了，超人，你還是飛向前去的好，放棄這輛微不足道的雪車吧。」

這個人在諷刺我，我自然聽得出來。反正我已經決定了，也懶得再和他們多說，所以，只是冷笑了一聲，立時發動了引擎。

那四個人一看到我的行動，立時大叫起來，一個探進車身來，用力抓住了我的手臂，厲聲道：「根據極地上的國際規章，我們有權禁止你繼續前進。」

我向上指了一指：「剛才有一架直升機飛了過去，飛向冰山峽谷，你們為甚麼不阻止它？朋友，田中博士駕機失事，只要有億分之一的機會去救他，我都一定要嘗試。」

那人企圖把我自車中扯出來，我只好嘆了一口氣，一圈手，把他的手臂扭得非放開我不可，然後，我用力一推，把他推得向外仰跌了出去，同時讓雪車向前迅速駛出。

那四個人還不肯罷休，他們很快地跳進了車，隨後追來。

我看到他們追了上來，但是不加理會，仍然把速度提得最高。約莫又過了半小時，我已經看到了巍峨聳立的冰山，兩面相對的冰山離我越來越近，我看到隨後追來的雪車，停了下來。

由於我仍然在高速前進，所以追上來的車子一停下，轉眼之間，就成了雪地上的一個小黑點。這時，我也陡然驚覺到，那四個人之所以停了下來不追，一定是由於我已駛進了危險的冰川範圍之內了。

放眼看去，在冰川上行駛，和在別的地方行駛，全然沒有分別。冰川的移動速度十分慢，根本覺察不到。當然，我知道在冰川上，處處隱伏著危機，但是在南極的其他地方，又何嘗不是一樣。

車子兩旁，全是高聳的冰山，冰山上的峰嶺，都是尖峭的，看來是毫不留情的陡險。峽谷的底部，大約有兩百公尺寬。

開始駛進峽谷，冰川的表面，還十分平坦，可是在十分鐘之後，困難就出現了，先是極度的不平，車子躍過了一層冰塊，跌進了一個相當深的冰坑中。

好不容易自那個冰坑之中掙扎了出來，向前一看，我不禁傻了。在前面，是一大堆亂堆著的冰塊，足有十公尺高，把前進的去路完全堵住了。

那一大堆亂冰塊，是一座巨大的冰山，在冰川的運行中，被超乎想像的巨大壓力所擠碎而形成。雖然不是十分高，可是車子也絕對無法再向前去。

在這樣的情形下，我也不禁猶豫了起來，看來只有棄車步行了。

想了一想，決定在棄車之前，和張堅聯絡一下。雖然已經進入了峽谷很久，可是一直未曾見到張堅的直升機。

我扳下了通訊儀的開關，聽到了一陣嗡嗡的聲響，我提高聲音，叫著張堅的名字：「張堅，你現在在什麼地方？我駕車在冰川上行駛，遇到了阻障，準備棄車步行。你如果能飛回來接載我，可以避免不必要的麻煩。」

我連說了三遍，都沒有回音，正在極度疑惑，看到通訊儀上有一個掣鈕，不斷在閃著紅色的光芒，我把那掣鈕按了下去，立即聽到了探險隊長的聲音：「基地和張堅的聯絡，在十五分鐘前中斷，看老天的分上，你在還可以後退的時候，快點後退吧。」

我大吃了一驚：「聯絡中斷……是甚麼意思？」

隊長的聲音聽來像是在哭叫：「我但願知道是甚麼意思！」

我深深吸了一口氣。張堅和基地的通訊聯絡中斷，可以是許多情形，最好的情形，自然是他不願意和基地聯絡。而最壞的情形，自然是他已經機毀人亡。

由於冰川上的情形，十分平靜，峽谷中的強風，也不如想像之中那麼強烈，所以我寧願採取較樂觀的看法。

我回答隊長：「現在，至少已有三個人在這個峽谷中遇了事。我必須繼續前進。」

我在通訊儀中，聽到了隊長發出了一陣如同兒童嗚咽般的聲音，我不再和他對話，打開車門，把估計可以帶在身上，又有用的東西，全部搬了下來。

我腳踏在冰川巨大的冰塊上，我仍然一點也感覺不到冰川的移動，不必多久，我便攀越過了那一道約有十公尺高的冰塊障礙。

這時候，我感到自己是童話故事中的人物，穿著奇異的鞋子，攀越過一座由巫師發動魔法而移到眼前來的玻璃山，去追尋一個不知道要經過多少重困難，才能追求得到的目標。

把裝備放在冰地上拖行，負擔倒並不太重，可是一步一步向前走，比起駕駛雪車風馳電掣來，自然不可同日而語。

放眼望去，全是一片冷寂，彷彿置身於宇宙的終極，連生命也幾乎暫時冷凝。

人在這樣的極地冰山峽谷之中，簡直還不如一個微生物，環境的影響可以使人產生許多平時想不到的想法，我這時正一步一步向前走著，可是思緒卻紊亂無比，不知在想些甚麼。

令我差可告慰的是，被形容得如此可怕的冰川，顯得十分平靜，和兩旁的冰山一樣，都靜止不動，也沒有碰到甚麼危險的陷阱。

峽谷中的風勢，相當強烈，幸好我是順著風向在向前走，當然省了不少力。在那時侯，我根本想也未及想到回程應該怎麼辦，向前走去，會發生甚麼事都不知道，如何還能顧及回程？

在紊亂的思緒之中，想起這次事件的一切經過，都莫名其妙到了極點。但就是一連串莫名其妙的事，使得我在南極的一個冰川之上步行。

我不能安安穩穩坐在家裏，一定會有怪異的事，把我捲進漩渦去，不是在南極冰川上艱難地前行，前途茫茫，就有可能在澳洲腹地的沙漠之中，面對著烈日和毒蟲。

我不斷在走著，體能的消耗相當大，口中噴出來的熱氣，令得口罩的邊緣，都布滿了冰花。這時候，峽谷因為山勢的緣故，看來像是到了盡頭，前面變得相當狹窄，是一個彎角。在那狹窄之處，巨大的冰塊，堆得極高，在最上面的冰塊，發出可怕的「格格」聲，那是由於巨大的壓力，緩緩地，但是以無可抗拒的力量，在把冰塊擠壓出裂縫來的聲音。

這些巨大的冰塊，會隨著冰川，向前移動，在若干年之後，會一直移動到海邊，成為海面上飄浮的巨大冰山。我抬頭向上望，要攀越這樣高的冰山，真叫人懷疑自己的能力，是不是可以做得到。

可是既然已到了這一地步，我總得向前進，至少，我希望可以發現一些飛機殘骸還是甚麼的，那也就不虛此行。我停留了片刻，嚼吃了一些極地探險人員專用的含有高熱量的乾糧，在冰塊上刮下一些冰花來，放在口中慢慢融化。

然後，我開始攀登那座冰峰。

我曾跟世界上最優秀的攀山家布平一起攀過山，連他也承認我的登山技術一流。可是攀登由岩石組成的崇陵峭壁，和攀登由冰塊組成的冰山，全然是兩回事，幾乎是十公分十公分地把身子挪移上去，厚厚的手套，又使得手指的動作不夠靈活——

但如果除下手套的話，只怕在十分鐘之內，我的雙手，就剩下禿掌，手指會因寒冷而變硬變脆。一起斷落。

我咬緊牙關向上攀著，利用著每一個可供攀援向上的冰塊的稜角。冰塊堆擠在一起的高度，超過一百公尺，我全然不知過了多少時間，也不去理會自己向上攀援的成績如何，心中所有的唯一意念就是要令得自己的身子向上升，向上升！

如果不是在這種特別的環境之中，我決不認爲我身體的潛能可以發揮到這一地步。南極的永晝，使我不知時日之既過，我決不敢稍事休息，直到我抬頭上望，我已經可以到這冰障的頂端了，才回頭向下看去。

這一看，才知道自己攀了多高，一陣目眩，幾乎沒有摔了下去！我急速地喘著氣，攀上了最後的一公尺，在那時候，整個人像是根本已不存在，身體的每一部分都散了開來，虛無縹緲，不知身在何處。這種感覺，自然是極度的體力消耗之後的疲累所帶來的。

不但是體力消耗殆盡，連我的意志力，也幾乎處在同一狀態，冰障的頂部，巨大的冰塊十分平坦，我真想在冰塊上面躺下來，就此不動，讓寒冷和冰雪，把我的軀體，永恆地保存起來。

在某些環境之中，人的確會產生這樣想法，深水潛水員就知道，如果身在深海之中，而忽然有了這樣的念頭，那是再危險不過的事，經常穿越沙漠的人也知道，如果口渴到了一定的程度，也會產生永遠休息的這種念頭。

人在特殊的環境下，產生這種念頭，心境甚至極度平靜，就像倦極思睡，再自然不過。這是一個人求生的意志已經消失之後的思想反應，所以也是最危險的一種情況。

當我想到這一點時，已經幾乎在那大冰塊的頂部，橫臥了下來，我心底深處，還存著一些意念，不能躺下來，還要設法下這座冰障，再繼續向前走。

可是，除了那一靈不昧的一點意念，我整個身子，都在和意念對抗著，我立即又想到：算了吧，就在這裏躺下來算了！

我甚至緩慢地伸了一個懶腰，連那一點對抗的意念也不再存在，準備躺下來。

然而，就在那時候，我看到了那架直升機。

一時之間，我真是無法相信自己的眼睛，以爲那只是我在極度疲勞之後所產生的一種幻覺。

可是，的的確確，是那架直升機，深色的機身，深色的機翼，就停在離那巨大的冰障，只不過一百公尺左右之處，那地方的峽谷已經相當寬，冰川的表面上也十分平整，是直升機降落的一個理想的地點。

我足足呆了有一分鐘之久，先是不相信自己看到的是真的，接著，又不相信自己的好運氣，隨即，我發出了一下盡我能力所能發出的歡呼聲，身子也挺立了起來。

直升機好端端地停在前面，那証明張堅沒有遇到甚麼意外。

我繼續大叫著，然後，精力也恢復了，把一枚長長的釘子，釘進冰中，繫上繩索，就著繩子，向下縱去，很快地又踏足在冰川之上。

我一面叫著，一面仍向前奔去，叫的話全然沒有意義，是高興之極，自然而然發出的呼叫聲。

來到了直升機旁邊，我抬頭看去，看到機艙中好像有人在，我迅速攀上去，機艙的門只是虛掩著，打開艙門，我已經看清楚，在機艙中的那個人，並不是張堅，是一副好好先生模樣的田中博士。

田中博士「坐」在一個座位上，微張著口，一動也不動，我還未曾進艙去，就可以肯定他已經死了。因爲在他的臉上，結著一層薄薄的冰花，使他的膚色，看來呈現一種異樣的慘白。

突然之間，看到了田中博士的屍體，極度意料之外。根據探險隊中所有人的分析，他駕駛的飛機，既然遇上了大風雪團，那就應該連人帶機，都變成粉碎了。

但是如今，他雖然已經死了，身上卻看不出有甚麼傷痕。

爲了確定他是不是真的死了，我進了機艙，試圖把他下垂的手臂提起來。可是他的身子，早已經僵硬，手臂已無法抬得起。他已經死亡，那毫無疑問。

一連串的疑問，也在這時一起湧上我的心頭：張堅到哪裡去了？溫寶裕呢？是不是也是死了，屍體在哪裏？田中的飛機遇到了甚麼情況。何以他的屍體可以完整地被保留下來？問題多得我一個也無法解答。

我又探身出機艙，大聲叫著，希望張堅就在附近，可以聽到我的叫聲。

但是我發現，我的叫聲，全被峽谷中的強風淹沒，根本傳不出去，所以放棄了叫嚷，回到機艙之中，本來我想發動直升機，利用機翼發出的聲響，來引起附近的人注意。

但是我發現了求救設備，我取起一柄信號槍來，向著天空，連射了三槍。三股濃黑的黑煙，筆直地升向空中，在升高了好幾十公尺，才被強風吹散。而濃煙射出的聲響，連強風都掩蓋不住。

我躍出了直升機，四面看看，等待著有人見到黑煙，聽到了聲響之後的反應。不多一會，我就看到，在一邊的冰山懸崖，距離我站立之處，高度大約一百多公尺，有一小點黑色的東西在搖動。

由於長時間在冰天雪地之中，雖然有著護目的雪鏡，可是長時間強光的刺激，也已使我雙眼疲倦不堪，尤其向高處望，光線更強烈，看出去，視線更是模糊。但是那一團搖晃著的東西顏色相當深，在一片白茫茫之中，還是可以看得見。

我用力眨著眼睛，直到眼瞼生痛，已看清了在那冰崖之上，在晃動著的，是一個人的雙臂，這個人身形看來相當矮小，我陡然在心中尖叫了起來：溫寶裕，那是溫寶裕！

我急急奔向前去，由於奔得太急，一下子跌倒，在平滑的冰面上滑出了相當遠，我心中沒有別的願望，只盼剛才看到的不是幻象才好。

站直身子，才發現我離冰崖太近了，在這個角度，就算冰崖上有人出現，我也不能看見，我正待急急後退間，突然看到一段繩索，自上面搥了下來。

我發出了一下歡呼聲，走前幾步，雙手緊握住了繩索，才知道剛才看到的，不是幻象。雙手交替著，緣繩攀上去，並不是十分困難的事，尤其在知道了溫寶裕還好好地活著，心情的興奮，幾乎可以令得體能作無限止的發揮。這時我向上攀緣的速度之快，南美長尾猴見到了，會把我引爲同類。

等我攀上了冰崖，才發現冰山在那地方，形成一個相當大的平整空間，宛若一般崇山峻嶺中的石坪，等我踏足在那個冰坪上時，溫寶裕已一步一步，向我走了過來，我迎向前去，一把抓住了他，一時之間，實在不知說甚麼才好。

本來幾乎是沒有可能的事，但現在卻變成了事實，真是溫寶裕。真是這個超級頑童，他活生生地在我的眼前。

溫寶裕顯然也有著同樣的激動，他也緊握住了我的手，我們四手緊握著，不願鬆開來，但是他又顯然急於指點我去看甚麼，所以他只好抬起腳來，用腳向一旁指看，要我去看。

我循他所指看去，一看之下，我也不禁呆住了。

我的震呆程度是如此之甚，以致在一時之間，我忘記了身在極地的冰山之上，我唯一的念頭是：我要把我一眼看到的景象，看得清楚一點，而戴著的雪鏡，是妨礙視線的清晰的。所以，我連考慮也不考慮，一下子就摘下了雪鏡，希望把眼前的景象看得清楚一些。

可是這個動作，實在太魯莽了，令我立時就嚐到了惡果。

雪鏡才一除下，雙眼就因爲強烈的光線，而感到一陣刺痛。我總算驚覺得快，在我和溫寶裕同時發出的一下驚呼聲中，我立時緊閉上眼睛，同時，也立即再戴上了雪鏡。

刺痛未曾消滅之前，我不敢再睜開眼來，唯恐雙眼受到進一步的傷害。

在我緊閉雙眼的時候，眼前只是一團團白色的，不規則的幻影，在晃來晃去，無法再去注視眼前的景象，我只是問著，聲音不由自主，帶著顫音：「這……是甚麼？」

溫寶裕立即回答我：「不知道，真的，不知道。」

我深深吸了一口氣。這時，我雖然緊閉著眼，但是剛才一瞥之間的印象，卻也深留在我的腦海之中。不知道自己看到的是甚麼，但是把看到的景象，如實形容出來，總還是可以的。

我循著溫寶裕用腳指點的方向看去，首先看到在距我約有三十公尺外的一幅冰崖。那幅冰崖，和冰山其他部分，呈現耀目的白色不同，是極度晶瑩的透明，簡直就是一幅透明的純淨度極高的水晶。

而就在那幅透明的冰崖之內，我在一瞥之間，看到了許多……怎麼說才好呢？若是只憑看了一眼的印象，應該說，我看到了許多東西。用「東西」來籠統形容我所看到的，總可以說確切。

自然，我也可以說，在那一霎間，我看到的是許多動物，甚至可以說，是許多人，但是在未曾看真切之前，我寧願說我看到了許多「東西」。至於那是甚麼東西我說不上來。相信就算再多看幾眼，還是說不上來。溫寶裕不知已看了多久，可是，當我問他那些東西是甚麼之際，他一樣答說不知道。

在我緊閉著雙眼之際，溫寶裕問了我好幾遍：「衛先生，你眼睛怎麼了？」

我答：「不要緊。刺痛已在消退。」

當他問到第四次時，我感到刺痛已經減退到了可以忍受的程度，我也實在等得急，所以，重新又睜開了眼來。面對著那片冰崖，看到了在透明的冰崖之中的一切，由於景象實在太奇特，所以有一兩個問題，我應該急著問的，也忘了問，例如張堅在甚麼地方之類，我只是全神貫注地盯著前面看，溫寶裕緊靠我站立著，我簡直如同石像，至少呆立了超過十分鐘。

我看到的是甚麼呢？如果要我用一句話來回答，那麼，我的回答只有一句：「不知道。」但是，我卻可以詳詳細細，形容我所看到的景象——必然十分詳細地形容，不然，根本無法表達出眼前景象的那種無可名狀的奇詭。

我所看到的一切，全在冰崖之後，那平滑晶瑩透明的冰崖，究竟有多厚，無法知道。

所謂「看到的東西在冰崖之後」，正確一點說，應該是：在冰崖之中，看到的一切，全被晶瑩透明的冰所包圍著，也就是說，一切東西，全凝結在巨大無比的冰崖中。

在冰崖中的東西，四面全是堅冰包圍，一動也不動的，可是在冰裏面的許多東西，給人的感覺，卻不是靜態，而是動態。

舉一個例子來說，有一種東西叫號珀，樹脂凝結而成，在琥珀之中，往往有著昆蟲。如果有一隻昆蟲，正在展翅欲飛之時，恰好有一大團樹脂落在它的身上，把它裏住，若干年後，樹脂變成了琥珀，在琥珀中的昆蟲，仍然是展翅欲飛的形態。給人的感覺，也就是動態，不是靜態。

這時，我所看到的，在透明的堅冰中，那些給人以動態感的東西的情形，正是如此。

由於冰崖不知道有多麼厚，雖然透明晶瑩，但是被凍結在裏面的東西很多，有的在冰崖深處，只見影綽可見，不像是在冰崖這表面處的那些，看來如此清晰。

說了半天，凍結在冰崖之中的，究竟是甚麼東西呢？我實在說不上來，但可以肯定的是，它們一定是生物，或者說，它們一定是動物。

我走近冰崖，伸手可以摸到平滑的表面，距離我最近的是一群看起來像是蜘蛛一樣的東西，有著渾圓的身體，和長得出奇的凸出物（姑且可以稱之爲腳），但又只有四條。在「腿」和「身子」上，都有著密而長的細刺，或許那是毛，色作深褐，極可怕的是在渾圓的「身體」的中間部分，有一個球狀凸起，那個凸起，大小如同網球，在那個凸起之上，又有兩條長長的凸出，可以姑且稱之爲「觸鬚」，而在「觸鬚」之上，又各有一個小球，大小如乒乓球。

那一群，至少有十七八個這樣的東西，「腿」或「觸鬚」的姿態，各自不同，有的看起來像是正在爬行，而有的，看起來像是正在「搔癢」。這種東西的球狀凸起，甚至在冰光掩映之下，還有著閃光，看起來像是活的，形態猙獰可怖。而當我第一眼看清楚其中正在「爬行」的那一個這樣的東西時，那東西像是要向我衝過來，令得我不由自主，向後退了一步。

在退出了一步之後，我才有足夠的鎭定，去想那些東西。被凍結在極度堅硬的冰崖之中，不可能爬出來。雖然說離我最近，但是，至少也在冰崖的表面五公尺之後，我和它們之間，隔著至少五公尺厚的堅冰，不必害怕它們的攻擊。

在那種蜘蛛狀的東西之旁，是一大堆，重重疊疊堆在一起的另一種東西，那種東西看起來像是甚麼爬蟲類，色灰，無頭無腦，長度約在半公尺到一公尺之間，橢圓形，有著略帶拱起的硬甲，在硬甲之旁，是許多看來似腳非腳的凸出物。

這一大堆東西的形狀，絕不屬於看了之後，可以令人開胃消滯的那一類，但是不那麼令人震悸，有一些生物的樣子，與之類似，例如古代的三葉蟲，或在南中國海沿岸地區，可以見到的鱟魚之類，樣子就差不多。

但是，在那堆東西後面的幾個東西，看起來就可怕之極了，看得我不由自主，連連喘氣，喉間發出一種莫名其妙的聲音來。

第八部：冰崖之中怪物成群

那幾個東西，十分高大，足有三公尺高，最下面是粗而短的一個圓柱，那個圓柱，顯然不是這種東西原來的身體，而是外來的物事，也看不出是甚麼質地製造。那情形，就像是一頭直立的大熊，但是兩條後腿，卻並在一起，套在一隻圓柱形的筒中。

在那個粗短的圓柱之上，是一個相當龐大的身體。上面是一個頭，頭部的結構，倒類似我們如今所熟悉的脊椎動物，有圓如銅鈴的雙眼，和濃密的體毛。

在應該是脊椎動物生長前肢的地方，也有著類如前肢的肢體，而應該是爪子的地方，「手指」看來又細又長，像是忽然之間長出了五條蛇，有的，甚至還糾纏在一起。其中有一個這樣的東西，那五條蛇一樣的手指，正纏住了一隻那一堆的怪東西，看情形是想將之抓起來。

這種東西，算是甚麼？它是一種動物，這毫無疑問，但是這又是甚麼動物？它的樣子是如此可怖，比想像中的妖魔鬼怪，還要可怖得多，若說它是「鬼趣圖」中的一隻獨腳鬼，那庶幾近似，可是它又那麼實在地凝結在透徹的冰崖之中。

還不止如此，在那種類似獨腳鬼形狀的東西旁邊，還有兩個更令人吃驚的東西，那兩個東西，也是動物，只能看到它們的一部分，我猜，那一部分，可以算是他們的頭部，形狀就像是放大了幾萬倍的某種昆蟲的頭部，在籃球大小的球體頂端，有著兩個網球大小的大半球狀凸起，而在那個半球體上，又是無數小球體，雖然凍結在冰崖之中，那些無數小球體，看起來還像是在閃耀著各種不同顏色的光采。而有些顏色，難以形容，因爲我在此之前，根木沒有見過這樣的顏色。

在兩個網球般大小的球體之下，是許多孔洞，排列有規則，整個的顏色，是一種淡淡的灰白色，看起來怪異莫名。

只能看到它們頭部的原因，是由於他們的頭部以下，全藏在一個相當大的、橢圓形的，看起來如同雞蛋一樣的東西中。

這種情形，使得那個東西，看起來像是剛弄破了蛋殼，自蛋殼之中探出頭來的甚麼鳥類。

然而，他們藏身的那個「大蛋殼」，又顯然並不是真的蛋殼。

那只不過是一種器具，一眼就可以看得出，那絕不是它們身體原始的一部分，就像是那些「獨腳鬼」的「腳」，不是身體的一部分，是套上去的。

那種「蛋殼」的前端，有著許多塊狀凸起物，在這種東西的下面，冰呈現一種異樣的白色，而整個「蛋殼」的顏色深黑。

這兩個東西之令人吃驚，還不單是因爲它們頭部的外形，看來如此駭人，更在於那兩個「蛋殼」，一看就可以看出，是高度機械文明的製成品。

一看到了那兩個「蛋殼」，和這麼多奇形怪狀的東西，我當然，自然而然地想起了外星生物，來自別的星體上的怪物。

我所詳細形容出來的東西，只是列舉了幾種形體比較大的而已，其他形體較小的古怪東西，還有極多，有一種看來像是石頭雕成的，菌狀的東西，一簇一簇地在一起，上面花紋斑斕，看起來極是絢麗。

我和外星生物有過多次接觸，把這些東西，當作是外星來的生物，是自然而然的事。

可是，在我身邊的溫寶裕，這時忽然說了一句：「你看冰崖中的景象，可以和溫嶠燃著了犀角之後看到的鬼怪世界相比擬?」

我陡地呆了一呆,「啊」地一下:「是啊,那真是鬼怪世界,只怕溫公當年燃犀之後,見到的怪物再多,也不能和如今……這裏相比。」

溫寶裕靠得我更近了一些:「衛先生……這些全是生物,它們……全是活的?」

我深深地吸了一口氣,寒冷的空氣大量湧進了體內,有助於使我的頭腦冷靜,我搖頭:「它們曾經活過。如今自然死了,你看,它們一動也不動,四周圍全是堅硬之極的冰塊。」

溫寶裕又問:「衛先生,它們是甚麼?」

我緩緩搖著頭,剛才,由於太專注於眼前的景象,我的脖子有點僵硬,這時在搖頭,顯得不很自然:「我不知道,但是我想……最大的可能,那是許多種來自外星的生物。」

溫寶裕的聲音之中有著懷疑:「外星來的?那麼多種?我已經約略算過一下,可以看得到的,至少已超過五十種不同的東西……而且還有一些,看起來……不像是生物,你看那個……」

溫寶裕一面說，一面伸手向前指著，我也早已看到了那東西，由於那東西的形狀太奇特了，不規則到根本無以名之，真要形容的話，只好說它看起來像是一座現代派的銅鐵雕塑品，大約有二公尺高，聳立在那裏。這樣形狀的東西，儘管我一向認爲，外星生物的形狀不可設想，但我地無法設想這東西是一個動物，勉強可以說，有點像是一種植物。

我遲疑著：「總之，在冰崖中的這一切，我們以前從未見過，不但我們沒有見過，只怕地球上沒有人見過這種怪東西。」

溫寶裕像是要抗議我的這種說法，我不等他開口，就已經道：「晉代這位溫先生或許見過許多鬼怪，但是我不認爲他見到的就是我們眼前的這些怪物。」

溫寶裕還是說了一句：「至少，所看到的……全是前所未見的怪物。」他這樣說，倒沒有法子反駁，我只好悶哼一聲，不作反應。

溫寶裕忽然又急急地道：「當時，我偶然看到了冰崖之中，好像有許多東西在，田中博士也看到了，他要不顧一切飛過去看看……其實也很正常……可惜他……唉，真不知是誰的錯。」

直到他這樣說了，我才陡然想起，我還有許多問題要問他……問題實在太多了，真不知從何問起才好，我揮了揮手，先問道：「張堅呢？」

溫寶裕「啊」地一聲：「他不讓我進去，自己進去了。」

我呆了一呆。一時之間，不知道他這樣說是甚麼意思，他一面說著，一面伸手指向冰崖的另一邊。我循他所指看去，看到冰崖在那部分，有一個屏障似的傾出，我急急走了過去，看到冰屏後面，是一道相當寬闊的隙縫，情形一如山崖之中的石縫，可供人走進去。

看到了這種情形，溫寶裕的那句話，自然再容易明白都沒有了，他是說張堅從那個隙縫之中，走了進去。

我悶哼了一聲：「你這次倒聽話，他叫你別進去，你可就不進去了？」

溫寶裕聲音苦澀：「我……已經闖了大禍，不敢再……亂來了，而且，他告訴我，說你在後面追著來，他還說他很知道你的脾氣，就算爬行著也會追上來，所以他又叫我在外面，以便接應。」想起張堅的行爲，我真是忍不住生氣，他可能只以爲我駕著雪車前來，沒料到川冰之上障礙重重，我爲了翻越這些冰障，真是吃足了苦頭。

溫寶裕又道：「當我聽到信號槍的聲響，和看到濃煙升空，我就知道一定是你來了，衛先生，看到你真是太好了。」

在有了這樣的經歷之後，溫寶裕好像成熟了不少。而在這時候的話，聽來也十分衷心，不是甚麼滑頭話。說起來，田中博士的飛機失事，我也有不是，如果不是我堅持不讓他下機，田中自己一個人駕機走，自然不會有如今這樣的意外。

但是，自然也不能有如今這樣的發現。

如今，我們究竟發現了甚麼，有甚麼意義，我還一點頭緒都沒有，但是在冰崖之中，凍結著那麼多形狀如此古怪的生物，這總是異乎尋常的大發現。

我嘆了一聲，伸手在他的肩頭上拍了一下，想安慰他幾句，但是卻也不知道說甚麼才好，只是道：「來，我們一起進去看看，張堅真不夠意思，見了面，我還得好好地罵他。」

溫寶裕卻立時道：「張先生已約略對我說了經過，我倒覺得，他撇下你自己來涉險，用意是和你不讓我下機，要我立刻回去一樣。」這小子，在這當口，說話還是不讓人，我狠狠瞪了他一眼，可是我想由於大家都戴著雪鏡，再發狠瞪他，也起不了甚麼效果，自然是也懶得和他分辯，就和他一起自那冰縫之中，走了進去。一進入冰縫之中，溫寶裕不由自主，發出了驚怖的呻吟聲。

別說他是一個從來也沒有冒險經歷的少年，連我，不知經過多少古怪事情，也要竭力忍著，才能不發出同樣的聲音來。

那個冰縫，不知是怎麼形成的，它把那座巨大的冰崖，從中劈成了兩半，一走進去，兩面全是晶瑩透明的冰，而兩面的冰崖之中，又全凍結著各種各樣、千奇百怪、奇形怪狀的東西。溫寶裕無疑十分勇敢，也十分富於幻想力。但是躺在家裏自己的房間中，翹起腿來胡思亂想是一回事，真正進入了一個幻想境地，一切的想像全變成了事實，根本不可能的事，一下子全出現在眼前，那又是另一回事。

我們這時的情形，就是這樣，一進入冰縫之後，就置身於幻想世界。和在冰崖之前，凝視著種種色色，凍結在冰中的怪物，所得的感受，又自大不相同。

那時，冰中的怪東西，距冰崖表面，更近的也有好幾公尺，進入了冰縫，那些無以名之的怪東西，就在貼近冰的表面處，有的，甚至於它們的肢體的一部分，還在冰的表面之外，暴露在極其寒冷的低溫空氣中，一個如同蜘蛛的東西的一條「長腿」，橫亙著，阻住了我們的去路，我們兩個人，實在不知道怎麼才好！我呆了一會，小心伸出手，想把那手臂粗細，又裹著一層冰的那隻「腳」推開一點，好走過去，誰知道那東西十分脆，手才向前推了一下，就「拍」地一聲，齊著冰的表面，斷了下來。

溫寶裕在我的身邊，發出了一下驚呼聲，像是怕那斷下來的東西，會飛起來，撲向他，把他抓住，他緊抓住了我的手臂，一動也不敢動。

我注視著落在冰上的那一大截肢體，那毫無疑問，是那種怪物的一截肢體，也有唯恐它忽然活動起來的恐懼，所以要過了一會，才能開口：「寶裕，我敢說，沒有人可以想像，世界上有這樣的一個『恐怖洞』在。」

所謂「恐怖洞」是一般大型遊樂場中常有的設施，遊人進入一個黑暗的洞中，在黑暗之中，不時會有一些鬼怪撲出來嚇人一大跳的那種遊戲。

溫寶裕的聲音發著顫：「別……開玩笑了，我實在十分害怕。」

我沒有拾起那截肢體來，兩人跨過了它，繼續向前走去，不多久，有一個東西，身體的上半截，全在冰的外面，斜斜地伸向外，連我也沒有勇氣再去推，要是一推之下，那上半截身軀，又斷了下來，這實在不知如何才好。

那身子的上半截斜斜伸在冰外，是一個看起來由許多細長的棍子組成的圓柱體，上半截——就在我面前，伸手可及處——是一個尖頭尖腦的「頭部」（我假定是頭部），長著許多刺不像刺，毛不像毛的東西，在那些毛或刺之中，有著兩個球狀的凸起這些怪物，大部分都有著這種凸起，那是甚麼器官，是「眼睛」？那東西約兩個球狀凸起，如果是眼睛的話，那麼它就正在「看」著我們。

自然，在那半截身軀上，也罩著一層薄冰，可是那和赤裸裸地面對著這樣的一個怪東西，也沒有甚麼區別了。

我們在那怪東西面前，呆立了好一會才定過神來，溫寶裕怯意地道：「它……真是曾經活過的，你看，它像是不甘心被冰凍在裏面，硬是要掙出來，可是只掙出了一半，下半身還是被冰凍住了，天……那許多冰，一定一下子形成，所有的東西被冰包住，根本沒有逃走的機會。」

我早就認爲，溫寶裕想像力十分豐富。我乍一見到冰崖之中的那種奇異景象，隱約地、模糊地有「十分熟悉」的感覺。但是這種情景，又是我從來未曾見過的，所以雖然曾有過這樣的感覺，也想過就算了，沒有進一步地深究下去。

直到這時，聽得溫寶裕如此說，我心中陡地一亮，不由自主，「啊」地一聲：「這……這情形，就像兩千多年之前，維蘇埃火山突然爆發，數以億噸計的火山灰，在刹那之間罩住了龐貝城，把城中所有的一切，全都埋進了火山灰一樣。」

溫寶裕立時道：「情形有點相類，但可能來得還要快，你看，冰中的那些怪東西，有的動作，一看就可以看出，只進行到一半。」

我想了一想：「更快，那應該用甚麼來作比喻？快得就像……像核武器爆發？耀目的光芒一閃，不到十分之一秒，所有的生物就完全死亡！」

溫寶裕同意：「大約就是那麼快，可是所有的生物死亡的方式不同，這裏的生物，全被凍結在冰層之中……這是一種甚麼樣的變化？」

我自然無法回答他的這個問題，只好攤了攤手，和他一起，避過了那個上半身斜伸出來的怪東西，繼續向前面走。

才走出了不幾步，溫寶裕發出了一下低呼聲，我知道他發出驚呼聲的原因，是因爲在前面，有一個「怪東西」，竟然是活動的。

但是我卻沒有吃驚，因爲我早已看到，那不是甚麼「怪東西」，雖然厚厚的禦寒衣，加上帽子、雪鏡、口罩，看起來樣子夠怪的，但那是和我們一樣的人，而且，當然就是張堅。

張堅那時，站在一個「頭部」有一半在冰層之外的怪物面前，雙手無目的地揮動著，那個怪物的頭，像是一個放大了幾十倍的膛螂頭，呈可怕的三角形，有著暗綠色的半球狀凸起。

他分明極度迷惘，我和他心境相同。所以，我沒有大聲叫他，只是默默地走到了他的身前。他抬頭向我看了一眼，喉際發出了一陣「咯咯」的聲響，也不問我怎麼來的，只是用聽來十分怪異的聲音問：「這是甚麼？天！這是甚麼？」

我比他略爲鎮定，對這個問題，可以作出比較理智的回答：「是許多我們從來未曾見過的生物，不但我們未曾見過，也從來沒有人見過，不存在於任何的記載。甚至，隨便一個人的想像力多麼豐富，也無法想像出世上有那麼多的怪東西。」

張堅長長地吁了一口氣，他呼出來的氣，透過口罩，在寒冷的空氣之中，凝成了一蓬白霧。

他道：「那些……生物……在這裏，竟是那麼完整。現在我知道我在……海底的冰層，看到的是甚麼了。」

我不禁「啊」地一聲，記起了自己爲了甚麼才到南極來。

由於張堅在海底的冰層中，發現了不知甚麼東西。他在海底冰層中發現的景象，和這裏一樣？張堅採集的，內中有著生物胚胎的冰塊，送到胡懷玉的研究所去的那些，內中的胚胎，就是這裏的許多怪物之中某一種的胚胎？發展起來，就會變成某一種怪東西？

如果真是這樣，那麼胡懷玉……

想到這裏，我思緒紊亂之極，我疾聲問：「你在海底看到的是甚麼？我一再問你，你都不肯說。」

張堅向我望來，語音苦澀：「不是我不肯說，而是我實在不知道該如何說。即使是這裏的景象，叫你說，你怎麼說？」

我問：「海底冰層之中看到的，就和這裏一樣？」

張堅搖頭：「不，可怕得多。」

我不由自主吸了一口氣：「可怕得多，那怎麼可能？我實在想不出還有甚麼情景，會比這裏更可怕。」

張堅停了片刻，急促地喘了幾口氣：「這裏的一切完整，而我在海底冰層中所看到的一切，全是支離破碎的……全是這種怪東西……的殘缺的肢體，沒有一個完整。」

我一聽得他這樣說，不禁打了一個哆嗦，的確，如果全景各種各樣怪東西的肢體，那真是比目前的情形，還要可怕得多。

而且，那也更難知道究竟是甚麼，難怪張堅一再要我去看，他的確是無法說得出來他看到的是甚麼？我同時也明白了，何以在探險隊長說到，他可能遇到田中博士一隻斷碎了的手掌時，他的反應如此激動：他想到了海底冰層之中看到的可怕景象。

張堅指著他面前的那個怪物：「這裏有那麼多……完整的……我相信在海底冰層中的那些，原來也是完整的，許多年來，冰層緩慢移動，被弄得支離破碎了的。」

張堅又「咕」地一聲，吞了一口口水：「冰層的移動十分緩慢，但是力量極大，不管是甚麼生物，總是血肉之軀，一定……」

他才講到這裏，我又陡地想起一樁事來，忙打斷了他的話頭：「等一等，冰層移動……照你的意見，冰層從這裏移動到你看到的海底，那要多久？注意，我問的是冰層的移動，不是冰川的移動。」

張堅回答：「我懂，冰層的移動極慢，那一段距離，可能要幾十萬年，幾百萬年，誰知道確切的時間是多少？人類的歷史不過可以上溯幾千年，就算從原始人開始，也不過幾十萬年。」

我指著眼前的那個怪物：「那麼，照這樣說來，這些東西，被凍結在冰層之中，已經超過了幾百萬年，甚至於更久遠？」

張堅想了一想：「十多年前，加拿大科學家在南極西部的一個探險站，用特殊設計的鑽機，鑽下去近兩千五百公尺深處，取到了冰塊的樣本，在那次得到的標本中，甚至可以知道幾十萬年之前，或者更久，空氣中氧的成分，也與如今的空氣中氧的成分有異，在極地上取得的標本，可以推算到上億年之前，不算是甚麼稀罕的事。」

我有點激動得發顫：「那麼，你在寄給胡懷玉那些含有生物胚胎的冰塊時，也是早知那些胚胎，有可能是七億年之前留下來的？」

張堅坦然道：「至少在科學上，可以作這樣的假設。」

我深深吸了一口氣，苦笑了一下，隱隱感到胡懷玉的憂慮，也不一定沒有道理。

上億年，誰知道上億年之前的生物形態是甚麼樣子！

那可能是地球上三次冰河時期中的生物，早就有人認爲，地球文明，由於冰河時期而結束，然後又再開始。如果這種說法成立，那麼，地球已有過三次冰河時期，有過三次地球文明的覆亡，我們如今這一代的地球文明，就算從猿人開始算起，是第三次冰河時期結束之後的事，是地球上的第四代文明。

而且，地球上曾發生過三次冰河時期，也只不過是一種推測。推測中的第一次冰河時期稱爲「震旦紀冰期」，震旦紀，那是地質學上的名稱。估計距離現代，是在五億七千萬年到十九億年之間。

五億七千萬年到十九億年，真正難以想像那是多麼悠遠的歲月！

在那悠遠的歲月之前，更是連推算都無法推算的事情了。

我在剎那之間，想到了許多問題，也感到我現在看到的那麼多怪東西，大有可能，不自外星來，更有可能是地球上土生土長的東西，只不過不知是哪一代地球文明的生物而已。

如果那些怪物，在近十億年之前，生活在地球上，那麼形態如此之奇特，倒也可以想像。每一次冰河時期的大毀滅，再由最簡單的生命，進化成為複雜的高級生物，無論如何，「下一代」的外形，不能和「上一代」相同。

我在雜七雜八地想著，溫寶裕拉了拉我的衣袖，指著冰層的深處：「看，那裏面，還有兩個像是坐在蛋殼中的東西在。」

我自然知道他所說的「坐在蛋殼中的東西」是甚麼東西。那種東西，只有頭部露外面，而身子隱沒在一個如同蛋殼般的容器中。

我循他所指看去，果然又有兩個在，在所有的怪東西之中，以這種「東西」最少，能夠看得到的，只有四個。

張堅在這時忽然道：「那一種……看起來，在一種人工造成的器具中。」

溫寶裕自有他少年人的想法：「看起來，像是我們坐在一輛小型的開篷汽車中一樣。」

我和張堅都不由自主，震動了一下，他提出來的比喻，十分貼切。

如果那蛋殼形的東西，是一種甚麼器具，那麼，這種東西藏身在那種器具之中，爲甚麼只有那種形狀的東西，藏身於一種器具之中？這種形狀的東西，是一種高級生物？

在我們看來，一切全是那樣怪異莫名，所以我們根本無法分得出其中哪一種比較高級，就像是一個完全未曾見過地球生物的外星人，看到了人和狗馬牛羊雞鴨等等生物在一起，也無法分別出何者高級，何者低級。唯一分辨的方法，就是看看哪一種有著人工製造的東西在身上。例如人有衣服，牛卻只有天生的皮和毛。

這一共只有四個的東西，既然懂得利用一種製造出來的容器，把自己的身子藏在裏面，那麼自然比其他的生物要進步得多。

當我這樣想著的時候，已經有一個模糊的概念，在我腦海之中，逐漸形成，陡然之間，我叫了起來：「這……被凍結在冰中的一切……看起來，像是現在的……

一個農場！」

張堅失聲叫了起來：「一個農場？」

溫寶裕也仰起頭，向我望來。

我對於自己設想的概念有了結果，十分興奮，不住地指著冰層中的那些東西：「看，坐在『蛋殼』中的，可以假設它們是人，而各種各樣的怪東西，有一部分是植物，大部分是動物，就像農場中的雞鴨牛羊，這是一個養殖各種生物的場所。」

溫寶裕的聲音之中，充滿了疑惑：「養這麼多鬼怪一樣的東西？」

我笑了起來：「小朋友，雞的樣子，由於你從小看慣了，所以不覺得奇怪，若是叫一個從來也未曾見過禽鳥的人看到了，一樣如同鬼怪。」

張堅的聲音中，也充滿了疑惑：「一個農場……你的意思是說，一個……農場，正在進行日常的活動，但突然之間，冰就把它們一起凍結了起來，自此之後，它們就一直在冰中，直到如今。」

我道：「如果你還有第二個解釋的話，不妨提出來。」

張堅呆了半晌，才緩緩搖了搖頭，我道：「自然也有可能，這是一群來自外星的生物，突然被凍結了起來，不過看起來，是地球上代文明，生活在地球上的生物。」

張堅伸手，去摸那個露在冰外生物的「頭部」。

我對他的動作，感到有點悚然，試探著問：「張堅，你要把它們……弄回去研究？」

張堅連考慮也未曾考慮就回答，顯然他心中，早已有了決定：「當然，在冰中的，無法取得出來，上億年的冰，堅硬程度，十分驚人，但是露在冰層之外的部分，都可以弄回去研究。」

我的想法十分矛盾。在這個冰層中的一切，幾乎沒有一樣不足以令得舉世的科學家發狂，不知可以供多少人多少年研究，研究的結果，有可能像是我的推測，也有可能根本不是，這是人類科學上的極其重大的發現，我自然地想有真正的結果，好明白這些奇形怪狀，看來一如鬼魅魍魎的東西的真正來源。

可是另一方面，我卻感到極度的恐懼。恐懼感一半是由我自己的想法所產生，另一半，卻來自胡懷玉的影響。

張堅寄給胡懷玉的，內有生物胚胎的冰塊來自海底冰層，而他在海底冰層，又曾見過許多破碎的，各類怪物的肢體，和這裏所見的相同。那麼，胚胎成長之後，變爲不可測的生物的可能性太大了。

如果張堅把這裏可以帶回去的一切，帶回去研究，在不同的環境下，例如說，不是如此嚴寒，是不是會產生異乎尋常的變化？這就是我擔心的事。

這時，我看得出，張堅正處於一種狂熱的情緒中，要令得他放棄，很不容易，但是我總得試一試。

我想了一想，輕輕把張堅放在那怪東西半邊頭上的手，推了開去：「這一點，很值得從長計議。」

張堅以極愕然的聲音反問：「哪一點？甚麼事要從長計議。」

我嘆了一下：「你知道我在說甚麼？」

張堅立時大聲回答：「根本不必考慮，這裏，在冰層之外，可以帶回去的每一樣東西，都是科學研究上的無價之寶。」

我點頭：「這絕不必懷疑，問題是：你知道那些無價之寶是甚麼？」

張堅道：「是生物，各種各樣的生物。」

我吸了一口氣：「正因爲它們是生物，所以才可怕，它們……它們……」

張堅放肆地大笑了起來：「你怕甚麼？不必吞吞吐吐，你怕它們會復活？」

我對張堅的這種態度，已經相當氣惱，不識趣的溫寶裕，在這時居然也跟著打了一個「哈哈」。

我冷冷地道：「他們若是復活，也不是甚麼值得奇怪的事。」

張堅止住了笑：「我們並不能把他們之中任何一種完整地帶回去，只是一些肢體，像這個，可以把它半邊頭弄下來，已經很不錯了，一些殘破的肢體，怎麼會復活，有甚麼可怕？」

我又嘆了一聲：「看得見的，並不可怕，看不見的那才真可怕。」

張堅陡然揮著手：「我不明白你的意思。」

我也激動地揮著手：「第一批登陸月球回來的太空人，爲甚麼要經過相當時間的絕對隔離？」

一聽得我這樣講，張堅默然，溫寶裕也發出了一下低呼聲。

這個問題的答案，三個人全都再也清楚不過，怕的是月球上有著甚麼不爲人類所知，肉眼又看不到的古怪生物，如果把這種生物帶到了地球上來，而又蔓延繁殖，會造成甚麼樣的結果，全然沒有人可以說得上！

在張堅不出聲時，我又道：「這些怪東西復活的可能性極少，但是它們的肢體上，又焉知不附帶著人眼所看不見的微生物？只怕一離開了這裏的環境，那些微生物就有大量繁殖的機會。」

張堅沉聲道：「這只不過是你的推測。」

我用力搖著頭：「絕不是我的推測，你交給胡懷玉的冰塊中的胚胎，在溫度逐步降低中，就開始成長，胡懷玉爲此緊張莫名，我到現在，也不全盤否定胡懷玉已經受到了這種不知名生物侵擾的可能性。」

張堅的聲音聽來極憤怒：「照你所說的情形，胡懷玉只是輕度的精神分裂。」

我立時回答：「又焉知輕度的精神分裂，不是不知名生物對人腦侵擾的結果？」

我和張堅爭論，溫寶裕這小傢伙，一直十分有興趣地在一旁聽著，我想我已經把我的意思，十分清楚地表達出來了，可是張堅卻仍然固執地道：「不行，你想叫我不研究這樣的發現，絕無可能。」

我嘆了一聲，我也知道絕無可能。但是我也沒有想到，張堅一下子會變得如此瘋狂，他話才一出口，雙手就抱住了那個怪物的半邊頭，像是一個摔角選手挾住了他對手的頭一樣，用力扭著，想把露在冰層外的那半個頭，扭將下來。

然而那半個頭，多半由於露在冰外的部分並不太多，或者是由於那怪東西的頭部構造相當堅硬。所以張堅雖然用力在扭著，那半邊頭，卻絲毫未受撼動。

這種情景，真是詭異莫名，看了令人渾身都起雞皮疙瘩。我忍不住叫了起來：「好了，好了，你不一定非要那半個頭不可，可以供你帶回去研究的東西多的是。」

經我一叫，張堅總算停了手，溫寶裕膽怯地道：「我們在裡面已經夠久了，是不是該出去了？」

我們身在冰縫之中，看出去，前後左右，全是凍結在晶瑩的冰屏中的各種怪物，我也早想退出去了，和這麼多奇形怪狀的東西在一起，畢竟不是愉快的事。那道冰縫，向前去，看起來不知有多麼深，張堅聽得我和溫寶裕商量著要離開，十分依依不捨。

我提醒他：「你的直升機停在冰川上，要是有了意外，我們可能都回不去，那時，只好把搜集來的怪東西的肢體咬來吃，無法再作任何研究了。」

我用這種方式警告他，總算有了效，他首先向外走去，遇到再露在冰外的怪物的肢體，他就用力拗著，扳著，推著，不一會，他手中已經拿不下了，他解下了一條帶子來，把那些肢體，全都捆了起來，看他的樣子，像是在野外收集樹枝準備生火，多多益善。

當他來到了那個有一半身子在外面的怪東西之前，他推了一下，沒有推動，一面揮著手，一面叫道：「衛斯理，我們一起來撞。」

我駭然道：「這……未免太大了吧。」

張堅道：「你懂得甚麼，我們到現在為止，收集到的，只不過全是肢體，你看這個，有一大半身子在外面，如果弄回去，連內臟都在，多麼有研究價值。」他一面說，一面已用力在那怪東西的身子上，撞了起來。

可是在嚴寒之下，怪東西雖然有一大半身子在外，也已整個凍得像一個周圍有幾乎一公尺的冰柱，當然不是那麼容易撞斷的，他一再催我和他一起撞，可是我們兩個人合力，再加上溫寶裕，三個人撞了十來下，還是無法將之弄斷下來。

張堅發狠道：「下次帶齊工具來，」

他說著，用力在冰上踢了一腳：「一定要把你整個弄出來。」

我感到在這裏再多逗留下去，張堅的情緒，將會越來越不穩定，忙道：「下次再說吧，把整個冰崖炸開來都可以，別再虛耗時間了。」

張堅猶自不肯干休，我拉著他向外走去，不一會，出了那個冰縫，外面的風勢顯然比我們進來時，強烈了許多，那個大幅的冰坪上，積雪因著風勢在旋轉著，看來聲勢十分駭人。一看到這樣情形，張堅也不敢再耽擱。溫寶裕的動作十分靈活，一下子就找到了那股繩索，次第循著那股繩索，向下面縋去。到達冰川上，看到那架直升機在強風中晃動著，我們彎著身，張堅抱著他收集來的那些怪物的肢體，向前奔去。

三個人的行動，狼狽不堪，連跌帶爬，才到了機旁，張堅先把溫寶裕托上機去，然後才和我一起鑽進了機艙。

我沉聲道：「張堅，在這樣的強風中起飛，還是由我來駕駛吧。」

張堅不說甚麼，只是點著頭，溫寶裕的手在微微發抖，伸手放在田中博士屍體的肩頭上，機艙相當小，只有兩個座位，張堅和溫寶裕，蜷縮在座位的後面。我發動引擎，機翼開始旋轉，可是機身晃動得更厲害。作好了一切準備，陡然把馬力發動到最大，直升機在劇烈的顫動中，向上升起。

可是一升空之後，在強風之中，機身搖晃得更甚，連機翼的轉速，也受了影響，我側轉機身，順著風向，向前飛去。

整個直升機，如同是一頭發了瘋的公牛，雖然已經在空中，可是左搖右擺，簡直完全不受控制，好幾次，機翼幾乎碰在兩邊的冰崖之上，機翼斷折的後果，不堪想像，可能是若干億年之後，又有新一代的地球生物，發現我們這三個怪東西，躲在一個如同蛋殼般的容器之內，還維持著動態。

由於機身在劇烈地晃動，在我身邊的田中博士的屍體，有時會撞在我的身上，每當有這樣情形發生時，溫寶裕總會把他推開去，我在百忙中望了溫寶裕一眼，看來他倒十分鎮定。

和強風爭持著，直升機終於越升越高，等到升出了兩邊的冰崖時，我們三個人，不約而同，一起發出了一下歡呼聲，因爲最危險的時刻已經過去了。

雖然風勢依然強烈，但是擺脫了直升機撞到冰崖上的危險，總好得多了，我打開了直升機上的通訊儀，同基地簡略地報告著我們所在的位置和情形。

從基地上傳來的回答，充滿了不相信的語氣，直升機一直向前飛著，奇在這時，機中三個人，沒有一個人想講話，只有維持著沉默。

一直到達遠遠可以望見基地的半球形的建築物了，我才開口：「張堅，你準備把我們的發現公開？」

張堅停了一會，才道：「在研究沒有結果之前，我不想公開。」

我吁了一口氣，轉頭向溫寶裕望了一眼，溫寶裕忙道：「我不會說出去，這一切全是那麼邪門，在研究沒有結果之前，我不會說出去。」

第九部：奇蹟中的奇蹟

張堅又道：「只怕……在基地中沒有那麼好的設備，還是要借助胡懷玉的研究所，把那些東西在低溫中保存起來，我要親自去和胡懷玉一起，主持研究。」

想起了胡懷玉的情形，我只好嘆一聲：「但願他有足夠清醒的神智，可以進行研究工作。」

張堅不說甚麼，在機上找到了一個十分大的厚膠布袋子，在狹窄的空間中，動作極難地把他收集來的那些怪物的肢體，全都放了進去，把袋口緊緊紮了起來，我注意到，那些怪東西的肢體上，本來都結著一層冰，大約有半公分厚，但是在直升機上，那些冰層，已經開始溶化。

溫寶裕叫了起來，基地的半球型建築物中，有許多人奔了出來，雙手向上揮動。這些人，自然是知道我們劫後餘生，出來歡迎我們的。

直升機盤旋降落，首先奔到直升機旁來的是探險隊長，艙門一打開，就聽到了所有人不斷的歡呼聲。在我要下機時，溫寶裕拉了拉我的衣服，我明白他的意思：

「下去吧，小鬼頭。」

溫寶裕也發出了一下歡呼聲，我們三個人下了機，歡迎的人湧了上來，張堅的表現十分不近人情，他大聲叫著：「負責低溫保藏的人在哪裡？快跟我來，我有標本要超低溫冷藏。」

隊長向他迎去，卻被他粗暴地推了開去：「有甚麼事等我做完了工作再說，現在千萬別打擾我。」

大抵科學家都有點怪脾氣，隊長也見怪不怪，並不生氣，又轉身向我走來。我指了指機艙：「田中博士不幸罹難，屍體在機艙上，請處理。」

隊長揮著手：「那簡直不可相信，飛機遇上了大風雪團，居然有人生還。」

他一面說著，一面用極其懷疑的目光望向溫寶裕，好像溫寶裕不是活人。溫寶裕連忙蹦跳了幾下：「看，我還活著，不過田中博士……」

他難過地沒有說下去，隊長一面揮手，令人向直升機走去，一面又道：「怎麼一回事？當時的經過怎樣？這經驗太寶貴了。」

他這幾句是向我問的，我呆了一呆：「我不知道，還沒有問。」

我一見到張堅、溫寶裕，所看到的景象太奇特了，所以我根本未曾來得及去問溫寶裕歷險的經過，所以自然地無法回答隊長的話。

隊長轉過頭去，張堅已直衝進基地去了，把田中博士的屍體抬下來，隊長向溫寶裕道：「你要作一份報告，報告出事的經過。」

溫寶裕點了點頭，我們一起進了基地的建築物，除去了令人動作不便、擁腫的禦寒衣，除下了雪鏡和口罩，長長吁了一口氣，我看到溫寶裕的神色，十分蒼白。

我們被請到了隊長的辦公室中，溫寶裕有點坐立不安。

我在他耳際低聲道：「別慌張，這次失事，不完全是你的錯，至於冰崖中的那些東西，暫時還是別說的好。」

他咬著唇，點了點頭，隊長吩咐了幾個人進來作記錄，皺著眉：「張堅不知道有了甚麼發現。一個人在低溫保存室中，誰也不見。」

我假裝沒有甚麼的樣子：「科學家總是這樣子的。隊長，請你用最快的方法，通知這個孩子的父母，孩子和我在一起，安全無事。」隊長答應著，向溫寶裕要了他父母的聯絡電話號碼，派了一個人出去辦這件事。

我想到，他的那個木訥的父親和誇張的母親，知道自己的寶貝兒子在南極，只怕兩個人都會昏過去。

隊長請我們坐了下來，直視著溫寶裕說：「好了，年輕人，我們希望知道經過。」

溫寶裕直了直身子：「田中博士是一個十分可親的長者，他不忍心拒絕我的要求，我要求儘量好好看一看南極，因爲一個人不是有很多次機會可以看到南極景色。他甚至答應我，在兩座冰崖中間的峽谷飛行……」

隊長悶哼了一聲，看來很想表示一下他對這個「小魔鬼」的意見，我在這時，作了一個手勢，示意他不要出聲，他才把話忍了下來。

溫寶裕繼續道：「飛機在峽谷中飛行，開始沒有甚麼問題，只不過由於氣流的緣故，飛機顛簸得很厲害，但是田中博士說他完全可以應付，直到那一大團白茫茫的……雲團……突然出現……」

隊長糾正了他的話：「不是雲團，是可以吞噬一切的大風雪團。」

溫寶裕的聲音很苦澀：「我不知道是甚麼，那時，博士叫我注意看雷達屏，我看到了有一大團東西迅速接近，就提醒博士。」

隊長又道：「基地的通訊部分，收到你們這一段對話，當時，博士爲甚麼不覺得事情的嚴重性，還繼續向前飛？」

溫寶裕向我望來，我裝作若無其事。溫寶裕的回答，倒也無懈可擊：「我不知道爲甚麼，飛機由博士駕駛，他決定繼續向前飛，一定有他的道理，可惜他已死了，不能回答爲甚麼。」

在面對大風雪團的極度危險下，還要向前飛，一定是有極其特別的理由。我和溫寶裕都知道是爲了甚麼，隊長也知道一定有理由，但是他卻不知道是爲了甚麼，而溫寶裕的回答，又令得他無法再追問下去。

他遲疑了一下：「然後，你們的飛機，就迎面撞進了大風雪團之中？」

溫寶裕道：「我不知道甚麼叫大風雪團。只是在那一大團白茫茫的……風雪團，田中博士突然拉下了一個掣，我和他兩個人，就從座位上直彈了出去。」

隊長「啊」地一聲：「緊急的逃生設備，可以把人彈出機艙去，可是……」

隊長的語氣充滿疑惑，我知道他在懷疑甚麼，因爲就算利用了緊急逃生設備，彈出了機艙，仍然沒有逃生機會的。

這一點，不但隊長疑惑，連我的心中，也十分疑惑，難以設想當時的情形。我們一起向溫寶裕望去，溫寶裕問：「我不應該生還？我生還是一個奇蹟？」

我道：「是奇蹟中的奇蹟，你試說一下當時的情形？」

溫寶裕用力抓著頭：「當時的一切，實在來得太快，根本容不得我去想甚麼，現在回想起來，也十分模糊，一彈出來，那一大團……鋪天蓋地的白色，就在眼前，可是又有一股極大的力道，又不像是強風，只是一股極大的力道，一下子把我推得向外直摔了出去，我不知摔出了多遠，跌進了一大堆雪中，等我儘量掙扎著，冒出頭來，看到博士的大半身埋在雪裏，就在我不遠處，我把他拖出來，他已經一動不動了。」

隊長皺著眉，旁邊一個探險隊員陡然發出了一下驚呼聲：「隊長，我們一直在研究大風雪團快速前進時，對空氣流動所造成的壓力，這個少年的經歷，說明了在大風雪團的前端，急速流動的空氣，會形成一個氣囊，這個氣囊是空氣在巨大的壓力之下所形成。」

隊長也「啊」地一聲：「自機艙中彈出的兩個人，恰好遇上了氣囊的邊緣，被氣囊邊緣的彈力震了出來，所以能避過了大風雪團的壓力。」

我不是十分深入明白隊長和隊員的對話，但多少總可以知道，當時的情形之險，機緣之巧，是奇蹟中的奇蹟，可惜的是田中博士還是死了，沒有在奇蹟中生還。我想那多半是由於他年紀大了，不像溫寶裕那樣年輕而充滿了活力，抵受不了當時情形下的衝擊。由於他們是跌進了積雪之中，所以田中博士雖然死了，身上也沒有傷痕。

我們都沉默了半晌，我才問：「那架飛機……」

隊長苦笑：「飛機被捲進了大風雪團之中，自然被扯成了碎片。」

當隊長這樣講的時候，溫寶裕也不由自主，打了一個寒顫。

那個隊長又道：「如果不是他們彈出機艙時，恰好遇上了氣囊的邊緣，我想他們也不會有甚麼剩下來。」

溫寶裕又打了一個寒顫。

很多情形之下，當時不知道害怕，事後想起來，才會震顫，溫寶裕這時的心情一定是這樣。

隊長又問：「你落下來的地方，是在何處？」

溫寶裕道：「是在……一個冰坪上……」

他向我望了一眼：「就是那個冰坪。」

我知道他是指哪一個冰坪而言，連忙補充了一句：「就是張堅後來發現他們的那處。」

隊長沒有追問下去，溫寶裕道：「當時我發現博士死了，飛機也不見了，在我頭上，那一大團風雪，發出震耳欲聾的聲響掠過去，我真是害怕極了，雖然……」

他講到這裏，停了一停，我明白他的意思是雖然就在那個冰坪之旁的冰崖之中，有著那麼奇特的景象，但是他面臨生死關頭，也不會再去觀看。

他停了一停，又道：「當時我真是不知道該如何才好，幸而我又發現了一大包東西，那是和我一起彈出機艙的急救用品，我打了開來，發現其中有繩索，有酒，還有乾糧，和禦寒用的厚被袋，我想一定會有救援隊來，就壓制著恐慌，在那冰坪上等著。」

當他說到這裡的時候，我向隊長瞪了一眼，因爲當時他是認爲派出救援隊沒有意義。

隊長面有慚色，轉移著話題：「做得對，小朋友，做得對，在急難的情況下，最重要的就是鎮定。」

溫寶裕苦笑了一下，猶有餘悸：「我盡我力量等著……後來，就聽到了直升機的聲音，張先生駕著機來了，他看到了我，停下了直升機，我用救急包中的繩索，拉他上來……接著，衛先生也來了。」

隊長和幾個隊員互望了一眼，顯然對溫寶裕的話，感到了滿意，他們低聲而急速地商議了幾句，隊長道：「小朋友，你替南極的探險，立了一次大功，使我們對大風雪團，有了進一步的瞭解。」

溫寶裕難過地道：「可是田中博士卻死了。」

我在這時候，開始喜歡溫寶裕更加多了一些，因爲他念念不忘田中博士的死亡。反倒是隊長，一點不關心田中博士的死亡，只注意科學上的新發現，一點人情味都沒有。

隊長這時，只是嘆了幾聲：「我們會儘快安排你離開，回家去，我想明天……」

隊長才講到這裡，張堅已像一陣大風那樣，衝了進來，大聲道：「明天？不行。要立即派飛機來，我立即就要出發。」

隊長愕然：「你要到哪裡去？」

張堅用力揮著手：「我要離開南極一陣子，日子不能確定。」

隊長和幾個隊員聽了，張大了口合不攏來。在他們聽來，張堅要離開南極，簡直就像魚兒要離開水一樣不可思議。但是這時，張堅的神態又是如此堅決，隊長開口想問甚麼，張堅已經不耐煩地吼叫起來：「快！用最快的方法，調一架飛機來。」

隊長被他的態度，嚇得有點不知所措，只好連聲答應著：「是。是。」

張堅又道：「飛機何時可到，立即通知我，我和這兩位朋友，有事要商量，請不要打擾我們，絕對不要。」

張堅在南極探險家中的地位極高，看來每一個人對他的怪脾氣，都習慣了容忍，所以隊長仍然不斷地在說著：「是。是。」

張堅示意我和溫寶裕跟他離開，才一走出隊長的辦公室，他就壓低了聲音：「甚麼也沒說？」

溫寶裕道：「沒有，沒有說。」

張堅呼了一口氣，帶著我們，在走廊中轉了幾個彎，進入了他的房間，把門關好：「帶回來的東西，全都經過了處理，可以在七十二小時之內，保持原來的低溫。七十二小時，足夠我們到達胡懷玉的研究所了。」

他神情又興奮，又焦急，這實在是可以想像得到的。一個科學家有了那麼巨大的發現，對一個科學家來說，這個發現，等於進入了阿里巴巴四十大盜的藏寶庫。

溫寶裕在這時候，忽然問道：「如果……低溫不能保持，那會怎樣？」

張堅道：「當然會有變化。」

溫寶裕又有點焦切地問：「會有甚麼變化？」

張堅攤開了雙手：「誰知道，任何變化都可能發生，因爲我們面對的事，我們對之一點瞭解也沒有。」

溫寶裕的口唇動了幾下，看起來像是想說甚麼。

我感到他的神態有點奇怪，問：「你想說甚麼？」

溫寶裕忙道：「沒有，沒有甚麼。」

我感到這小滑頭一定又有甚麼花樣，可是卻又沒有甚麼實據，只好瞪了他兩眼，張堅道：「研究一有結果，就可以向全人類公佈。」他說到這裏，向溫寶裕望了一下：「是你和田中首先發現的，將來，這個巨大的發現，就以你和田中的名字命名。」

溫寶裕的臉陡然脹紅：「我……其實你早在海底冰層中已經發現了。」

張堅「哦」地一聲，轉問我：「我想我們不必再到海底去了，在海底冰層中不過是些破碎的肢體，而那個冰崖上，卻凍結著那麼多完整的，不知是自何而來的怪生物。」

我也同意不必再到海底冰層去觀察了，事情忽然之間有了那樣的變化，是開始時無論如何所料不到的。

張堅興奮得有點坐立不安：「那些生物的來源，只有兩個可能：屬於地球，或屬於地球之外。」

我道：「當然，不會有第三個可能。」

張堅道：「要斷定一種生物，是不是屬於地球的，其實也是很容易……」

我打斷了他的話頭：「不見得，因爲至今爲止，還沒有任何一種外星生物可供我們解剖研究它們的生理結構。」

張堅瞪著眼：「可是結構如果和地球生物一樣，就可以有結論。」

我還是更正他：「可以有初步的結論。」

張堅並沒有反駁，因爲這時爭辯沒有意義，重要的是研究之後的結果。

第二天，飛機來了，由我駕駛，飛離了基地，溫寶裕依依不捨，在飛機上他還在不斷地問：「這次奇異的經歷，是不是可以由我記述出來？」

張堅的心情非常緊張，自然沒有回答他。我則瞧了他半天，看得他有點心中發虛，攤了攤手：「算了，我只不過是說說而已，我知道，年輕人想要做一些事，總有人阻住去路。」

我又好氣又好笑：「小朋友，你還只是一個少年，不是年輕人。」

溫寶裕一副神氣活現的樣子：「那更不簡單，想想，我只是少年，已經有了這樣的經歷。」

他這句話，倒不容易否認，我也就悶哼了一聲，沒有再說甚麼。

溫寶裕一下唱歌，一下講話，興奮之極，直到被張堅大喝一聲：「閉嘴。」他才算是住了口，可是過了不多久，他又向張堅做了一個鬼臉：「張博士，你應該說：閉上你的鳥嘴。」

張堅也給他的調皮逗得笑了起來，伸手在他的頭上輕拍了一下：「小寶，你放心，這件事，從頭到尾，你都有份。」

溫寶裕大叫著，看樣子若不是飛機中的空間太小，他真的會大翻觔斗。

在紐西蘭，我曾和白素聯絡，所以，當我們抵達之後，一出機場，就看到白素和溫寶裕的父母。溫寶裕一見到他的父母，還想一個轉身，不讓他們看見，我伸手在他的肩頭上一撥，令得他的身子轉了一個圈，仍然面對著他的父母，這時候，他再想逃避，已經來不及了，他母親發出了一下整個機場大堂中所有人，甚至包括一切都爲之震動的叫聲，已經疾撲了過來，雙臂張開，一下子就把他緊緊摟在懷中。

溫寶裕這個頑童，對於他母親那種熱烈異常的歡迎方式，顯然不是如何欣賞，在他母親懷中，轉過頭來，向我投來求助的眼色。

我笑著，向他作了一個「再見」的手勢，不再理會他們一家人，和張堅、白素，一起向外走了出去。耳膜兀自響著溫家三少奶尖叫「小寶」的嗡嗡的回聲。

上了車，張堅坐在後面的位置上，雙手仍然緊抱著那一箱「東西」，一上車就道：「最好能儘快到胡懷玉的研究所去。」

白素對我們在南極的遭遇，還一無所知，要是換了我，早已發出上千個問題了，可是她真沉得住氣，只是答應了一聲：「胡懷玉的情形，照梁若水醫生的說法是……」她說到這裏，遲疑了一下：「不是很好。」

我和張堅都吃了一驚：「不是很好，是甚麼意思？」

白素指著車中裝置的無線電話：「我想，你直接和她交談，比我的轉述來得好些。」

我轉頭向張堅望了一眼，張堅現出十分焦切的眼神，我拿起了電話，按了號碼，不多久就聽到了梁若水的聲音。我劈頭就問：「胡懷玉怎麼樣了？」

梁若水停了一停，才道：「他身體的健康，一點也沒有問題，可是精神狀態方面……卻越來越糟。」

我有點責怪她：「你沒有對他進行醫治？」

梁若水道：「當然有，可是精神方面的不正常，連原因都不明，治療需要長時消。」

我忙道：「對不起，他現在的情形怎麼樣？」

梁若水遲疑了一下：「他間歇性發作，沒有事的時候，和正常人完全一樣，只是想法有點古怪……嗯，我不知道怎麼說才好，因爲我對他以前並不熟，而且他也沒精神病方面的病歷可供參考，那只是我的感覺。我感到他有很多怪的想法，他以前不會有。」

我也大是疑惑，一時之間不是很明白梁若水的意思，我問：「例如甚麼古怪想法？」

梁若水笑了起來：「例如有一次，他說他嚮往海上的生活，厭惡陸地上的生活，並且說了大量的話，表示在海上生活才真正無拘無束。」

我道：「他研究海洋生物，自然對海洋生活有一定的嚮往。」

梁若水停了一會，才道：「或許是，不過他間歇性發作的時侯，會變得十分暴躁和孤獨，甚至有一定的破壞性，可是他又堅持工作。」

我「哦」地一聲：「還是每天到研究所去？」

梁若水答應著，我覺得沒有甚麼再可問，只是道：「張堅和我在一架車中，要不要講甚麼？」

梁若水又停了片刻，才低嘆了一聲：「代我向他問好！」

我也不禁嘆了一聲。梁若水和張堅的弟弟張強，感情如果順利發展下去，自然是很好的一對，可是張強卻在腦部活動受到了影響的情形下墜樓身亡，梁若水的低嘆和不願多說甚麼的黯然心情，十分容易瞭解。

張堅在我身後，也低嘆了一聲：「和胡懷玉聯絡一下吧。」

我點了點頭，又按了研究所的號碼，可是得到的答覆是：「胡所長在工作，他工作時，不聽電話。」

我道：「請告訴他，我是衛斯理，還有張堅張博士，我們才從南極回來，要和他先聯絡。」

在這樣講了之後，又等了一會，才有了回答：「對不起，胡所長在他私人研究室中，沒有人敢去和他說話，他吩咐過，不受任何打擾。」

我問：「我們現在正向研究所來，難道到了研究所，也見不到他嗎？」

接聽電話的那位小姐相當幽默：「只怕沒有法子，胡所長就像是時間保險庫一樣，不到時間他自己出來，誰也見不到他。」

我轉頭望向張堅，張堅說道：「不要緊，到了，總有方法見到他。」

我一面放下電話，一面道：「自然，大不了破門而入，不必等他自己出來。」

白素瞪了我一眼，我知道她是在怪我，我指著放在張堅膝上的那隻箱子：「你知道這裏面放的是甚麼？要是耽擱了時間，低溫保持有了問題，誰也不知道會發生甚麼事。」

白素仍然沒有發出任何問題，只是揚了揚眉，反正到胡懷玉的研究所還有一段路程，我就開始講述我們在南極的經歷，當然，只集中在我們見到了凍結在冰崖之中，千奇百怪，見所未見的東西那一方面。

由於我們的發現實在太驚人了，白素再鎮定，也不免現出駭異之極的神色來：「所有的東西，肯定是生物，動物或植物？」

張堅回答：「是，可是形狀之怪異，令人見了像是進入了魔境。」

白素呆了片刻，才道：「所有的生物，在一個從未見過的人來說，樣子都是怪異的……有的科學家，甚至想把動物和植物的特性混合起來，例如一隻角上會長出蘋果來的鹿，身上會長蔬菜的馬等等。」

我不由自主吞了一口口水：「那……還不至於這樣怪異。」

白素已經鎭定了下來：「既然不至於那麼怪異，總還可以接受。」

我和張堅都搖了搖頭，不是很同意她的話，也知道她之所以會如此說，是因爲她未曾身歷其境之故。

白素自己也感到了這一點：「照這樣看來，那些生物被凍在冰崖之中，已不知道有多少年了。」

張堅道：「是，我在海底冰層之中發現過它們的殘骸，如果是同一個時期被凍結的，從距離來看，時間當以億年作單位來計算。」

我用力揮了一下手：「不論這些生物是哪裡來的，他們總在地球上生活過，而一種突如其來的變化，使它們置身於冰崖，從此被保存了下來，就像是琥珀中的小昆蟲。」

白素點頭：「這一點，毫無疑問。」她一面說著，一面轉了一個彎，車子已駛上了沿海的公路，再向前去不久，就可以見到胡懷玉的水產研究所了。

她把車子開得十分快，顯然她也急於想看看那些「東西」究竟怪異到了甚麼程度。車子來到研究所門口，我們和守衛講了幾句，就直駛了進去。然後，三個人一起下車，進入研究所的建築物，一直來到胡懷玉研究室的門口。

問了問職員，胡懷玉甚麼時候會出來，全然沒有一定。我們可能在下一秒鐘可以見到他，也可能要在門外等候超過十小時。

我當然不主張等，於是，就用力拍著門，拍且不夠，還用力踢著，並且舉起一張椅子來，在門上用力敲打，發出驚人的叫聲，只要胡懷玉有聽覺，一定會聽得到。

但即便如此，還是過了三四分鐘之久，才看到門陡地被打了開來，胡懷玉臉色鐵青，樣子盛怒，研究所的職員，早已遠遠避了開去，所以他一開門，就看到了我，張堅和白素三人，陡然怔了一怔，怒氣發作不出來，我不等他開口，一伸手就把他推了進去，張堅和白素跟了進來，反手把門關上。

張堅立時叫：「低溫箱呢？」我已經看到，曾被胡懷玉打碎的玻璃櫃，又已經有了新的。我就向之指了一指。

直到這時，胡懷玉才算是緩過氣來：「你們……幹甚麼？」

我道：「我們在南極的冰崖之中，發現了一些從來也未曾見過的生物，帶了一點肢體回來。」

這是最簡單的解釋。胡懷玉一聽，面色變得極難看，張開雙臂，尖聲道：「把那些不論是甚麼的東西毀掉。既然多少年來，這些東西都在冰裏面，就讓它們繼續在冰裏。」

他這樣反應，真是出乎意料之外，張堅怒道：「你的科學研究精神到哪裡去了？」

胡懷玉用更憤怒的聲音回答：「科學研究，科學研究，根本不明白那是甚麼，研究來幹甚麼？我一個人受害已經夠了，你還想多少人受害？把冰封在南極冰層下的不知是甚麼的東西全都放出來害人？」

我和張堅互望了一眼，我把胡懷玉自己認為已被不知甚麼生物入侵了腦部的情形，同張堅說過，所以張堅也全然知道他這樣說是甚麼意思。

張堅作了一個手勢：「我帶來的東西都相當大，是一些生物的一部分，絕不會復活。」

胡懷玉的神智，看來十分昏亂。但是在這時，他卻講了一句令人無法反駁的話：「你怎麼知道在那些生物的肢體上，沒有附帶著看不見的，會復活的，會繁殖的有害的東西？」

胡懷玉這樣一說，我們倒真的怔住了，不知道如何回答才好，誰能否定他的話呢？一切全一無所知，甚麼事都可以發生！

隔了片刻，在胡懷玉的喘息聲中，白素才道：「正因爲如此，所以才要快一點將那些東西放進低溫箱中，不然，低溫不能維持，情形只怕更糟。」

白素的那幾句話，真是「以子之矛，攻子之盾」，立時有了效果，胡懷玉震動了一下，一言不發，轉過身去，忙碌地操作。

而張堅也已開啓他的低溫保持箱，等到胡懷玉轉過身來，張堅以第一時間，把低溫保持箱中的東西，一起倒進了玻璃罩。

那實在是無以名之的一些東西，當張堅在冰崖的冰縫中，收集這些東西的時候，只是揀可以折斷的，在冰層之外的弄了來，有的，可以稱之為一種生物的觸鬚，也有的，可能是其中的一些肢體，我和張堅，指著在玻璃櫃中的那些東西，胡懷玉看來鎮定，利用裝置在玻璃櫃內的機械臂，把那些東西儘可能分開來，而我和張堅，則盡自己的記憶和描述能力，講述著這些東西原來是生在甚麼樣的東西的甚麼部位，而我們怎樣弄下來的。

我和張堅的敘述，把白素和胡懷玉聽得目瞪口呆，胡懷玉道：「照這……照你們所說的情形看來，那些生物，有著高度的文明，會利用機械，你說有一些在一個容器之中？唉，真是不能想像，真無法想像……那是甚麼樣的情景。」

我吸了一口氣：「我倒有一個模糊的概念，我覺得，唯有在容器中的怪東西，才是最高級的生物，其餘的都不是，那情形，就像是現在，有兩個人，坐在汽車中，在他們的附近是許多家畜或別的動物。」

胡懷玉指了指玻璃櫃：「在這裏……有那種最高級的生物在？」

張堅搖頭：「沒有，那麼大的一片冰崖之中，屬於衛斯理所說的那種東西，不過四個，全都在幾百公尺厚的冰崖內，只怕要利用原子能爆炸，才能把那麼厚的冰崖爆破，那是不可能的事。」

胡懷玉盯著玻璃櫃中那些東西，吸了一口氣：「你想怎樣研究這些……東西？」

張堅和我互望了一眼，我道：「自然用通常的研究方法：切片，放大，化驗組成的成分，用x光作透視，小心解剖，等等。」

胡懷玉震動了一下：「如果那樣做，就必須在正常的溫度之下進行。」

我和張堅都不出聲，胡懷玉又激動了起來：「你們看看那些生物的肢體，在這上面，可能附有許許多多肉眼看不見的生物，那種肉眼看不見的生物，全然是人類知識所接觸不到的怪物，我已有確實的証據。我知道溫度若干程度的提高，這些生物會繼續生長，就在這間實驗室中，就發生過這樣的情形。」

我們靜靜地聽他說著，等他說完，張堅道：「那也沒有甚麼不對頭！」

胡懷玉陡然向張堅望去，指著自己的頭部：「有一種不知名的東西，已經侵進了我的腦部，我有時甚至無法控制自己的行爲。你還說沒有甚麼不對頭？」

張堅伸手去按他的肩：「這只是你的想像。」

胡懷玉一下子用力，推開張堅的手：「不是，我知道不是。現在我只盼只害了我一個人，不要蔓延開去。」

張堅對胡懷玉的這種態度，有點不知所措，我向他攤了攤手，表示我也沒有辦法。

白素在這時，緩緩地道：「胡先生，你這種情形，醫學上稱之為輕度的精神分裂症。」胡懷玉悶哼了一聲，沒有回答。白素又道：「這種精神分裂症，還沒有確切的病因可知，或許，正如你所說，是被某種人類對之全無所知的東西侵入了腦部所致。當然，這不是一個好現象，但是也不像你所想的那樣可怕，世上患輕度精神分裂症的人很多很多，可知那種不知名的入侵者，不單是從你的研究室中產生，事實上早已存在。」

白素所講的話，邏輯性相當強，胡懷玉一時之間，無法反駁，過了一會，他才道：「或許是……這裏面，可能有……更多的，人所不知的東西，肉眼看不見的微生物，可以造成多大的禍害，幾百年前，鼠疫橫掃歐洲，死了多少人。這些東西，不管是地球早幾億年前的生物，或者是從外星來的，如果讓一種不知名的細菌復活繁殖……」他講到這裏，不由自主打了幾個寒顫，可知他的擔心，是一種真正出自內心的恐懼。

張堅沉吟了一下：「如果你擔心的只是微生物的話，那倒也容易，可以先經高溫處理，再經過幾道殺菌的手續……」

胡懷玉一下子就打斷了他的話頭：「你所知的所謂殺菌處理，只是對付已知的細菌，怎麼可以肯定對完全不知的東西，也能把它殺死？」

我在一旁，聽得真有點忍無可忍，大聲道：「算了，簡單的切片研究，我家裏也可以做，不一定要在你實驗室中進行，你那麼怕，就當作完全不知道這件事好了。」

我一面說，一面拉過張堅帶來的低溫保持箱來，準備把玻璃櫃中的東西都放回去。

我發現再和胡懷玉討論下去，是一點結果也沒有的。誰知道胡懷玉冷笑幾聲：「你不能把這些東西弄走，大家都忘了這件事吧！如今世界不算可愛，但總是一個大家所習慣的生活環境，何必一定要起大變化？」

第十部：研究結果可供推測

在那一霎間，我怒不可遏，正想再說甚麼時，胡懷玉陡然反手，扳下了一個紅色的鈕桿，我已經覺得不妙了，大叫起來：「你這渾蛋，你想幹甚麼？」

但是，已經遲了，變化幾乎突然發生。

在那玻璃櫃之中，有紅光閃了一閃，接著，櫃中的那些東西，在幾秒鐘之內，就徹底消失，再接下來的變化是又冒起了一陣紅光，櫃下有一個裝置，向下沉了一沉，櫃中就變得空空如也。

張堅在那幾秒鐘之間，雙眼睜得極大，幾乎要哭了出來，我也不知說甚麼才好。

胡懷玉沉聲道：「雷射裝置消滅了一切，希望是真正消滅了一切。」

張堅發出了一下帶著哭音的叫聲來，我忙道：「張堅，不要緊，那冰崖之中，有的是那種東西，再去弄幾噸來也不成問題。」

我實在氣不過胡懷玉不徵求我們的同意，就自作主張，把我們千辛萬苦弄來的東西，一下子就毀得一點不剩，所以才這樣說的，我不是不知道，再要到那冰崖去一次，並不是那麼容易的事，但至少，不是做不到。

張堅又是氣惱，又無可奈何地搖著頭。胡懷玉還不知道我們有多麼生他的氣，還對我們道：「我相信我的行爲是對，就算研究出了這些生物的來歷，又怎麼樣，所冒的險實在太大。」

我不怒反笑，而且一本正經地告訴他：「胡先生，你最好從現在起不要吃任何東西，不然，噎死的可能性很大。」

胡懷玉在一呆之後，才嘆一聲：「原來你……你們還是不明白。」

我懶得和他多講，看起來這個人的精神分裂症，真還不止輕度，他對自己所想到的事情，竟然如此固執地相信，令人駭然。我打開了研究室的門，向外走去，張堅唉聲嘆氣，跟在後面，我拍著他的肩：「別嘆氣，你好不容易離開南極，我請你吃飯去。」

張堅搖頭道：「不，我這就趕回去。」

我早已知道這裏的情形發展成這樣，他是一定會心急著趕回去。可是卻未皆料到他會心急到這種地步，我呆了一呆：「我不想立刻就去。」

張堅翻著眼：「你是你，我是我。」

他的這種態度，真令得我無名火起，是不是科學家就可以有這種不近人情的特權？像胡懷玉，像張堅。有時，真要一人給他們老大一個耳括子才行。

張堅卻還在喃喃地說道：「再取得標本，我就在南極基地進行研究。」

胡懷玉苦笑了一下：「小心忽然基地中所有人員，全都離奇……」

我實在忍不住了，大吼一聲：「閉上你的鳥嘴。」

我一面叫著，一面揚起手來，想去摑他。胡懷玉睜大了眼睛望定了我，叫了起來：「天！別是侵了我腦中的那東西，也侵入了你的腦中。」

我又好氣又好笑，胡懷玉看出了我的神情，絕沒有把他講的話放在心中，他又十分難過地搖頭：「人對於自己不知道的事，總喜歡用自己有限的知識來作解釋，只有具大智慧的人，才能有突破。」

我沒好氣道：「好，祝你早日發現人會變神經病的病因。」

胡懷玉緩緩搖著頭：「沒有人相信，而我又無法把我自己的腦子解剖。這些日子來，我常一個人坐在海邊靜思，也茫然沒有頭緒。」

我和胡懷玉說話，張堅一副不耐煩的神氣，逕自向外走去，我吃了一驚，連忙跟了出去，才走出了十來步，就有一個職員急急走過來，衝著我們問：「哪一位是張堅博士？」

張堅答應了一聲，那職員道：「紐西蘭方面轉駁來的長途電話。」

張堅「啊」地一聲：「一定是基地有事找我，電話在哪裏？」

他跟著那職員，匆匆走了開去。當他離開南極的時候，以為會在這裏作相當時日的研究，所以留下了這裏的電話。白素來到了我的身後：「怎麼樣？」

我嘆了一聲：「我不想再去了，反正到那冰崖去，不是甚麼難事，讓他自己去，我們等著他的研究結果好了。」

白素側頭想了一想，沒有甚麼意見，胡懷玉居然不怕我再打他，送了出來。

我們向前走來，看到張堅自一間房間中，像是喝醉了酒，跌跌撞撞走出來，臉色灰白。我吃了一驚：「甚麼事？」

張堅抹著汗道：「還不知道，外圍基地打來的電話，說是極地上發生了強烈的地震，已經知道有好幾股冰川突然湧高，我要立刻趕回去。」

我聽了也不免吃驚，只好安慰他：「南極那麼大，每天都有變化發生，不必那麼緊張。」在頓了一頓之後，我又道：「我不準備去了，你自己多保重。」

張堅失魂落魄地點頭，胡懷玉送出了研究所，還和我們一起送張堅到機場，最快的一班機也要在五小時之後，張堅卻一定要在機場等，我們只好陪著他。

在陪著他的時候，我看到警方的高級人員黃堂走過來，和我們寒暄了幾句，忽然又向我擠眉弄眼，暗示我過去和他講幾句話。

我跟他走出了十來步，他壓低了聲音道：「你可知道這位胡博士的上代幹甚麼的？」

我怔了一怔：「是大商人吧，不然，哪會有這麼多錢來支持研究所？」

黃堂呵呵笑了起來：「隨便你猜，你也猜不到。」

我心中正在疑惑，白素的聲音已在我身後響起：「做海盜！那是他上代的事，他是不折不扣的科學家。」

我一聽得白素這樣講，真是嚇了一大跳，立時想起他住的那古老的屋子中那些如此精緻逼真的木船模型，那難道是他祖上的海盜船？

我已經夠驚訝了，可是黃堂的樣子，看來比我還要驚訝：「衛夫人，我花了不知多少功夫才查出來，你怎麼也知道了？」

白素笑了笑：「一位精神病醫生託我代查。起先，不過是想弄清楚他的上代，是不是有精神病的記錄，結果卻查出他上代是橫行七海的大盜，不過早在七八十年之前就已經洗手不幹了。」

黃堂笑道：「佩服佩服，不過我倒知道，當年胡氏七兄弟橫行海上，殺了不少人，他們七兄弟之中，有四個，晚年雖然發了大財，想做好人，但卻受不了內心的譴責，發瘋之後才死的。」

這一次，輪到白素「啊」地驚呼了起來：「那就是說，他上代有神經病的記錄！」

黃堂道：「可以說是。」

白素遲疑了一下：「因為過去做的壞事太多，晚年致瘋的人相當多，這……不能算是遺傳性的神經病吧？」

我道：「很難說，並不是每一個做多了壞事的人在晚年都會發瘋，可知發瘋者自有致瘋的因素在。」

白素側著頭：「這……證明了甚麼呢？」

我望過去，看到胡懷玉神情惘然地望著機場大堂之中匆忙的旅人，我道：「如果梁若水醫生有了這個資料，那至少可以證明，胡懷玉如今的病症自有由來！」

白素輕輕嘆了一聲：「也不能說胡懷玉自己的說法沒有道理，人類對於不明白的事，可以作任何方面的假設。」

白素所說的這個道理，我自然明白，黃堂也點了點頭，又說了幾句無關重要的話，走了開去，我道：「有機會把這一切告訴梁醫生，胡懷玉那麼嚮往海上生活，可能是他心理上對於上代是海盜的一種負擔，他一定十分羞於提起自己上代的事，所以就形成了巨大的心理壓力，使他有間歇性的不正常。」

白素笑了起來：「你快可以做心理醫生了。」

我笑道：「我說得不對嗎？」

白素又嘆了一聲：「誰知道。」

我和她又一起來到了胡懷玉和張堅的身邊，張堅才從電訊部門走回來，滿臉憂色：「詳細的情形還不知道，不過相當嚴重，唉，基地的情形不知怎麼樣了。」

他說到這裏，忽然罵了一句粗話：「他媽的，再沒有比地球人更落後的了，那麼小的一個星球，要去到星球的一端，就得花那麼多時間，巨型噴射機，算是甚麼交通工具，哼！」

我苦笑：「有甚麼法子，已經最快了。」

在接下來的時間中，張堅不斷去打長途電話，可是，也沒有甚麼結果，好不容易可以登機了，張堅立時和我們揮手告別。

當我們三人走出機場時，胡懷玉才道：「衛斯理，你還在怪我？」

我輕笑了一下：「沒有。已經有很多人，一直在說我總是破壞著一切可以證明外星人存在，或是可以解決問題的物件，這次不關我的事，破壞證物的不是我，是你。」

胡懷玉嘆了一聲，愁眉苦臉：「可是據你們說，在那冰崖之中，還有成千上萬的這種怪物在，唉，我擔心的事情，總有會發生的一天。」

我陡然忍不住哈哈大笑了起來：「你放心，不是有消息來，南極發生了猛烈的地震嗎？說不定那冰崖已經徹底毀滅了。」

胡懷玉立時問：「真的？」

我道：「當然，不論在電影還是在小說，總是一句最重要的話沒有說出口來，那個人就死了。也總是甚麼全都毀滅不存來作結局。」

胡懷玉想了一想，喃喃地道：「這樣最好，這樣最好，」然後，他又長長地吁了一口氣。

我則不斷地笑著，胡懷玉有點氣惱，自顧加快了腳步：「我自己會回去，你們不必理我。」

他截住了一輛計程車，就上了車，我向白素攤了攤手，白素搖頭：「他的擔憂，其實也不是全然沒有道理，你不該這樣取笑他。」

我道：「他的行爲，使張堅不可避免地又要到那冰崖上去一次，那十分危險。張堅可能因之喪生。」

白素沒有再說甚麼。在我們回家途中，我問起白素在溫寶裕失蹤期間，溫家夫婦有沒有來煩她，白素皺著眉：「我甚至不敢在家裏，要離開自己的家，來躲避他們。」

白素說來輕描淡寫，但是我卻可以想像得出，這一雙夫婦，爲了他們的寶貝兒子，是如何的驚天動地在找。

我把身子向後靠了靠：「這個小孩，他這次的經歷，足夠他回憶一生了。」

我們才一回家，老蔡就說：「有一個姓溫的小孩子，打過好多次電話來了。」

正說著，電話鈴又響了起來，我拿起電話來就聽到了溫寶裕的聲音：「研究結果怎麼樣？」

我本來是想大聲叱責他的，但是整件事，他既然都參與了，當然也應該有權知道事態的發展，所以我答道：「帶來的一切，都被胡懷玉毀去，張博士已回南極，準備再去採集大量的標本來研究。」

溫寶裕「啊啊」地應著，我立時又道：「我很忙，希望你自己做你父母的好孩子，不要再來煩我，我不會再見你，也不會再聽你的電話。」

溫寶裕陡然叫了起來：「等，等，等……」

我不等他叫第二聲，就放下了電話，而且，拉斷了電話線，對老蔡道：「通知電話公司，換一個號碼。」

老蔡答應著，白素笑道：「他要是找上門來呢？」

我笑了起來：「我看他的母親不會給他這樣的機會，頑童再神通廣大，想跳出母親的手心，還是十分困難。」

白素也笑了起來，顯然想起了溫寶裕母親對兒子那種緊張。

接下來的幾天，從一些通訊社的消息中，知道了南極大地震。大地震發生在人口稠密的地區，才有人注意，發生在南極冰原上，根本沒有甚麼人注意，所以報導也十分簡略。

我一直在等著張堅的消息，張堅知道我秘密電話號碼，他應該會和我聯絡，可是等了七八天，一點消息也沒有。

在那幾天之中，溫寶裕也沒有來找我，使我得以集中心神去做一些要做的事。

我做的事，是儘可能去尋找各種古怪生物的圖片和資料，尤其是古代生物，絕了種的各種有翼無翼的恐龍，樣子夠古怪了，但是在外形上，總還有點跡象可循，不像是凍在冰崖中的那些怪物，看起來如此怪異。

自然，三葉蟲的樣子，也夠古怪，不過，那卻是低等生物。我也搜集了不少科學家幻想著，由畫家畫出來的怪物的樣子，還真有角上長出蘋果來的鹿之類。在這期間，白素曾作了一項提議：把昆蟲，或是微小的生物放大來看看。

白素的建議還真有用，當我把一隻跳蚤放大三十倍，把螞蟻放大五千倍，把蚜蟲放大六千倍……之後，所看到的千奇百怪的樣子，我想，當年溫嶠燃犀，所見到的千奇百怪，也不過如此了。

我在冰崖中見到的情形，可以說是大同小異，可是，冰崖中的那些怪物，本身就那麼大，是高級的生物，不是低等生物。

在一個星期之後，我還沉緬在種種生物的圖片時，門鈴響了起來，我聽到白素發出了一下驚訝的呼叫聲來，就自然而然，坐直了身子——能令白素發出這樣的訝異的聲音來的，一定是甚麼不尋常的事。

我坐直了身子之後，聽得白素道：「他在樓上。」

接著，有人走上樓梯來，我一看到來人是甚麼人，也發出了一下驚訝的呼叫聲：來的是張堅。

他的神態極疲倦，極失望，極憔悴而消瘦，我忙站了起來，張堅走進書房來，一聲不響坐下，雙手托住了頭，我忙道：「怎麼啦？別告訴我你找不到那個冰崖了。」

張堅慢慢抬起頭來，雙眼失神：「不見了，整個都不見了。」

我一怔，「哈哈」笑了起來，可是笑聲卻十分乾澀。白素忙道：「是那次大地震？」

我更覺得好笑了，真的所有的小說都是這樣結束的嗎？可是張堅居然又點了點頭。

我指著他：「不會的，那麼高那麼大的一座冰崖，怎麼會不見？」

張堅道：「連那道巨大的冰川也改了道，冰崖消失在冰川之中，看起來，再過幾億年，或者可以流到海底去，就像我在海底見到過的一樣。」

我忙道：「不要緊，海底還有。」

張堅道：「那條我發現的潛航海道，也因爲地震而被封閉，連我那艘潛艇，也不見了。」

我只好眨著眼，這時候，我的情形，一定十分滑稽，而我的心情也十分滑稽，甚麼都消失了，甚麼都不再存在了，哈哈哈，這不是一個「結局」嗎？

過了好一會，我才問：「那……怎麼辦？」

張堅陡地跳了起來，用十分可怕的聲音叫道：「我要把胡懷玉掐死。」

老實說，在知道一切全都不存在之後，我也有要把胡懷玉掐死的衝動，所以一聽得他那麼叫，我竟然不由自主，大點其頭。

張堅的面色灰敗，喃喃地道：「一點也沒有留下，一點也沒有……只要給我一點點，至少也可以研究一下，弄清楚那些生物的來龍去脈。」

我難過地道：「你不會爲了這樣的結果，而不再回南極去了吧。」

張堅苦笑著，搖著頭：「當然不會，但是……打擊太大，我需要休息。」

我和白素立時齊聲：「歡迎你在寒舍下榻。」

張堅嘆了一聲，抬頭看到了我書房中凌亂的許多圖片，他一看就知道我在研究甚麼，又長嘆了一聲。

我開始把圖片收起來，大聲道：「好，這件事，已告一段落，誰也別去再想。

胡懷玉的情形，彷彿有好轉，他的精神分裂症是遺傳性的，梁醫生說已有了可以控制的方法。」

張堅仍然恨恨地：「這王八蛋，應該把他關進瘋人院去。」

張堅真的十分疲倦，需要休息，他幾乎睡足了兩天兩夜，才開始活動，我也不去陪伴他，由得他自由行動，又過了幾天，我在客廳中和一個精通術數的朋友閒談，門打開，張堅直跳了進來，高舉著手中的一樣東西，尖聲叫著：「看，這是甚麼？」

對於張堅的怪異神態，我比較習慣，可是我那位朋友，卻著實嚇了一大跳，看他望著張堅的神情，簡直把張堅當成了一頭春情發動的雄狒狒了。

這特，在張堅手中所舉著的，是一段黑漆漆的東西，也看不清是甚麼。我那位朋友，在震驚之餘，倒也不失幽默，他道：「那是甚麼？是日月神教，黑木崖來的黑木令？」

我還未曾從錯愕中走過神來，忽然又有一條比較矮小的人影，一閃而入，叫道：「不錯，有不服教主命令者，一律要吃三尸腦神丹。」

那人影還未站定，我就大喝一聲：「溫寶裕，你又來幹甚麼？」

當然那是溫寶裕，笑嘻嘻地站定，有恃無恐，我想過去把他捉起來拋出去，可是張堅卻一下子攔在他的身前，對我怒目而視。

剎那之間，客廳中亂成了一團，我那朋友看著勢頭不對，他是一個斯文人，哪經這樣的場面，雖然知道不會被餵食三尸腦神丹，若是混亂之中受丁點傷，卻也不是耍的，所以他忙道：「我先告辭了。」

本來我還想挽留他，可是張堅已經把他手中的東西，直送到了我的眼前。而在那一霎間，我也看清了那是甚麼。

而在那一霎間，我也呆住了，不顧得再去挽留那位朋友，由得他離去。在張堅手中的，是一根看來像是木棍也似的東西，可是上面，有著不少尖刺，那東西……那東西，毫無疑問，是來自南極那座冰崖之中，其中某一個怪東西的一截肢體，毫無疑問是！

我在陡地一怔之下，已經立即想到了這節東西的來歷，伸手向溫寶裕一指，大聲道：「哈！」

溫寶裕也道：「哈！」

接著，我真是從心裏高興，大笑了起來，張堅也高興地笑著，在我們的笑聲中，溫寶裕道：「我……想，好不容易有了這樣奇異的經歷，總要弄一點紀念品，所以我就偷偷藏了一截……」

他講到這裏，我陡地想起一件事來，又「啊」地叫了一聲。

溫寶裕作了一個鬼臉：「沒有，一藏起來之後，根本沒有經過低溫保持，一直到我回了家，才把它浸在酒精之中……一直到現在。」

我和張堅互望了一眼，溫寶裕鮮蹦活跳，顯然沒有受到甚麼損害。這少年，真是膽大妄爲之極，要是他偷偷藏起這截東西的經過，給胡懷玉知道了的話，只怕會把胡懷玉當場嚇死。

一切都不再存在之後，忽然之間又有了這樣一塊「東西」，我和張堅的高興，都難以言喻，但是想起這段過程中可能產生的危機，我和張堅互望，都不由自主，伸了伸舌頭。

溫寶裕的話又多了起來：「我也曾考慮過，這東西在正常的溫度之下，可能會發生變化，但一點沒有，看起來，整截東西是一種骨骼組織，或者是角質物體……」

我笑了起來：「犀角。」

溫寶裕吐了舌頭，我曾向張堅說過溫寶裕異想天開的行動，所以張堅也笑了起來：「就當它是可以洞察一切的寶物，我們當然不是燒它，而是要好好研究它。」

我把溫寶裕拉了過來，拍著他的頭：「你肯定這些日子來，沒有甚麼變化？」

溫寶裕眨著眼：「沒有啊，都很好，就是給媽媽看得緊了一點，今天也是逃出來的，張博士來找我，給了我溜出來的機會。」

我向張堅望去，張堅道：「我悶得很，想起這小鬼頭倒還有趣，想去找他談談，誰知道有了意外的發現。」

溫寶裕自袋中取出了一張紙來，攤開，紙上簡陋地畫著一個奇形怪狀的東西，他道：「當我把這截東西拗下來的時候，我留意了一下整個怪物的樣子，大體上就像畫中的那樣。」

畫中的那個怪物，全然無以名狀，不必形容也罷，我們又歡談了一會，勸溫寶裕先回去，我也不等白素回來，立刻就和張堅，找了一家可以符合我們要求的化驗所，講好了借用他們的設備幾天，代價在所不計。

等到白素看了我的留言，來到化驗所的時候，我們的工作，已有初步的成就。

一有了一點結果，張堅就打電話向溫寶裕報告，我也不反對他這樣做，要不是溫寶裕這種並不值得鼓勵的行為，我們拿甚麼來化驗研究？

我們在那化驗室中，工作了三天，大致上的結果是，那一截肢體，毫無疑問是角質的，就如地球上各種有角類動物的角，結構上大體相同，這一點，是從整個橫切面，在顯微鏡下觀察所得，其組織的層次是有皮、角柱和角鞘，皮膚相當厚。各個層次在顯微鏡下，可以清楚地看到細胞結構。

在化學成分的檢驗方面，找到了各種蛋白質，各種游離氨基酸，包括胱氨酸，碱性氨酸、組氨酸、賴氨酸、精氨酸等等，也找出了這些氨基酸的分子數比值。還有醇類化合物，其中胍基丁醇的化學成分是：HN=C/NH2 NH OH2 CH2 CH2OH。

由於這截東西曾被溫寶裕放在酒精中浸過，在浸入酒精之前，大約又經過他精心的洗刷，所以在這截東西上可以找到的附屬品並不是很多，只找到了一種類似樹膠狀的物體化學成分是各種糖醛酸。

這並不能怪我們的化驗工作不詳細，實際上，如今地球上植物的樹皮中分泌出來的樹膠，也只知道化學上是屬於多糖類物質，結構還未爲人知。我們有了這樣的發現，已經極不簡單。

自然，我們化驗的結果，有好幾十頁，若是全寫出來，單是那些像蜂巢般六角形的符號，已經要看死人，大家不必看小說，乾脆回教室去上化學課算了，所以，只是極簡略地提一提。只要能在簡略提到的結果中，達成結論就可以。

五天之後，我、張堅、白素和溫寶裕一起在我的書房之中（不敢請胡懷玉，怕他大驚小怪），所有的結果放在我們的面前，張堅道：「除非另外一個星球的環境和地球一樣，不然，我認爲這些怪東西，全是地球上以前的生物，因爲一切構成生物基礎的成分，如此相近。」

我早就有這樣的想法，所以立即表示同意，溫寶裕問：「多久以前？」

我道：「當然是某一次冰河期之前，這些生物，曾在地球上繁衍生活，而突然的變故，使它們絕跡，我們甚至可以相信，這些生物，至少已經有一種，發展了高度文明，像如今的人類，但是終於敵不過整個生活環境的大變遷而完全消滅，其中有的，可能就是我們現在從地底下開採出來的石油，而只有極少部分，在堅冰之中被保存了下來。」

大家靜了片刻，溫寶裕又問：「會不會是一場戰爭？冰河期，大變化，會不會是一場戰爭造成的？會不會那些凍在冰中的生物，根本是被一種武器所殺死的？那種武器一爆炸，就化爲玄冰，把所有生物全凍住了？」

這少年的古怪問題之多，真是層出不窮，這許多問題的唯一答案自然只是：「有可能。」幾億年，甚至幾十億年之前的事，有誰知道？

白素一直沒有甚麼發言，直到這時才道：「也有可能是整個宇宙天體上出現的變化，譬如說，一顆彗星或者小星群，逸出了軌道，忽然與地球相撞，就足以造成地球上一切生物的毀滅，然後又在新的環境之中再衍生新的生物。」

我也只好道：「有可能。」

白素道：「最近美國有一位古生物學家，研究了大量軟體動物的化石，發現其中一種類牡蠣屬的軟體動物，在一億年左右之前，生態曾發生突變，化學成分也起變化，就是地球曾有過劇變的證明，那大約是白堊紀代時期。」

溫寶裕興奮地說道：「這樣說來，那些怪物，是上一代的地球生物？」

張堅道：「用『上一紀』比上一代確當些，而且，也不一定是上一紀，可能是上兩紀，上三紀，七四紀……誰知道。」

溫寶裕長長吁了一口氣，向我望來：「這件事的經歷，值得一記嗎？」

我立時道：「值得，當然值得，太值得了。」

溫寶裕笑道：「讓我想一個名字，總可以吧，這件事的經過，就叫作……」

白素接上去：「叫『犀照』，一方面是由你燒犀牛角開始，二方面沒有你藏起一截來，不會有結論，三方面，紀念你曾見過許多怪物的祖先。」

溫寶裕拍手：「好，就是這個名字。可是，燒犀見鬼怪，這又是怎麼一回事呢？是不是……」

我沒有讓他再問下去，就突然道：「溫太太，你來了，正好。」

溫寶裕大驚失色轉過頭去，雖然他看到了身後沒有人而大大鬆了一口氣，但是他那些古靈精怪的問題，暫時也就問不出來了。

（完）

再來一次

序言

「再來一次」的設想，利用了生物進化中的一種「返祖現象」，而返祖竟然是返到了幾億年之前，自然極其駭人。

這個故事，基本上是一個喜劇，生命已結束的老人得到了新的生命，儘管新生命的外形和原來大不相同，但畢竟是生命，生命，總比死亡的好。

倪匡

第一部：老年人連續失蹤

棗紅色的絲絨幕，緩緩降下，掌聲雷動。

站在舞臺前緣的女歌唱家，深深地向聽眾鞠躬。在掌聲中，夾雜著聽眾的高叫聲，再來一次，再來一次！

剛才的演唱，實在太動人，是以整個歌劇院中，都響徹了「再來一次」的叫聲。已落的棗紅絲絨幕，再度升起，伴奏的鋼琴手，又攜著樂譜走了出來，在鋼琴前坐下。

歌唱家將手放在胸前，琴音一起，所有的呼聲和掌聲，一起靜了下來。嘹亮、動聽的歌聲和琴聲之外沒有任何的聲音，直到歌聲完畢，掌聲才又震耳欲聾地響了起來。

那是一次極其成功的演唱會，幾乎每一首歌，都引起聽眾的狂熱，要求再來一次，所以，當離開了歌劇院時，已是凌晨兩時了。我並不熱衷於古典藝術歌曲，但是像剛才那樣，由第一流藝術家來演唱，我卻也百聽不厭。我相信白素一定也和我有同樣的感覺，因爲她挽著我離開的時候，面上那種神情，告訴我她心中在想些什麼。

我們隨著人眾，走出了門口，在我們前面是一對老年夫婦，那一對夫婦十分老，每人至少有八十歲；行動十分遲緩，兩人都拄著拐杖，慢慢地向前走著。

他們也像是知道自己的行動太慢，會阻礙別人，所以他們在我們接近之際，便側身讓了一讓，讓我和白素先走過去。

我和白素雖然先走了過去，但是在那樣的情形下，我們也不便走得太快，因爲那兩個老人家實在太老，他們可能需要照顧。

我們放慢了腳步，那一雙老夫婦就跟在我和白素兩人的身後。

所以，我和白素，就可以聽到他們低聲的交談，我們聽得那位老先生道：「你看，我們前面的一對，多麼年輕？唉，我們要仍是那樣年輕就好了。」

那位老太太也嘆了一聲，道：「是啊，不知不覺間就老了，老得真快！」

我和白素互望了一眼，都覺得我們的好心，反倒惹起了兩位老人的傷感，我們看來還是走得快一點的好。

正當我們要加快腳步之際，忽然，我們又聽到另一個的聲音。

那是一個十分低沈的男人聲音，聽了令人有一股說不出來的神秘之感，我忍不住回頭看了一下。

只見一個身形高大，穿著晚禮服的男人，雙眼十分有神，他雖然不是望著我，但是仍然令我覺得他的眼光向我掃了過來，使我覺得那樣看人家，是不禮貌的。

所以我立時轉回頭來，也就在那時，我聽得那男人道：「兩位嫌自己太老了？？」

「是啊，我們是太老了！」老先生回答。

那男人笑了起來：「老是十分可怕的，甚至比死還可怕，對不對？」

當我聽到這裏的時候，我心中忍不住升起了一股莫名的怒意來。

那傢伙竟然當著兩個老年人講那樣的話，那實在太殘忍了，這傢伙一定是一個毫無人性的人！

然而，我還未曾回過頭去，只聽得那人又道：「如果我說，我能令兩位恢復青春，你們是不是相信？」

那時，我和白素已走下了歌劇院大門口的石階，我們只聽得那一對老年夫婦發出了幾下乾枯的笑聲，不知道他們的真正反應如何。

當我們下了石階之後，再回過頭去看時，卻見那男人已扶住了那一雙老年人，進入了一輛很華貴的汽車，接著，車子便駛走了。

我呆了片刻，白素低聲道：「剛才那男人，實在太無聊了！」

我苦笑著：「也很難說，那兩個老人家，像是已被他說服了，恢復青春，哼！」

白素笑了起來：「你何必那麼激動？」

我自己也不知道爲什麼那麼激動，是以給白素一說，我也忍不住笑了起來，我們一起上了車，回到了家中，自然在歌劇院門口所遇到的那件事，並不是什麼特別的事情，我和白素都早將它忘了。

一直到第三天，早上一打開報紙來，我一看到了那則新聞時，才突然呆了一呆，忙叫道：「素，你快來看，快過來看！」

白素還當發生什麼事情，連忙趕了過來，我指著報紙道：「你看！」

白素向報紙看了一眼，她也不禁呆住了。

報上登著一個老先生和一位老太太的照片，兩人都已非常老了。

雖然說人在老了之後都是差不多的，但我們還是一眼就可以認得出，那兩個老人，就是在歌劇院門口，跟在我們後面的那一對老年夫婦！

而在照片之旁的標題，卻是令人心驚肉跳的：

「本年來第九次老人失蹤。殷商郭奎雙親神秘失蹤。」

新聞的內容說，這一雙郭老夫婦，全是十分有學問的人，是早期的留學生，十分欣賞藝術，於兩天前，去欣賞名歌唱家的演唱之後，便未曾回家，警方調查的結果，証明他們曾在歌劇院中，欣賞表演，但是在離開歌劇院後，便音訊全無了！

新聞還說，像類似的神秘失蹤，半年來已發生了九宗之多。

失蹤的全是老年人，失蹤之後，都一點結果也沒有。這次失蹤，是不是同一性質，以及何以會有那麼多的老人失蹤，警方正在調查中云云。

在新聞之後還有失蹤者兒子的談話，說他們的雙親雖然已屆八十高齡，但是行動還不需要人扶持等等。

我和白素看完了報紙，兩人一起抬頭起來，不約而同地叫道：「那個男人！」

白素又道：「快告訴警方，是那男人將他們帶走的！」

我猶豫了一下：「通知警方？我們對那男人，也不能提供進一步的消息。」

白素道：「那輛汽車，你記得它的牌照麼？」

「沒有。我沒有注意。」

「可是，我卻注意過那汽車的款式，」白素說：「那是一九六五年的雷佛蘭大型房車。」

我嘆了一聲：「像那樣的汽車，全市至少有一千輛以上！」

「那也好的，警方至少可以縮小調查的範圍，總比沒有任何線索要好些！」

女人固執起來，真是連牛也不如。事實上，我不是不想通知警方，而是我知道，這種疑難案件，一定是落在傑克中校的手中。

而傑克中校是一個十分剛愎自用的人，人家向他提供線索，他不但不歡喜，而且還會生氣的，但現在白素既然堅持著，我也沒有別的辦法可想，我拿起了電話，撥了警局的號碼。

等到有人接聽之後，我道：「我是市民，我有關於老人失蹤的消息！」

警局接聽電話的警官忙道：「請你等一等！」

我大約等了兩分鐘，便聽到了傑克中校的聲音，傑克中校道：「什麼人，有關老人的什麼消息？」

我不願他知道我是誰，是以我將聲音略變得低些：「我是市民，我在那天聽完演唱之後，見過那對老年夫婦。」

「好的，你叫什麼名字，住在哪裡？」

我心中不禁十分光火，我向警方提供消息，警方有興趣的卻是我的姓名、住址，倒像我才是他們要找尋的人一樣，我冷冷地道：「警官，你有興趣的究竟是什麼，是我，還是我提供的消息？」

傑克中校悶哼了一聲：「好，你有什麼消息？」

我道：「那一對老夫婦，和一個穿著黑色禮服的中年人一起離去，那中年人駕駛一輛一九六五年的大型雪佛蘭房車，我知道的就是那麼多！」

不等他再問什麼，我便立時放下了電話。

並不是我不肯和警方合作，事實上，我知道的，確然也只有那麼多。

白素聽我打完了電話，才去張羅早餐，我則仔細看看報紙，有一份報紙，將九次失蹤，歸納在一起報導。九次失蹤，一共有十四名老人不知去向，他們的年紀，都在七十五歲以上，甚至有一個八十七歲的老婦人。

這九次神秘的失蹤，都有相似之處，老年人全是在公眾場合之中露過面，然後便不知去向。最早的一宗，發生在四個月之前，一直到現在，還是一點線索也沒有。

我看完了報紙，心中只覺得十分奇怪，假定這九宗失蹤案，全是那個相貌異特的中年人做的，那麼，他的目的是什麼呢？

可以肯定，絕不是綁票，因爲如果是綁票，必定繼失蹤而來的，就是恐嚇勒索，綁票的目的是錢，而絕不是製造一些神秘的失蹤。

那麼，目的何在呢？

這的確是十分有趣的一個問題，暫時，我可以說是一點頭緒也沒有。

在用完了早餐之後，我駕車離家，到了小郭的事務所，在他的辦公室的門前敲了兩下，推門而入，小郭見了我，連忙站了起來。

我在他對面坐了下來，開門見山：「你對九次老年人的失蹤，有什麼意見？」

小郭嘆了一聲：「一點主意也沒有，其中有兩宗，失蹤者的子女，還是委託了我進行調查的，可是毫無頭緒。」

我將在歌劇院門口發生的事，詳詳細細地向小郭說了一遍，小郭緊蹙著眉：「那是什麼意思，那中年人究竟是什麼路數？」

我道：「我不知道。」

小郭突然一掌擊在桌上：「我有一個辦法，你見過那中年人，又曾見他和那失蹤者離去，你可以在報紙上登一段啓事，表示你知道了他的陰謀，那麼，他或者做賊心虛，會來找你！」

我笑了起來：「小郭，你這辦法倒想得好！」

小郭聽出我是講反話，他瞪著眼：「爲什麼？」

我道：「你想想，那傢伙已製造了十四人的失蹤，他在乎多製造一個麼？如果我一登那樣的啓事，我會有什麼結果？」

小郭仍然瞪著我：「你什麼時候變得怕事起來了？嗯？」

我毫不客氣地回敬著他：「當我發現你已是大偵探的時候，我就變得膽小了！」

小郭給我講得不好意思，笑了起來：「算了，算了，由我來刊登這段啓事好了。」

我笑著，指著他的鼻尖：「你可得小心些，那人如果真來找你了，一定不是容易應付的人。你可別將事情看得太容易了！」

小郭道：「我知道！我知道！」

我離開了他的事務所，辦了一些事，就回家去了。

第二天，我打開報紙，就看到小郭刊登的那段啓事，小郭的啓事擬得十分巧妙。

先是一個標題：

歌劇院前的活劇。

然後，他將歌劇院前發生的事，簡略地敘述了一遍，最後道：

「你不想自己的行為被世人所知，可以和我商量，我的電話是——」

我不知道小郭刊登那樣的啓事，是不是有用，當天我也未曾去問他，第二天，我打了個電話到他的事務所，他卻還沒有回來。

又過了一天，我再打電話去，小郭仍沒有回來。

小郭也失蹤了！

我連忙趕到小郭的事務所，已有警方人員在場，一個職員正在向警方人員提供資料，他道：「啓事刊出之後，上午十時，郭先生就接到了電話，他十分高興地走了出去，一去就未曾回來過。」

這時，一個女職員已拿著一卷錄音帶走了出來：「這就是那次電話的錄音。」

小郭的事務所中十分紊亂，主持其事的警官並不認識我，但是他看到我和其他工作人員很熟，所以以為我也是事務所中的工作人員，是以他也任由我聽那卷錄音帶。

當錄音帶中的聲音被播放出來的，我不禁苦笑了起來，那是一個很普通的電話，有一個人，打電話來告訴小郭，說他看到了報上的啓事，他約小郭在公園的荷花池旁見面，時間是十一時，就是如此而已。

但是我卻一聽就聽出，在電話中約了小郭見面的那人的聲音，正是那個中年男子的聲音，就是那個中年男子，在歌劇院前，對一對老年夫婦說，年老比死更來得可怕，又問那一對老年夫婦，是不是要恢復青春！

結果，那一對老年夫婦失蹤了！

而現在，他約小郭見面，小郭也失蹤了！

我知道小郭是一個十分機智的人，他能夠成爲一個著名的偵探，絕非幸致。他如果失蹤，那証明著其中一定有著過人的曲折！

我看到那個警官仍是不斷翻來覆去地聽著那卷錄音帶，我忍不住道：「爲什麼還不派人到公園的荷花池旁，去察看一下？」

那警官反倒瞪了我一眼：「現在去察看還有什麼用？人也早已失蹤了！」

我實在有啼笑皆非之感，但是我還是強自按捺著自己，沒有將「蠢材」兩字，罵出口來。

我耐著性子：「你知道，郭先生的身手很不凡，他如果是被人綁架走的，那麼一定會有一些什麼東西留下來，可以作爲線索！」

我的話已講得如此之明白，照說，那警官多少應該有點反應了。

可是他卻只向我瞪了瞪眼，嫌我多事。看到了這種情形，我自然也不再向下講去，一個轉身，出了小郭的事務所。

那警官不肯派人到那中年人和小郭約定的地方去察看，我實在沒有必要去說服他，因爲我自己也可以去。

雖然在那電話的錄音中，那中年人並沒有講明是在哪一個公園，但是全市有大型荷花池的公園，只有一個，我駕車到了公園的附近，然後來到了荷花池的旁邊，那是一大片草地。

在草地上，有十幾個小孩子在玩耍，有好幾對情侶，坐在長凳上。古木參天，濃蔭處處，公園中呈現著一片寧靜。那荷花池相當大，荷葉浮在水面上，兩個男孩子側著頭，站在池邊，研究著如何才能捉到荷葉上的那隻青蛙。

我只知道小郭和那中年人曾在荷花池邊，卻不知道他們會面的確定地點，所以我只能繞著荷花池，慢慢地向前走著。

我走得十分慢，因爲我必須一面走，一面留意池邊有沒有可疑的地方，但是一切看來，都似乎十分正常，並沒有值得懷疑之處。

我一面走，一面心中在想，或許那警官是對的，人已失蹤了，再到這裏來看，有什麼用？如果失蹤的情形，和那一雙老年夫婦一樣，那麼，在歌劇院的門前，能找出什麼痕跡來？」

我幾乎有些後悔此行了！

但是，當我緩步到了一株大樹之下時，我卻改變了我的看法，我站在那株樹前，我看到樹下的草地曾被踐踏過，而且留下的腳印，都不是孩子的腳印，而是成年人的。

看來，在大樹下，至少有三個以上的成年人，曾劇烈掙扎過。

而引起我注意的，還不光是這一點，在樹身上有好幾條十分深的刻痕，那幾道刻痕，顯然是新近才刻上的，因爲露在外面的木質還是潔白的。

那幾道刻痕，特別引起我的注意，那是因爲我知道小郭經常配戴的戒指，是有著一個十分尖銳的尖刺的。

他配戴那樣的戒指，有多種多樣的用途，像現在那樣，可以在極短的時間中，在樹身上，留下刻痕，便是用途之一。

我已可以肯定，小郭是在這樹下和那中年人見面的，而他的失蹤，也百分之百，是暴力劫持的結果！

我心中迅速地想著，我的發現，算不了是什麼線索，是以我也難以想得出我下一步應該怎樣，我緊蹙著眉，正用心思索著。也許因爲我實在想得太用心了，是以竟連有人來到我的身後，我也不知道，直到我的腰際，被硬物頂住，我才陡地一震。

但是，我卻已不能採取任何行動了，因爲我立即覺出，我腰際的是一柄手槍。接著，我便聽得我背後的那人道：「衛先生，你最聰明的抉擇，便是不要反抗，跟我們走，去見一個人。」

我吸了一口氣：「你們認識我？」

「不認識，但是郭先生說，在他失蹤後，你一定會來到他失蹤的地方的，我們已等了你許久了，衛先生，等了很久了！」

我苦笑了一下，小郭的介紹真不錯！

那人繼續道：「請你相信，我們一點惡意也沒有，絕不會對你有任何傷害，郭先生也受著我們極好的招待，我們只是想請你去走一次，闡明一些事情。」

我聳了聳肩：「如果是那樣的話，那麼抵在我腰際的手槍，閣下是不是拿開些？」

第二部：「想不想恢復青春？」

那人回答的一句話，卻是出乎我意料之外的，他道：「我沒有槍，衛先生。」我連忙轉過頭看去，刹那之間，我的神情，不免顯得十分尷尬！我的一生之中，不知經過多少大風大浪，如今雖不能說是翻了船，他手中所握的，是一枚「羅米歐與朱麗葉」牌的古巴雪茄，那種雪茄是裝在一根金屬的圓管之中的！

我自嘲地笑了起來，再抬頭看去。站在我面前的兩個人，年紀很輕，都戴著眼鏡，看來像是大學生。

那站得離我較近的一個攤開手：「衛先生，我們一點惡意也沒有，我們久聞你的大名，你如果要對付我們，我們決無反抗的餘地！」

我笑了笑：「你們知道我不會對付你們，好奇心將會驅使我跟你們前去，對不？」

那兩個年輕人都笑了起來，另一個道：「衛先生，你比郭先生有趣，我們逼得要和郭先生起了一些小小的爭執，和你卻不必了！」

我揚了揚眉：「你們能和郭先生在爭執中贏了他，也不容易啊！」

他們又一起笑了起來，我道：「好，我們可以走了，用你的車子，還是我的？」

「我們的車子，衛先生！」

我們一起向公園走去，在公園外面的停車場中，我被帶到了一輛淺黃色的小車子旁邊，他們中的一個打開了車門，我一進了車廂，另一個便坐在我的身邊：「衛先生，請蒙上你的雙眼。」

他一面說，一面遞了一幅黑布給我。

我有點惱怒：「如果我不答應呢？」

他連想也不想：「那麼，我們就不會帶你前去，我們就此分手好了。」

我開始感到這兩個傢伙的可惡了。

本來，是他們要我前去的，但是他們把握了我的心理，現在的情形，倒有點像是我要求他們帶我前去！

我立即想到，我根本不必跟他們到什麼地方去，我可以把他們扭交給警方！

但是我又想到，那是沒有用的，如果他們什麼也不說的話，他們根本沒有犯罪的行動，誰也將他們無可奈何，我要進一步明白那九宗神秘失蹤案的真相，只有跟著他們前去！

這兩個傢伙竟如此瞭解我的心理！

我考慮了足足兩分鐘，沒有法子不承認失敗，是以我只好道：「好的，你替我綁上吧！」

那年輕人道：「是，衛先生是君子，當然不會中途偷看的。」

我悶哼了一聲，沒有說什麼。

而當我眼上才一蒙上黑布，汽車便開動，我斜靠在座位上，根本無法知道車子經過了一些什麼地方，也不知道車子是在什麼地方停下來的。

只是在車子一停之際，我便要伸手去拉開臉上的黑布，可是我的手卻被擋開，那年輕人道：「請再忍耐一會。衛先生，再忍耐一分鐘就可以了。」

我也不與他多計較，任由他將我扶出車子，我覺得走在草地上，同時，還聽到了噴泉的聲音，那一定是一個很好的花園。

接著，便是石階，在我走上石階之前，那年輕人提醒我，道：「請小心，你前面有石階！」

當我走上了四級石階之後，我踏上了厚而輕的地氈，然後，又走出了十來步，才聽得他道：「衛先生，現在你可除去黑布了。」

我一伸手，拉下了黑布，在開始的一剎間，我什麼也看不到。

但是立即，我看到眼前的情形了，我站在一間書房之中。那是一間十分寬大，傢俱和一切佈置，都是十分古老的書房。

書房中並沒有人在，但是當我的視線才一恢復之際，就聽到另一扇門，傳出了小郭的聲音，道：「你們究竟在鬧些什麼鬼？」

然後，便是我聽來已十分熟悉的，那中年人的聲音：「郭先生，你別發怒，我們已請來了你的好朋友衛先生，等我們一齊見了面之後，好好談談。」

那扇門打開，我看到小郭和那中年人，一起走了出來，我忙叫道：「小郭！」

小郭也叫了我一聲，他奇道：「你怎麼也來了？他們派了多少人，才能將你請來的？」

他在「請」字上，特別加重語氣，我笑著：「我的情形和你略爲不同，我真的是他們請來的，雖然他們蒙上了我的眼。」

小郭「哼」地一聲，坐了下來：「好了，現在可以談談了！」

那中年人十分有禮貌地對我道：「請坐！」

我在小郭的身邊坐了下來。

那中年人坐在我的對面，他才坐下，又欠了欠身，道：「我先來自我介紹，我姓蒙，你們可以稱我爲蒙博士，或蒙教授。」

我和小郭，都冷冷地答應了聲。我們會了面之後，自信心大爲增加，我們都相信我們兩人在一起，對方的人手再多，我們要主動行事，也並不是辦不到的事。

而我們之所以還不發動，全是一樣的心思：因爲我們想聽聽那中年人究竟講些什麼。

那中年人——或者稱他爲蒙博士——在自我介紹完畢之後，又坐了下來：「我知道，兩位對連續失蹤案，都十分感興趣，是不是？」

我立時道：「正是如此，失蹤案的主持者，蒙博士，或蒙教授！」

我的話，自然是說得十分不客氣的。但是那中年人卻好像並不在乎，他繼續道：

「可是，兩位有沒有注意到失蹤者的年齡？」

「當然注意到，全是老年人。」

「老年人，那樣的說法，未免太籠統了。應該說，是平均年齡已達到七十九歲零兩個月的老人，他們有的已超過八十歲了。」

「那又怎樣？」小郭反問他。

「那表示一項事實，他們全是在死亡邊緣的人，他們隨時隨地，都可能死亡，因為他們實在太老了。如果他們死了，有沒有人注意他們？相信兩位決計不會去留心一個八十歲老人的死亡消息吧？」

我已料到他想講什麼了，是以對於他的話，我只報以一連串的冷笑。

果然，不出我所料，這位蒙博士又道：「所以，他們的失蹤，實在是不應該引起兩位的注意的，他們這些人全是快死的了！」

我冷冷地道：「閣下的這番話，是我所聽到過的，一個卑鄙的罪犯的最無恥的飾辭！」

蒙博士的面色變了變，小郭已經怒吼起來：「你將那些老人怎麼了？」

蒙博士皺了皺眉：「他們怎樣了，我暫時不能宣佈，但是我不明白兩位何以不能接納我的解釋，我實是十分奇怪。」

我怒道：「我們爲什麼要接受你的解釋？你的行動是犯罪，是嚴重的犯罪，不管他們的年紀如何老，你令他們失蹤，那便是犯罪。」

「對，我同意，那是站在現行法律觀點上而言的。」蒙博士回答著：「但是，他們的時光所餘無幾，他們有權將殘餘的生命來搏一搏的。」

「什麼意思？」我問他。蒙博士站起來，拉開了一隻抽屜取出了一個錄音機來：「衛先生，或者你還記得郭老先生、郭老太太的聲音，請稱聽聽這個。」

蒙博士按下了一個掣，我和小郭都聽到了一個蒼老的聲音：「我願意接受蒙博士的試驗，接受那種試驗，全然出於我的自願。」

接著，便是一個老婦人的聲音，所講的話，和剛才那老頭子的話一樣。

而我也聽出，那真的是在歌劇院門口，所聽到過的那一雙老夫婦的聲音。

蒙博士又拿出一疊文件來：「請看，那是他們親筆簽署的文件。」

我接了過來，文件全是手書的，寫的也正是和錄音機中放出來的話一樣的字句。

蒙博士道：「有了這些，我在法律上不是犯罪，是不是？」

我和小郭互望了一眼，會有那樣的情形出現，那確然是我們絕料不到的。因爲有了那些文件，即使蒙博士落在警方的手中，警方是不是能對他起訴，還是疑問，我們自然更無權過問了。

可是，我們的心中，也十分疑惑，因爲蒙博士的手中，既然有著對他如此有利的文件，他的行動，爲什麼還要如此神秘呢？

蒙博士的雙眼十分有神，而且，他彷彿能看透我的心意一樣，我剛想到這一點，還未曾問出來，蒙博士已然道：「由於我的實驗，絕不能受任何方面的干擾，所以我必須保持極度秘密。」

小郭問道：「你在從事什麼實驗？」

「我自然不會講給你聽，郭先生，因爲到目前爲止，那還是一個極度的秘密，我只是希望你們別再來干擾我，因爲我絕不是在從事非法勾當！」

我和小郭，都無話可說。

在如今那樣的情形下，我們實在找不出理由來反對他的話，每一個人都有每一個人的自由，他有他個人的秘密，只要他不犯法，不損害別人，我們自然也沒有道理一定要揭穿他！

所以，我和小郭都不得不點著頭：「既然那樣，我們自然不再多管閒事了。」

蒙博士道：「那最好了，我會吩咐那些老人，用電話和他們的家人聯絡，告訴他們的家人，他們很好，我以前疏忽了這一點，真是不應該。」

我和小郭一起站了起來：「我們告辭了。」

蒙博士抱歉似地笑了一笑：「兩位，請仍然在眼上蒙上黑布。」

我想要提抗議，但是小郭卻立即道：「好！」

我瞪了小郭一眼，怪他爲什麼答應得如此之快，但是小郭卻向我眨了眨眼，我心知他一定有原因的，是以也不再出聲。我們的眼睛被紮上黑布，由人帶領我們出去，上了汽車，半小時後，我們被帶下汽車，解開了黑布，我們又在公園附近了。

那帶我們來的兩個年輕人，立時駕著車離開，我立即問：「你已知道他們在什麼地方了麼？」

「現在還不知道，」小郭得意洋洋，「但是我立即可以知道。我留下了一具小型的無線電波發射器在蒙博士的書房中，快到我的車中去，我們立即可以知道，他的屋子是在什麼地方了！」

我大是高興，用力在小郭的肩上拍了一掌：「你進步得多了，小郭！」

小郭和我，一起向前走去，他的車，上次來公園時停在公園附近的停車場中，這時仍然在，一進他的車，他立時按下了幾個掣。在表板上，一個小小的螢光屏上，出現了一個亮綠色的小點。

小郭指著那一點：「看，在東面，我們的車子如果來到了發射器的二十公尺之內，它還會有聲音發出來。」

我伸了一個懶腰，太容易了，太容易的事，反倒使人有懶洋洋，提不起勁之感。

小郭駕著車，向東駛去，他不斷轉著車子，使車子接近那無線電波發射器。

約莫半小時後，越來越是荒涼，前面幾乎已沒有可以通車的路！

我開始覺得事情有些不對頭，因為時間已差不多，我們應該在一個有屋子的地方，而不應該在那樣的荒郊之中的。可是，小郭卻還充滿著信心。

我忍不住問道：「小郭，有點不對吧！」

小郭道：「別吵，快接近了！」

就在那時，儀器上發出了「的的」的聲響來，小郭連忙停住了車，當他停下車來時，他的信心也消失了，他苦笑著：「我想，我留在蒙博士書房中的那具無線電波發射儀，已被他們發現了。」

我攤了攤手：「而且，我已看到你那具儀器在什麼地方了。」

「在什麼地方？」小郭連忙問。

我伸手向前指去，在前面十多碼的一株樹上，釘著一塊木板，那木板上用紅漆寫著一行字：

郭先生，你白費心機了！

而在那塊木板上，還釘著一樣東西，由於隔得相當遠，所以我其實是看不清楚那是什麼，但是可想而知，那一定就是小郭的那具追蹤儀了。

小郭連忙打開車門，向前奔了過去，他奔到了樹下，將那塊木板拉了下來，又回到了車邊。他靠在車上，長嘆了一聲。

我揚了揚眉：「準備放棄了？」

「不放棄也不行啊，」小郭無可奈何地說：「我們什麼線索也沒有了。」

「如果說什麼線索都沒有，那也不見得。」我搖著頭說道。

「至少我們知道，蒙博士的人到過這裏，而這裏離蒙博士的住所，不會超過半小時的車程。」我說。

小郭呆了半晌：「這算是什麼線索？」

我自己也不得不承認，那其實算不了什麼線索，但是我卻絕不肯就此放棄那件事，我道：「我們下車去看看，或許可以找到什麼。」

我出了車，和小郭一起慢慢看著，可是化了大半小時，結果，是找到了兩個比較清楚的腳印。從那兩個腳印上，我們推斷出，那是七號半的鞋子，那人的身高，大約五尺七寸。

除此以外，什麼也沒有了！

小郭狠狠地在地上頓了兩腳：「就憑這條線索，別說是我和你，就算福爾摩斯再生，只怕也找不到蒙博士的屋子在什麼地方！」

我慢慢地踱著，從那株樹下，踱到了車旁，又從車旁踱到了樹下。

我來回足足踱了十來次之多，才道：「小郭，在歌劇院前，我曾聽得蒙博士對那一對老夫婦說，想不想恢復青春，他可能是在實驗使老年人恢復青春的辦法？」

小郭「哼」地一聲：「我想蒙博士一定是在作不法勾當，我們一定要找出他的住所來。」

我揚了揚手：「有一個辦法，這些日子來，他不斷在尋找老年人，只要他繼續在找老年人，我們兩個人就可以——」

小郭叫了起來，道：「假扮老人！」

我道：「是的，你回去查一下，前後九次失蹤的老人，都是在什麼地方失蹤的，那麼，我們就可以在他經常尋找老人的地方去供他尋找！」

小郭興奮了起來：「好，這真是一個極好的計畫，我立即進行。」

我道：「你有了結果，和我通電話。」

我用他的車子，回到了市區，到了家中，一小時之後，小郭的電話來了，他道：「我查過了，三宗是在體育館外，一宗在歌劇院，兩宗在戲院，還有三宗，在百貨公司門外不遠地方發生。」

我略想了一想，便道：「那全是公共場所，看來蒙博士喜歡的是年紀雖然老，但多少還有一些活動能力的老人，而不是只知坐在家中搖搖椅的老人。」

「是的，你看我們該如何進行？」

「我們不妨分頭進行，你扮成老人，到體育館前去，裝著對每一場體育比賽都有興趣的樣子，而我，則到百貨公司前去看櫥窗。」

「好的，誰給他看中了都是好的。」

「你要注意，如果給他看中了之後，你沒有機會修整化裝，所以你應該採用持久性的化裝。」

「我明白，」小郭答道：「我有尼龍纖維的面具，你也有的，我們可以戴上，混進蒙博士的屋子去。」

「要小心些，蒙博士不是容易對付的人。」我再一次叮囑著小郭。

我們的通話，到此爲止。第二天，我不知道小郭化裝得怎麼樣，而我在對著鏡子半小時之後，使我看來十足像一個八十歲的老人。

我特地找出了一套已然變色，起了黃斑的西裝來穿上，拄著一根手杖，顫巍巍地走了出去。當我一走出書房之際，白素嚇了老大一跳！

白素一看到我，就叫了起來：「你做什麼？」

在剎那間，我心中突然起了一個念頭，我想，如果叫白素也扮成了婦人，那也許更容易使蒙博士揀中我們，但是我只不過略想了一想，便放棄了這個念頭。因爲這件事，究竟是什麼性質，我還不盡瞭解，而蒙博士給我的印象，卻是陰鷙深沈，是一個十分厲害的人，像我那樣，扮成了老人去愚弄他，十分冒險。既然有危險，那我當然不方便叫白素參加。

是以我只是笑著：「你看我像老頭子？我變成了老人，去和一個人開玩笑。」

白素後退了兩步，端詳了我好一會，才道：「像，真像極了，那人一定會爲你所騙。」

我感到十分高興，因爲白素是目光十分銳利的人，她那樣說，足以証明我的化裝十分成功！

我慢慢走了出去，走得很慢，然後，我走到了一條繁華的街道上，在那裏，有著全市規模最大的百貨公司。

我在百貨公司走著，從上午到下午，引得不少人用好奇的眼光看著我，他們的心中一定在想，這個人已老到了這等地步，何以竟還會對櫥窗中花花綠綠的東西，感到興趣？

我當然不是真的老了，但是我既然扮成了一個老人，卻多少也能體會到一些老人的心情。這種體會，是來自望向我的那些眼光的。

從那些眼光中，我似乎是一個怪物，不應該再屬於這個世界，是全然多餘的東西。本來，我一直在奇怪，何以人非死不可，現在我總算有點明白了，人非死不可，那實在是自然極其巧妙的安排！

因爲如果人不會死，只是繼續老下去的話，那實在是一件十分可怕的事！

一直到黃昏時分，才找了一間餐室，歇了歇足，然後，當各種顏色的霓虹燈亮起之後，我又開始在各大百貨公司前走來走去。

但是這一天，卻一點結果也沒有。

我回到家中，第二天仍然照樣去走動，一連三天，仍然沒有人來找我，我的心中，罵了自己千百遍蠢材，我已準備放棄這個辦法了。

第三天的晚上十時，我不得不從一家大規模的百貨公司中走出來，因爲公司要打烊了。

由於我已經不再寄以任何希望，當我走向公司門口的台階之際，我直了直腰，已經不準備再扮老頭子了，可是也就在我挺了挺身子的那一剎間，我的身後突然響起了一個聲音：「人老了，挺一挺身子，也當作是一件大事了！」

在那片刻間，我幾乎忍不住大聲叫了起來！

那是蒙博士的聲音，他上鉤了！

我竭力鎮定著心神，嘆了一聲：「是啊，骨頭像不是我的了，唉，在我年輕的時候，我可以躺在地上，一彈就跳起來。」

我一面說著，一面抬起頭來，向後面看去。果然，站在後面的人，不是別人，正是蒙博士。

他正雙目炯炯有神地看著我，看他的樣子，像是想在我的身上發現什麼奇跡一樣。然後，他講出了那句我已不是第一次聽到的話。

他道：「年老真可怕，比死亡更可怕。」

我停了下來，呆了片刻，才道：「是的，人到年老，就不在乎死亡。」

蒙博士向我笑了一下，他的笑容十分詭異：「老先生，你想不想恢復青春？」

我忙道：「先生，你是在和我開玩笑麼？世上沒有什麼力量，可以使我恢復青春，我老了，就一定會在衰老中，慢慢死亡。」

我望著他，沒有再說什麼，因為我不知道一個真正的老人，在聽到了他的話之後，反應是怎樣的，所以那剎間，我只好不出聲。

蒙博士又道：「或者我應該說，我可能有這種力量，我只是在試驗中，你願意接受試驗麼？」

我又呆了半晌，才道：「那是什麼性質的試驗，是注射一種內分泌麼？」

「試驗的內容如何，你沒有必要知道，我只是問你是不是願意接受我的試驗，」蒙博士繼續著說：「老先生，你必須明白，你已來日無多了！」

我不能答應得太痛快，老年人是很少對一件事情作痛快的決定的，是以我拄著杖，還要裝著微微發抖的樣子。一分鐘後，我才道：「我願意。」

我的話才一出口，蒙博士便已揚了揚手，一輛黑色的大房車，由司機駕駛著，來到了百貨公司的門前，那正是我在歌劇院門口見過的那輛。

蒙博士替我拉開了門，我特地將手加在他的手上，要他扶我上車去。

我的手部也經過特殊的化裝，使我的手看來完全是一個老人的手，那樣做，可以堅定他對我的信心，使他以爲我真是一個行將就木的老人。

上了車之後，我坐在他的身邊，他也不要我蒙上眼睛，我仍然用裝得十分蒼老的聲音問：「先生，你不是在和我開玩笑？」

蒙博士的神情，十分嚴肅：「當然不是。」

我又道：「你的實驗如果成功，那麼，世界上豈不是沒有衰老，也沒有死亡？」

蒙博士卻不再出聲。我也怕話說得太多，會露出馬腳來，是以也不再對他講什麼，只是像一般老人一樣，喃喃地自言自語起來。

我雖然裝著對汽車外的一切都不感興趣的樣子，實際上，我卻十分留意汽車經過的路線。

汽車駛得很快，我還認得出，駕車的那年輕人，正是在公園的荷花池畔，要我戴上蒙眼巾的那兩人之一。

我看到車子轉上了通向山上的斜路，一連轉了好幾個彎，然後，便駛上了一條更斜的斜路。這一切，都和我當日被蒙住眼睛的感覺相類。

十五分鐘後，車子在一幢很古老、很大的房子前，停了下來。在黑暗中看來，那房子古老得就像是一頭其大無比的大怪物一樣。

車子停下不久，兩扇大鐵門便被打開，車子又駛了進去，停在屋子的石階門口。

蒙博士直到這時才開口：「我們到了。」

我向前走著，一面道：「好房子，這才是真正的房子，它和我一樣古老了。」

蒙博士居然笑了一下，這是我認識他以來，第一次看到他那張狹長的臉上有笑容露出來。

我由他攙扶著，走出了車子，他立時招手叫來了一位年輕人：「帶這位老先生到休息室去，先替他作第一號測驗。」

我呆了一呆：「先生，什麼叫第一號測驗？」

蒙博士的面色一沈：「你只要接受測驗就是了！」

我覺得在那樣的情形下，我不應該太退讓了，是以我以老年人的固執態度道：

「不行，如果不讓我知道，我就不接受測驗。」

蒙博士望了我半晌，點頭道：「好現象，彼得，你注意到了沒有？真是好現象。」

在我身邊的那年輕人立時點頭道：「是，博士。」

我莫名其妙，不知他們兩人，那樣說是什麼意思。而蒙博士對我的態度，也轉變了一些，變得好了許多。他道：「你別緊張，所謂測驗，只不過是觀察一下你身體內機能對外界的刺激的反應而已。」

我「哦」地一聲，表示明白了是怎麼一回事，可是我的心中，卻有十分尷尬之感。

蒙博士說要測驗我的身體機能對外界刺激的反應，這對我來說，實在是一件十分不妙的事。

因爲我假扮成老人，那只是外表，如果他用儀器來紀錄我的身體情形，那麼我假裝老人的把戲，會立時被戳穿。

在那一剎間，我面臨是不是再繼續扮下去的決定。我假扮老人，已然有了成績，蒙博士對我全然不加防範，將我帶到了這裏來。

我已經知道了他的活動所在，這時，我要趁他們兩人不備，突然將他們兩個擊倒逃走，那可以說是輕而易舉的一件事。

我逃走之後，就可以揭穿蒙博士的秘密。

當我想到這一點的時候，我幾乎已要向蒙博士的下顎，一拳揮擊出去。但是，在我出拳之前，我又想了一想，覺得那樣做，未免十分不妥，蒙博士的手中有著那些文件，以前的那些老人，都表示是自願接受試驗的，除非再找到進一步的犯罪証據，不然，警方也無奈他何。而那樣一來，蒙博士的秘密，可能再也無人知曉了。

第三部：恢復青春的實驗

所以我想一想，便沒有揮拳出去，我決定再混下去。混到幾時是幾時，反正蒙博士的面色雖然陰森，他卻也未必是謀財害命的兇徒，就算真相拆穿，他也不會將我怎樣的。

蒙博士見我不出聲，又問道：「你是不是願意先接受一些測驗？」

我點頭道：「好的。」

那年輕人扶著我，走進了那幢屋子。那幢古老的屋子的內部，大得不可思議，我經過了一個大客廳，走到了屋後，然後從一道樓梯，走到了二樓，我被帶進了一間不是很大，但是卻十分精美的臥室之中，那年輕人道：「這是你的房間，請隨便休息。」

我點了點頭，在沙發上坐了下來。

那年輕人走出去，就只留下我一個人在那臥室之中。我起先以爲，一定很快就會有人來和我進行測驗的，可是出乎我意料之外，我一等再等，等了足足半小時之多，還是什麼人也未見。

我未免有點心急起來，站了起身。

當我站起身之後，我陡地想起，我現在是一個老人，老人是不會急躁的，因爲他已走到了生命的盡頭，再急躁也沒有用了。

這間臥室中雖然沒有人，但是可能有無數雙眼睛，正通過隱秘的電視攝像管，在注視著我，我必須使自己像一個老人。

於是，我慢慢地走著，觀察著臥室的每一部分，臥室和一間浴室相通，我在浴室中照了照鏡子，鏡子中的我，十足是一個八十歲的老人，我心中不禁十分高興。

我又回到了房間中。

在回到了房間中之後，我索性裝得像一些，是以我伏在沙發上瞌睡了起來。

我當然睡不著，但我也假裝睡了一小時多，那時，我覺得肚子餓了，卻依然沒有人來，我到了房門，想打開門，卻發覺門鎖著。

我敲著門，發出「蓬蓬」的聲響來，自然，要以我身邊的小道具，弄開那扇門，那是輕而易舉的事，但是我卻沒有那麼做。

在我敲打了半分鐘之後，在我的背後，突然響起了一個十分動聽的女人聲音：「老先生，你想作什麼？」

我連忙轉身，聲音是從一隻花瓶中發出來的，當然是那花瓶中裝著傳音器的緣故。

既然有傳音器，自然也可能有我早已料到的電視攝像管，所以我立即裝出一個十分驚奇的神色來：「你是誰，我怎麼看不到你？」

那女人笑了起來：「是的，你看不見我，我不在你的房間中。」

我咕噥了幾句現在的機器真新奇之類的話，然後才大聲道：「我肚子餓了！」

「好的，老先生，你想吃什麼，我替你送來。」

我的肚子實在很餓，我想說什麼都吃得下，但是我卻報了幾樣只有老年人才喜歡吃的東西。

那女人答應著，我又在沙發上坐了下來。

又過了足有半小時，我聽到門上「砰」地一聲響，一個女人推著一輛餐車，走了進來。

那女人大約三十歲，十分美麗，身材健美，她走路的那種誇張姿勢，不由使人想起性感艷星。

她推著餐車，直來到我的面前，我要的食物全在了。我慢慢地吃著我並不喜歡吃的食物，而且還裝出津津有味的樣子來。

那對我來說，實在並不容易，所以，當我吃了一半，推說吃不下時，倒反而顯得十分自然。

那女人一直笑盈盈地坐在我的對面望著我，等我吃好時，她將一條香噴噴的手巾遞給我，我抹了抹臉，表示已吃飽了時，她突然在我身邊坐了下來。

那張單人沙發雖然很寬大，但是擠上兩個人，那兩個人總是緊緊擠在一起的了。

我已經說過，那女人美麗，身材健美，充滿了女性的誘惑。而且，當她擠在我的身邊之後，她的手臂掛在我的頸上那實在是一種極度的誘惑。我感到尷尬極了，我想要立即掙脫開去。可是那女人卻笑著：「怎麼樣，我弄的食物還可口麼？」

她那種故意作出來的媚態，倒使我突然之間，恍然大悟了！

她的出現，她擠在我的身邊，那正是蒙博士「初步測驗」的一部分！

蒙博士將我關在房中，不來理我，那是在測驗我的耐性，他剛才一定也已詳細觀察了我進食的情形，現在，他又在試驗我對異性挑逗的反應。

我雖然明白了這一點，但是我的處境，卻仍然是十分不妙。

如果我真是一個老頭子的話，那就沒有問題，因爲男人若是到了我化裝所顯示的那個年齡，就算是有美女擠在身邊，也不會動心。

然而糟糕的是，我並不是老頭子！

但是，我卻又不能不竭力裝出自己是老頭子來。我發覺一個人要扮老頭子，最困難的時候，莫過於我在那十分鐘之內的情形了。

在那一段時間中，我沒有別的辦法，我只有不斷打著飽隔，剔著牙齒，來表示我對那美人兒沒有興趣。總算好，捱過了那十分鐘，那女人一笑，站了起來，推著餐車走出去了！

我打了一個呵欠，又在沙發背上，挨了下去，假寐了一會，這次我倒是真睡著了。我是被人搖醒的，當我醒過來時，蒙博士已在我面前。

他手中拿著一疊文件：「在試驗進行之前，你得簽下自願書。」

我接過了文件，摸出了老花鏡，化了很多時間來看著，然後才簽了一個假名字。

然後，蒙博士身後的兩個年輕人便道：「請跟我們來，你需要扶持麼？」

我站了起來：「不要！」

一面說著「不要」，一面身子卻搖搖欲倒，那兩個年輕人立時過來將我扶住，我們一起出了臥室，走下樓梯，又經過了一條十分陰暗的走廊，然後，來到一間寬大的房間之中。

一走進那房間，我突然產生了一種毛髮直豎，可怖之極的感覺！

那實在是十分沒有來由的，因爲那間房間中，並沒有什麼令我感到害怕的東西。但是即使我看清楚了房間中的一切之後，我仍然有那種感覺！

我緩緩地吸了一口氣，再仔細打量這房間中的一切，那房間中的佈置，是醫院中的手術室，在一張手術床旁邊，是幾具我從來未見過的儀器，和一櫥醫學上的用品。

蒙博士在一張書桌前坐下，令我坐在他的對面。

那兩個年輕人便忙於替我記錄體溫，測度我那脈搏等等的工作。

在剎那間，我假冒的身份，面臨被揭穿的最高峰，幸而那兩個年輕人並沒有拉起我的衣服來，不然，我一定立即被揭穿了。

而那時，我也知道，何以我一進房間，便會有極其恐怖的感覺的由來了！

因爲有一陣陣極低極低的聲音，傳入我的耳中。我難以形容那是什麼聲音，那像是好幾個人在一起發出絕望的呼叫聲。但是那聲音卻實在太微弱了，必須屏住了氣息，才可以聽得出來。

就是那種聲音，予人以恐怖之感。

而我雖然隱隱約約地聽到那種聲音，卻也不能肯定那種聲音是何處發出來的。我屏住了氣息，以便將那種聲音聽得更清楚些，但是當我真正聚精會神時，那種聲音反倒不存在了，那令我感到十分疑惑。

一定是我的神情實在太全神貫注了，是以引起蒙博士的注意，他問我：「你在作什麼？」

我道：「我好像聽到一種十分怪的聲音。」

我看到蒙博士的神色變了一變，他道：「你弄錯了。到了你這年紀，聽覺是不會太靈敏的了。」

我看出他在說話的時候，還在竭力裝出一個笑容來，可是他的笑容，卻極其勉強。

這時，一個年輕人走了過來：「老先生，請你躺在那張床上去。」

我依言走到床邊，躺了下去，那年輕人伸手按在我的胸前，我看到他自一具儀器中，拉出了一條很長的管子來，那管子的一端，是一枚很長的針。

然後他道：「捲起你的衣袖來。」

我的手部，雖然經過化裝，但化裝卻只到手腕爲止，如果捲起衣袖來，那麼我肌肉結實的手臂，絕不是一個老人所有的，也立即不能再假冒下去了。

我想了想，並不動手，只是問道：「作什麼？」

那年輕人笑著：「我們會注射一些東西進你的靜脈，使你的血液起變化。」

我忙道：「那太可怕了，我不幹了！」

蒙博士來到了我的身邊：「老先生，可是，那是你自己同意的啊。」

我搖著頭：「雖然我曾經同意，但現在我害怕起來，我不幹了！」

蒙博士的聲音，十分柔和，他道：「老先生，對你來說，實在沒有什麼值得可怕的，你已經快死了，最多是死，請問，你還有什麼可怕的？」

他們一面說，一面突然抓住我的手臂，我用力一掙，我身上的衣服，全是陳年的舊貨，經不起我的一掙，「嗤」地一聲響，一隻衣袖已斷了下來。

衣袖一撕了下來，我看到那兩個年輕人和蒙博士，都呆了一呆。

而我立即知道，我再留下去，絕不會有什麼好處，是以我陡地從床上跳了起來，向窗前衝去，我準備衝到了窗前，立時穿窗而出。

可是，我還未曾穿到窗前，槍聲便響了，隨著槍聲，便是蒙博士的大喝：「站住！」

我不得不站住，因爲那子彈就在我的身邊掠過，擊破了我身前的窗子。

蒙博士接著命令道：「轉過身來！」

我轉過身來，蒙博士陰森的臉上，充滿了怒容。

他面上肌肉抽搐著，眼中閃耀著憤怒的火花，我很少看到一個人憤怒到這種地步的。

他厲聲道：「你是誰？」

我苦笑了一下，攤了攤手。

我還未曾出聲，但是他已在我的動作上，認出了我是誰來了，他道：「你是衛斯理？」

我只得點了點頭。

他咬牙切齒地道：「衛斯理，我認爲你是一個卑鄙無信的小人！」

他用那樣刻薄的話罵著我，自然是因爲我答應了他，不再干擾他的事，但是卻又假扮了老人前來偵查他的緣故，由於我確然曾答應過他，是以我也不說什麼，只是道：「真對不起，蒙博士！」

在那一刹間，我看到蒙博士的手指在槍機上漸漸扣緊，那令得我大吃一驚！

我忙道：「蒙博士，我只不過是好奇，你何必那樣緊張？這……只不過是玩笑罷了！」

蒙博士的面色鐵青：「好奇就是你們這種笨蛋的致命傷，與你無關的事，你好什麼奇？像你這樣的人，是典型的小人，世界上很多紛擾，就是因爲你這種多管閒事的小人而引起的！」

我很少給人那樣地罵過，而且，蒙博士罵我的話，太不客氣了。好奇心絕不是人類的美德，但是我要探索蒙博士的秘密，我那種好奇，卻和無知之徒湧在街上看熱鬧的那種好奇，不可同日而語。

所以我立即道：「博士，你太苛責我了，如果不是好奇心，你也一定不會去研究人的生命的奧秘，也不會想到如何使老人恢復青春！」

蒙博士仍然雙目神光炯炯地望著我，但是我卻注意到他扣住槍機的手指，不再那麼緊，這令得我鬆了一口氣，我又道：「博士，你那種試驗，對人類來說，是一項偉大的貢獻，你可以將之公開的，爲什麼你要那樣……神秘呢？」

我本來是想問他爲什麼要那樣鬼鬼祟祟的，但是繼而一想，現在那樣的情形下，自然是以不激怒他爲妙，是以才中途改了口。

蒙博士望了我半晌，才道：「因爲我的試驗，沒有成功，失敗了！」

當他那樣講的時候，他的臉上，現出相當沮喪的神情來，他面部的線條，本來是十分堅強的，以至令得他的臉面，看來像是石頭雕刻出來的一樣。

也正因為如此，所以他那時現出沮喪的神情，也更可以使人深切瞭解到他心中的苦況。

我攤了攤手：「博士，沒有什麼科學成就是一次就成功的！」

蒙博士突然吼叫了起來：「我比你更明白這個道理，可是你知道麼？我一上來就用人來做試驗，而我的試驗卻一直失敗！」

我聽得蒙博士那樣講法，也不禁陡地打了一個寒戰，我小心地反問道：「你是說，你已殺死了近二十個老年人，那是因為你的試驗失敗了？」

蒙博士尖聲笑了起來，他的笑聲十分可怖，在恐怖電影中，那種怪醫生怪博士的配音，望塵莫及，他笑了足足半分鐘，才道：「不，他們沒有死。」

我大大地鬆了口氣！

因為如果蒙博士已經殺死了近二十個老人的話，他不會在乎多殺我一個，如今那些老人既然沒有死，他自然不會殺我。

我的膽子大了許多：「那麼，你可以再繼續進行試驗。」

蒙博士望了我半晌，我不知道他在想什麼，他可能根本沒有聽到我的話，在那樣的情形下，我自然也只好靜了下來。

靜了足有幾分鐘，蒙博士的手槍，始終對著我，然後，蒙博士才道：「我不知道如何處置你才好！」

我趁機道：「博士，最好的辦法，是讓我參加你的工作，我對一切稀奇古怪的事，都很有興趣。」

蒙博士「嘿嘿」地笑了起來：「你參加我的工作？像你這種沒有信用的小人，我能信任你麼？」

我不禁有點光火，大聲道：「好吧，你可以一槍把我打死！」

蒙博士又靜默了半晌，才道：「好，我可以先讓你看看我試驗的惡果，你先去將化裝弄乾淨，我們或者可以合作的。」

我十分高興：「那太好了，我雖然不是專家，但是我在理論上，支持一切世俗眼光認為不可能的事，在別人想來，恢復青春，是根本不可能的事，但是我至少不否認這種事的可能性！」

蒙博士點頭道：「這一點，對我們的工作來說，是極其重要！」

他一面說著，一面已收起了槍來，同時向那兩個年輕人，揮了揮手，我跟著他們一起走了出去，仍然回到了那間房間中。

在那房間中，我用了大半小時來清除化裝，恢復了我本來的面目。當我走出房間時，迎面碰到了那曾為我送食物來的女人，她顯然已從蒙博士口中知道是怎麼一回事了，是以一見到了我，臉上頓時紅了起來，低著頭，匆匆在我身邊，走了過去。

在那一剎間，我真想開開她的玩笑，但是我卻沒有做什麼，因為那兩個年輕人已在我的面前出現，他們臉上的神情，十分嚴肅。

接著，蒙博士也迎面走來。

蒙博士來到我的面前之後，帶著我向走廊的一端走去，一面走，他一面說道：「我的試驗失敗了，在世俗法律的眼光來看，我是有罪的。」

他停了一停，像是在觀察我的反應，我沒有表示什麼，只是等他講下去。

蒙博士又道：「法律是很可笑的，殺死一個九十八歲的老太婆，和殺死一個十幾歲的少女，罪名相等。一個人若是生了癌症，會在絕大的痛苦中死亡，但如果有人想令他減輕痛苦，早一點令他在毫無痛苦中死去的話，他犯謀殺罪。」

我道：「一個人在未死之前，沒有什麼人有權取走他的生命。」

「自欺欺人！」蒙博士叫了起來：「那純粹是自欺欺人，誰都知道他很快會死，可是卻還希望有奇跡出現，奇跡在哪裏？」

我沒有再說什麼，因爲這個問題，我的看法是和蒙博士相同的，對一個明知沒有希望的病人而言，快一些死，實在比活著抵受痛苦仁慈得多。

可是法律的觀點不同，那又有什麼好說的？

我們在說話時間，已來到了走廊的盡頭的一扇門前，蒙博士取出了一串鑰匙來，打開了那扇門。那扇門才一打開，我又聽到了那種令人毛髮直豎的聲音！

這一次，那種恐怖之極的聲音，聽來清楚了許多，好像就是從那間房間中發出來的，但是當我向那房間看去時，卻發現那房間是空的。

那間房間十分奇特，它沒有任何陳設，但是三面牆上，卻各有著四扇門，總共是十二扇門。我走了進來之後，不由自主，感到了陣陣寒意，我下意識中已經有那樣的感覺，我感到有什麼極其可怕的事，就快要發生：那一定是我前所未經歷過的可怕事情。

我向蒙博士看去，只見他的臉色，也十分可怕，接近死灰色，他先鄭重其事地鎖好了門，然後，他轉過頭來，望著我。

他勉強地笑著：「你的臉色不很好，你是不是聽到了什麼聲音？」

我忙道：「是的，那是什麼聲音？何以那麼可怖，像是……像是……」

我一時之間，也難以找得出適當的形容詞來。

蒙博士道：「是的，這種聲音的確很令人討厭，衛先生，你必須鎮定些，因爲等一會，你所看到的情形，可能是你一生中從未見過的。」

我點著頭：「我已有準備了。」

蒙博士到了那十二扇門中的一扇之前，找出了一柄鑰匙，將鎖打開。

當他開了鎖之後，他又停了片刻，像是沒有勇氣將門打開來，我一聲不出地等著，自然十分緊張，手心在不由自主冒著汗。

我等了足有一分鐘之久，才看到蒙博士回過頭來，向我苦笑了一下，然後，才突然推開了門。而當他一推開門之後，他立時向後跳了出來，我想不到蒙博士的動作，竟如此之矯健。

他跳到了我的身邊，抓著我的手臂，他手指用力，以致我的手臂被他抓得十分痛，我更知道一定會有可怕事發生！

我屏氣靜息，向那被蒙博士推開的門看去，我看到，那是一間很小的房間。

床。

第四部：試驗失敗的可怕結果

那房間大約只有五十平方尺，在房間中，除了一張床之外，沒有別的什麼。

床上十分凌亂，分明是有人睡過，但是床上卻沒有人，而房間中，也只有一張床。

我呆了一呆，明知那房間，不應該只有一張床，但是我只是看到一張床，沒有看到旁的什麼。我問道：「蒙博士，沒有什麼啊！」

蒙博士的聲音，像是他剛被人在肚子上狠狠地打了一拳之後發出呻吟聲來一樣：「他在床下面，你向床下面看！」

我立即向床下看去！

我看到一個人伏在床下面，我看不清那人在床底下做什麼，只看到他伏著，他在左右擺動他的身子，看來好像並沒有什麼特別的地方。

我又道：「怎麼了？博士，那人在幹什麼？」

蒙博士還未曾回答我，我便聽到在床底下的那人，發出了一下十分怪異的呼叫聲，然後，他的身子，從床下爬了出來，坐在地上。

當他坐在地上之後，他抬頭向我們望來。

而當他抬頭向我們望來的那一剎間，我只覺得我全身的血液，都幾乎僵凝了！

我真的從來也未曾看到過如此可怕——或者應該說，如此超乎常理，如此詭異的情景！

坐在地上的，是一個人，毫無疑問的是一個人，可是那卻又實實在在不是一個人，他的樣子看來，像是一隻兔子，或者是別的什麼動物。

他的臉面之上，幾乎沒有五官，他的口部，只是一個在蠕動著的洞，他的皮膚是紅而起皺的，他的眼半張著，那實實在在，是一個看了之後，令得人永生難忘的怪物，恐怖到不能再恐怖的怪物！

我不由自主地叫了起來：「這是什麼，看老天的份上，這是什麼，快將門關上！」

蒙博士跳了過去，「砰」地一聲響，將門關上，然後，他轉過身來。

他喘著氣，我也喘著氣，不知過了多久，我全身直豎的汗毛，才漸漸平復了下來，我的身子，則在不住地發著抖，我道：「那……是什麼？」

蒙搏士卻並不回答：「請你再看看另一個，我再詳細和你說。」

我忙搖手道：「別看了，還是別看的好。」

蒙博士道：「我很同情你，但是我還是要請你看一看，你放心，你不會受到損害。」

我苦笑了一下，點了點頭。

蒙博士又打開了另一道門，當他打開了那道門之後，又退了開去，我看到那間房間要大得多，房間的中央，是一隻很大的氧氣箱。

蒙博士要我看的，顯然就是氧氣箱中的那東西！

我真是難以形容，那是什麼東西！

剛才那間房間之中，那自床下蠕蠕爬出來，坐在地上的東西，固然可怖之極，但是卻還有著人的外形。就算不是人，那總也是動物。

可是這時，在那大玻璃氧氣箱中的東西，看來不像是動物，而像是什麼怪異絕倫的植物的果實，它大約有六尺長，一頭粗，一頭細，像是在動著，可是動作卻十分緩慢，隔上三二十秒，才見它鼓動一下。

我心中實在是駭異之極，以致我的口張得老大，可是卻一點聲音也發不出來。

我看到蒙博士走向前去，在氧氣箱之旁，檢查著一些儀表，緊蹙著眉，然後，他又退了開來，來到了我的面前。

直到那時，我才漸漸地緩過氣，講得出一句話來：「那……那是什麼？」

「你以前曾見過他的。」蒙博士有些答非所問。

「不，不，」我連忙否認：「我沒有見過。我從來也未曾見過那麼可怖的東西！」

蒙博士向我作了一個手勢，示意我走出房間去，我退了出來，他順手將門關上，然後他才道：「你是見過他的，他就是在歌劇院前的那位郭老先生！」

我聽得蒙博士那樣講法，剎那之間，我心頭所受的震動，真是文字難以形容，我突然抓住蒙博士的胸口衣服，尖聲道：「你將他怎樣了，你說！」

蒙博士的神態，卻是十分鎮定，他定定地望著我，道：「他現在很好，一切很正常，但是再發展下去會怎樣，就很難說了。」

我實在不知道該如何責問蒙博士才好。蒙博士忽然又嘆一聲：「實驗的結果，一開始就出乎我的意料之外，我總希望發展下去的情形會好些，但現在看來，似乎也沒有希望了！」

我鬆開了緊抓博士胸口的衣服：「究竟是怎麼一回事？你是如何把一個人變成那樣的，你，你是一個魔鬼，魔鬼！」

我狠狠地罵著他「魔鬼」，但是蒙博士卻像是受了無限委屈一樣地望著我：「你說什麼？我將他變成那樣？事實上，每一個人開始有生命，都是那樣的呵！」

這一次，輪到我驚愕了，我驚愕得訥訥不能出口，道：「你說什麼？每一個人……生命的開始？」

「是的，」蒙博士的面上神情，十分之莊嚴，「每一個人都是如此，當精子和卵子結合，附在子宮壁上，到了第九天時，就是那樣的。當然，現在你看到的，比他第一次生命發生時，大了幾十萬倍。」

我不斷地搖著頭，我自己也不明白我爲什麼要搖頭，但是我卻仍然非搖頭不可。

我想大概是想藉著搖頭的動作，來否定蒙博士那種荒唐的說法吧。

然而，看到蒙博士臉上的神情如此之嚴肅，我知道單是搖頭是沒有用的。我深深地吸了一口氣，想令我的心跳，不要如此劇烈，但是卻沒有用。

過了好久，我才問：「博士，你在說什麼？你是說，他……他現在情形，和他的生命才發生時……是完全一樣的。」

蒙博士聽了我的話，很滿意地點了點頭：「是的，你異於常人，很容易明白。」

蒙博士居然這樣誇獎我，這更令我啼笑皆非，我又張口結舌了半晌，才道：「可是……那……怎麼可能呢？那實在是不可能的，他……的生命重歷一次，完全從頭開始，再來一次？」

「是的，完全從頭開始，再來一次。」蒙博士回答了我的話。

我沒有別的話可說了，只是嘆了一口氣。

又過了一會，在那一段大約只有三五分鐘的時間中，我感到我自己的身子，像是在半空之中飄蕩，而決不是雙腳踏在實地之上！

我苦笑著，攤著手，但不論我用何種神情，何種動作，何種語言，都難以表達我心中的情緒！

我過了好久，才又問出了一句話來：「你……你是根據什麼……用了什麼方法才……造成那樣的結果？」

蒙博士背負著雙手，向外走去，並不立即回答我的問題，我跟在他後面，一直來到了他的辦公室中，他先斟了一杯酒給我，但是我卻伸手自他的手中，奪過了酒瓶，咕嘟嘟地喝了好幾口。

蒙博士望著我：「受刺激了？」

我鬆了一口氣：「我沒有發瘋，總算是好了，你竟那樣玩弄生命！」

蒙博士道：「我的原意不是那樣的，我利用了一種內分泌液，那種內分泌液，是每一個人的身體內都有的，我並不是最早發現那種內分泌液的，這種內分泌液，叫作防衰老素。」

「那我知道，如果人體內沒有了防衰老素，那麼這個人就會迅速衰老。」

「是的，我就是利用相反的原理，如果大量注射這種防衰老素，那麼，老人就應該會恢復青春，這在理論上是完全站得住的。」

我點著頭，沒有插口。

蒙博士又道：「我想，在經過那樣的注射之後，人可能會年輕十年，或是二十年，或者一點也不起作用，但第一次實驗，就出現了意外，我的理論是站得住的，連續接受注射的人，的確是年輕了！」

我叫了起來：「可是他不是年輕了二十年和三十年，而是回到了生命的起點。」

蒙博士道：「而且他只是年輕，他的體積並不縮小！」

我又不由自主地搖起頭來。

蒙博士道：「當我第一次看到接受注射者發生變化，在二十四小時之內，竟恢復到精子和卵子初結合時的狀態時，我駭異和歡喜交織。」

「你覺得歡喜？」我大聲責問。

「自然歡喜！」蒙博士說：「因為我使得一個人的生命，從頭開始，再來一次，可是漸漸地，我卻知道，我失敗了。」

我站了起來，來回走著，我又像是每一腳都踩在雲端一樣。因為蒙博士在說的一切，和我剛才所看到的一切，全超乎想像之外。

誰都知道，生命的起源，是兩個細胞的結合，微小得要用顯微鏡才觀察得到，而現在，這種變化，竟在一個快死的老年人身上整個地發生，人回到了原始細胞的狀態，而體積如此之龐大。

如果以後的成長過程中，按照比例長大，那麼這個人該有多麼大？他一定比喜馬拉雅山更高！

我發覺自己的喉間在奇怪地「咯咯」作響，那是因爲我想到了太多不可思議的事，但是卻又說不出其所以然來，而產生出來的一種怪聲音。

我深深地吸著氣，不讓這種聲音繼續發出來，過了好一會，才道：「你失敗在什麼地方？博士，是不是他們不斷長大？」

「不，不是。」蒙博士用手托著頭：「他們一直保持著原來的大小。」

「那麼失敗在何處呢？照你的理論來說，在經過了二百九十天之後，他們就會發展成一個初生的嬰兒，雖然他們的身體像成人，他們會『長大』，開始新的生活，那怎麼叫失敗呢？」我問。

蒙博士的話，變得十分之緩慢，他道：「是的，理論上的確如此，當我看到我試驗的結果，是使人的生命，恢復到了如此原始的狀態中時，我也那樣想，可是，我卻失敗了！」

蒙博士抬起頭來，他炯炯有神的雙眼，變得有些目光散亂，他繼續道：「時間一天天過去，我每天十幾次觀察他們的發展和變化，一方面仍繼續進行試驗，結果，你第一次看到的那個，是成績最好的。」

我只感到自脊梁上，直生出了一股寒意，忙道：「什麼意思？」

「你看到的那個，是第一個接受試驗的老人，他是一個八十四歲的流浪漢，他接受注射，是十個月以前的事，已經十個月了！」

我迅速地吸進了一口氣，道：「十個月了，照說，他應該變成一個出生的嬰孩了！」

「是的，理論上如此，可是事實上，我們找不出是爲了什麼原因，在發育過程中，他逸出了人體發育的規律，他變成了……人以外的另一種生物，他算還是……最像人的……」

我的全身都有一陣極其麻痹的感覺，坐倒在沙發上，雙手緊握著拳：「其餘的呢？」

蒙博士道：「如果你自信神經夠健全的話，你可以去看看他們，他們……」

蒙博士的話未曾說完，我已尖聲叫了起來：「不要，我不要看他們！」

我是真的不要看他們，我想起蒙博士所說的那個「成績最好」、「最像人」的那種怪物，是如何的可怖和醜惡，怎敢再多看別的？

蒙博士的試驗，自然失敗，他用一種特殊的內分泌液注射，使人的生命，回到最原始的狀態，但是那生命再發育，再長大的時候，變成的卻不是人，而是從來也未曾在世上出現過的另一種生物。

這實在是駭人聽聞到了極點的事！

蒙博士道：「我瞭解你，連我自己也不想再去多看他們一眼，但是你總得有點概念，我想，你可以看看他們的照片！」

他講到這裏，略頓了一頓，才又道：「只看照片，總比較好些，而且，你如果不去想他們以前是人，那也比較好一些。」

他說著，拉開了抽屜，取出了一隻牛皮紙做成的大信封，放在我的膝上。

我的雙膝本來是很穩定的，可是當那牛皮紙袋放上來之後，雙膝便不由自主發起抖來。

蒙博士道：「這裏是四個，他們都有七個月到十個月的時間，我認爲他們是定了型的，他們再長大，樣子也不會變到哪裡去，其差別不外和一個正常的嬰兒與一個成人的差異而已。你不妨看仔細一些，比較他們之間，是如何地不同！」

我拿住了信封，沒有勇氣將之打開來。

蒙博士又嘆了一聲：「他們竟是如此不同，真難想像他們原來全是人！」

蒙博士的神態和語氣，都比剛才鎮定了許多，連帶使我也變得鎮定起來。

我抽出了信紙中的相片。相片一共四張，每一張都是六寸乘八寸大小，照片拍得十分清楚，我看到的一張，照片上是一個很大的肉球，在那肉球之上，有若干小孔，小孔中像是有東西分泌出來。在肉球的左右，各有兩個突出的角狀物。

那樣的一個肉球，是根本無法將它和人發生任何聯想的。

但我卻確確實實知道那是一個人變的，是一個人的生命回到原始的生命發生狀態之後再發育而成的。

我閉上眼睛一會，竭力壓制著心口那陣作悶想嘔吐的感覺，然後再睜開眼來看第二張。第二張照片上的東西，看來像一條魚，當然不是真的像魚，只是它的大體形狀，它一頭粗，一頭細，細的一端，彎起成鉤形，在粗的一端，有著三四個像肉縫一樣的孔，那種令人起肉痱子的肉紅色，看了之後，說不出來的不舒服。

第三張照片中的怪物，更超乎想像之外，在玻璃箱中，它的形狀實在難以形容，勉強要形容的話，只好說它像一大團搓好了、準備發酵的麵粉，但是那「麵粉」卻又調得太稀了一些！我不自覺地嘆了一口氣，再去看第四張。

當我看到第四張時，我不由自主，喉間又發出了一陣咯咯聲來。

那照片上的東西，像一隻爛破鞋底，而在它的四周圍，竟有著不少觸鬚！

我放下照片：「博士，沒有那種東西，根本沒有那種東西！」

蒙博士沈聲道：「衛先生，別自欺欺人了，他們全在，而且是活的，他們是另一種生物，你要不要去看看他們，如果你認爲沒有他們！」

我立時投降了，忙道：「好了，好了，我不想去看他們，不要再提了！」

蒙博士道：「你別忘記你要參加我們的工作，你一定要鎭定。」

我道：「你是在要求我成爲冷血動物，他們原來是人，但他們現在卻變成了那樣的怪物！」

蒙博士望定了我：「是的，他們變成了怪物，但是他們原來的生命，已走到了盡頭，如今，他們卻獲得了新的生命！」

「那樣的新生命！」我叫了起來。

「總之他們是新生命，」蒙博士的聲音十分嚴肅，「當他們有了思想之後，他們可能會認爲我們的樣子難看得要死！」

「有思想能力？那樣的怪物，怎會有思想能力？」我大聲叫嚷著。

「會有的，我已對他們的腦部，作過詳細的檢查，他們的外形雖然變成那樣子，但是他們的腦部的發育，卻還是和常人無異，而且，他們也有視覺器官和聽覺器官，爲什麼不能思想。」

我走向前去，捉住了博士的雙手道：「停止，你應該停止了，將那些怪物毀去，停止你的實驗！」

蒙博士斥道：「胡說，他們全是生命，是新生的生命，你對垂死的生命，那麼仁慈，何以對新的生命，卻那麼殘忍？」

我張口結舌，說不上來。

蒙博士緩緩地道：「我想人類的概念要改變了！」

我遲疑地問道：「你的意思是——」

蒙博士道：「我的意思是說，以前提到人，只有白種人、黃種人、黑種人之分，但是現在，將來，應該有球形的人、圓形的人、扁形的人、有獨鬚的人等等之分。」

我的眼張得老大，樣子像一個傻瓜。

蒙博士道：「事實上，這種觀念還不是我首先提出來的，你自然記得邁杜陀里鎮靜劑？」

「是，我記得。」

「孕婦在服食這種鎮靜劑之後，影響了胎兒的發育，所以生下來的胎兒，和我們是不同的。」

「他們是畸形的，」我說：「他們沒有手臂，沒有手，但是那種情形早已不再有了。」

蒙博士道：「這種情形雖然不再存在了，這一類沒有手臂的人，數量也不多，但是他們在漸漸地長大，他們是另一種人，和我們不同的。」

我忙道：「那怎可算是另一種人？他們只不過是殘廢，先天的殘廢而已！」

「不！」蒙博士大聲否定我的說法：「他們是另一種人，他們在母體的子宮之內，發育過程和我們不同，他們是無臂人，我曾經對兩個那樣的嬰兒，作過詳細的檢查，發現他們細胞的染色體數字，也和我們大大有異，現在還未曾有無臂人的下一代，然而我敢說，無臂人的遺傳因數中，無臂的成分十分高！」

我苦笑著，道：「你是說，他們會自成一種人種，一直繁衍下去？」

蒙博士點頭道：「理論上是如此。」

我的心中感到了一種莫名的重壓，我非要大聲叫嚷，來衝破那股無形的重壓不可，所以我大聲叫了起來，我叫道：「就算無臂人是另一種人，但你製造出來的怪物卻不是人！」

蒙博士的目光嚴峻，他的臉上肌肉，堅凝得如同石頭雕刻一樣，他緩緩地道：「衛先生，你說這樣的話，犯了兩個錯。第一、那種形狀怪異的人，並不是我製造出來的，而是他們回到生命的起點，重新發育的結果。

「第二、只要他們有人的腦子，人的思想，你決計無法不承認他們是人。」蒙博士續說。

我像是喉間，被人用手緊緊地扼住一般，那種窒息的、不舒服的感覺，實在難以形容。

試想想，世上有那麼多老人，本來老人都會死去，多少年來全是那樣。人類也早已習慣了死亡。但現在卻不。蒙博士有辦法令生命再來一次，而另一次的生命，卻是像肉球的、像麵粉團的怪物。

如果這樣的怪物也算人，如果我們和這種怪物一起生活在地球上，如果我們和這種怪物一起在餐廳中用餐，一起在路上走，一起擠公共汽車……

那實在是無法想像的事。

蒙博士居然在那種時刻，向我點頭微笑，他道：「你感到難以想像，是不是？人對於新事物，總是難以想像的，但是久而久之，就會習慣了。」

蒙博士的話，令我感到無法反駁。我呆了半晌，才道：「那樣說來，你成功了，並不是失敗了，因爲你究竟使生命得到了延續，你的辦法推廣下去，世上就沒有死亡，只有再生了。」

蒙博士嘆了一聲：「在這一點上，我算是成功了。但是在我原來的計畫而言，我卻徹底失敗了，我使得一個將死的人，又獲得了生命，看來是很有意義的事，實際上卻一點意義也沒有；即使是一雙最無知的男女，只要有性交能力，就可以達成產生新生命的目的。我要的不是那樣的成功！」

「那你需要什麼樣的成功？」

「我要一個老人，真正回到他年輕的時代，他的思想，他的身體，全是年輕的，只有他的知識是豐富的，如果可以做到這一點，那才是新的境界！」

我儘量使我的語言保持冷靜，我道：「博士，放棄這念頭吧，那不可能，你別再試驗下去了，再試驗下去，只有製造更多的怪物！」

蒙博士立時斥道：「胡說，我已經証明了生命是可以從頭再來一次的，只不過我的試驗還未曾做到十全十美的境界而已，怎可以在大有成績的時候放棄？」

我從蒙博士的臉上那種神情中，看出他決不會接受我的勸告，所以我還有一番話想講，終於只是口唇嗡動了一下，未曾講出來。

我雖然沒有再說什麼，但是蒙博士卻還不肯放過我，他緊接著道：「你曾答應過參加我的工作，我正需要你這樣的人來做我的助手！」

我沒有立即回答，而這時，我腦中正在迅速地轉著念，現在是我面臨決定的時刻了，我必須作出決定。當然，我是絕無法參加博士的實驗工作的。

蒙博士所做的一切，是不是算犯罪，相信最精通法律的人，也難以作出決定，但是他的工作，至少令我噁心，一想起那些怪物來，我就會寢食不安。

我心中迅速地盤計著，慢慢地舉起手來：「關於這事……」

蒙博士道：「怎麼樣？」

我笑了一下：「那就是我的決定！」

蒙博士瞪大了眼，在等著我的決定，他做夢也想不到，我的決定，是對準了他的下頦的重重一拳！

這時，房間中只有我和博士兩個人，所以我出其不意地一動手便佔了上風。

博士的身子因爲那一拳而向後倒去，他完全沒有還手的機會。我又在他的頭上，加上一拳，他軟倒在地上，我在他的身上，搜出了那柄槍來。

然後，我將他放在沙發上，舉起了他的手，撐住了他的頭。那樣子，使得博士看來好像是撐著頭，坐在沙發上在休息，就算有人進來，總還可以藉此掩飾幾秒鐘。

我吸了一口氣，打開了門，走了出去。

第五部：迅速撤退

走廊中有兩個年輕人站著，一看到了我，就現出十分注意的神色，我知道這時候，我是一點不能表現沈不住氣的。

所以我反向他們兩人，招了招手：「請過來。」

那兩個年輕人互望了一眼，顯然弄不清我用意何在，但是他們還是向我走了過來，我等到他們走近，便大模大樣吩咐道：「替我準備一輛車。」

他們的臉上現出疑惑的神色來，我根本不給他們多作考慮，便道：「我和博士談好了，我來參加他的工作，我要回去拿些東西，博士就在裏面，你們是不是要去問一問他才肯聽我的話？」

我一面說，一面作勢要去推門。

這時候，我作兩個打算，如果他們真的要探頭進去看博士的話，那我在他們的背後突然偷襲，足可以將他們兩人也擊昏過去的。

而如果他們表示信我的話，那自然最好了。

結果，在我作勢去推門之際，他們兩人一起道：「不必了，但是我們……沒有多餘的車子。」

我顯得不耐煩：「那麼，打電話替我召一輛計程車來！」

他們兩人答應著，我已向門口走去，當我來到門口之後不久，一輛計程車也來了，我發現那兩個年輕人一直在我的身後，我在上車的時候，還向他們揮了揮手。

計程車駛出了街口，我吩咐司機駛得快些，我大口大口地吸著氣，像是我才被活埋過而又掘了出來一樣。

我當然不曾被活埋過，但是我卻的確有那種極度的窒息之感。

我的怪動作，引得那司機頻頻向我看來，而且還十分關心地問道：「先生，不舒服麼？」

我忙道：「沒有，我只希望快一點到，請你將車子開快一些。」

那司機十分喜歡說話，又道：「先生，你的臉色很不好，你好像剛給人家綁了票，從匪巢逃了出來。」

我勉強又笑了一下，車子已轉進了鬧市，不一會，便在小郭的事務所前，停了下來。

我幾乎是直衝進小郭的事務所的，所有的人，全以十分奇怪的神色望著我，我推開了小郭辦公室的門，小郭正和一個珠光寶氣的胖婦人在交談著。

我當時的樣子，一定十分難看，因爲那胖婦人一看到了我，竟肉麻地尖叫了起來。

我冷冷地向那胖婦人瞪了一眼，喝道：「出去！」

那胖婦人不知所措地站了起來，我再度大喝一聲，她狼狽奔了出去，我關好了門，小郭攤了攤手：「你趕走了我的主顧了！」

我並不說什麼，拉開他的酒櫃，取出一瓶威士忌來，拔開了塞，喝了兩大口，才轉過頭來：「小郭，你比我幸運得多！」

小郭不知道是什麼意思，只是瞪大了眼望著我，我又道：「你沒有給他們揀中，而我卻遇到了蒙博士，給他們帶去做實驗！」

小郭立時現出十分興奮的神情來：「真的，你遇到了一些什麼？」

我的腦中十分亂，我遇到的事太多了，一下子也根本難以講得完，而且，我講出來，小郭也未必會相信的，所以我只是喘著氣。

小郭是深知我爲人的，是以他看到我這等情形，更知道事情非同小可！

小郭連忙道：「你怎麼？可是你已被他們——」

他的話還未曾講完，我便想起那些接受試驗的老人，變成的那種怪樣子來，我忙搖頭道：「不，我沒有什麼，沒有什麼發生在我的身上！」

小郭呆呆地望著我，他大概也被我的神態嚇呆了，所以一句話也講不出來，直到我漸漸緩過氣來，他才又道：「那麼……究竟怎麼了。」

我想告訴他，我在蒙博士那裏，究竟見到了一些什麼。但是那樣的事，我甚至連再想一想的勇氣都沒有，別說再叫我講一遍了。

我搖著頭：「別問我。」

小郭苦笑著：「別問你？那怎麼行，我要知道事情的真相啊。」

我站了起來：「我告訴你一個地址，你快去告知警方，最好和警方的高級人員一起去，到了那裏之後，你就可以知道真相了！」

我講完之後，又喘了幾下，才將蒙博士的地址，對他講了出來。

小郭連忙振筆疾書，將我告訴他的地址，記了下來，但是他的臉上，仍然充滿了疑惑的神色。

但是，我不等他問出來，便道：「你不必問我什麼，等你到了那裏，看到了那裏的情形之後，你也會和我一樣，再也不願提起它！」

小郭沒有說什麼，我像是喝醉酒一樣，搖搖晃晃地向外走去。

小郭忙道：「要不要我送你回去？」

我搖手道：「當然不必，你還是快和警方聯絡的好，遲了怕會有意外。」

小郭點著頭，我走出了他的事務所，出了那幢大廈，然後回到了家中，蒙頭大睡。

我在熟睡中，做了很多惡夢，最後，我夢見那個肉球一樣的怪物，伸出章魚觸鬚似的東西，在搖我的身子，我嚇得大叫了起來。

我一面叫，一面睜開了眼，在我的面前，當然不是那個肉球，而是一張十分美麗的臉，屬於我的妻子白素。

在那一剎間，我不禁發起呆來，白素自然是美麗可愛，但是人的樣子，在別的生物眼中看來，是不是也可以算怪異莫名的呢，我自問著。

如果我是樣子與人截然不同的生物，那麼看到人的怪模樣之後，說不定也會引起一陣噁心的。

人的樣子，如果仔細形容起來，真可以說是怪到了極點，試看，人有一個球狀體在最上面，在那圓球之上，有著幾個孔眼，其中的兩個孔眼上，還生著毛，而整個圓球上，也有毛，在一個大洞中，甚至還有一條會伸縮的軟的，有著發膩的液體，異樣的紅色的東西，和兩排白森森的骨頭！

夠了，只講到人的頭，已是夠怪異了，但是因爲我們一出世就看到它，所以一點不覺得怪，還會覺得它美麗可愛！

白素看到我那樣一眨也不眨地瞪著她，十分吃驚：「你怎麼了？」

我忙道：「沒有什麼，我……做了一個大噩夢，幸虧你及時搖醒了我。」

白素笑了起來：「我不是因爲你做噩夢而搖醒你的，有客人來了。」

我懶洋洋地問道：「什麼人？」

「小郭，還有警方的傑克中校。」

一聽得是他們兩人，我立時從床上，直跳了起來，他們兩人來了，那一定是爲了蒙博士的事情。

但是白素卻現出十分憂慮的神色來：「你可是闖了什麼禍？因爲我看到那位中校，似乎十分惱怒，小郭也有點手足無措的樣子。」

我搖著頭道：「不，我沒有闖禍。」

在我那樣講的時候，我心中想，傑克和小郭兩人，一個惱怒，一個不知所措，那應該是看到了蒙博士那裏的情形之後，正常的反應。

但是接著，我便知道我自己想錯了。

我急急地向客廳走去，當我看到了小郭和傑克中校之際，他們兩人的神情，正如白素所形容，但是出乎我意料之外的是，傑克中校本來是在來回踱步的，但是他在一看到了我之後，便立時站定了身子，冷冷地道：「來了，英雄人物來了！」

小郭也連忙從沙發上站起來，苦笑著：「你將我害苦了！」

我還不知道發生了什麼事，所以我道：「小郭，但是你總算看到了事情的真相。」

傑克中校突然大叫了起來：「我們什麼也沒有看到，只看到你這小丑，在胡言亂語！」

聽得傑克中校那樣講，我不禁大爲愕然，我暫且壓抑著心頭的怒意：「這是什麼意思？」

小郭苦笑著：「照你所說的地址，我和警方人員一起趕去，可是，那是一所空屋子！」

「空屋子？」我叫了起來。

傑克仍然氣呼呼地望著我，小郭則點頭道：「是的，全是空的，什麼也沒有。」

我忙道：「那不可能，我離開並沒有多久，你們可能是找錯了地方，我們再去！」

傑克中校冷冷地道：「衛斯理，你花樣實在太多，我可沒有興趣了。」

我大聲道：「你一定要去，在那裏，你會見到前所未見的怪誕東西。」

小郭畢竟對我有信心，他立即站到我這一邊：「好，我們再去！」

我們兩個人都向傑克中校望去，傑克畢竟也是一位十分出色的警務人員，只要事情有值得懷疑之處，他也不會放棄的，所以，他呆了半分鐘之後，自嘲地道：「好，我不妨再去做一次傻瓜！」

我們三人一起出了門，門外停著一輛警車，我請駕車的那位警員坐開去，由我來駕駛，我將車子的速度，提高到了可怕的程度，相信有史以來，從來未有一輛警車，如此在市區之內橫衝直撞的。

我將車突然停了下來，車子正在蒙博士的住所門口，傑克也立時發出了一下冷笑：「我們沒有找錯地方，看看我們的大英雄，能發現一些什麼？」

我忍耐著傑克的冷嘲熱諷：「小郭，你們剛才來的就是這裏？」

小郭點頭道：「是的，是這裏。」

我略呆了幾秒鐘，在那幾秒鐘之內，我想了許多事，我想到我在這屋子中所見到的和聽到的一切，那一定是事實，絕不可能是我個人的幻覺！

由於我在車中坐著不動，是以傑克又惡言相向起來，他冷笑著道：「咦？怎樣了？臨陣退縮了？還是要告訴我們，你只是做了一場夢？」

「傑克！」我不禁十分氣憤，大喝了一聲：「不要那樣，或許是在我離開之後，他們知道本身的秘密不能保留，是以迅速撤退了！」

我講到這裏，略頓了一頓，傑克仍然用不屑的神情望著我，他能夠有一個機會那樣攻擊我，他心中可能得意得要將這件事刻在墓碑之上的。

因爲我和他打過很多次交道，每次都是他落下風，他的心中，有著一股對我難以宣洩的恨意，自然不肯放過我。

我繼續道：「只不過他們不會有太多的時間去撤退，他們一定會留下些東西，我也一定可以在空屋子中找到一點東西！」

傑克冷笑著道：「那你就去啊，還坐在車子中不動作什麼？」

我打開車門，跳下了車，小郭連忙跟在我的身後，傑克中校帶著幾個警員，也下了車，我們一起進了那幢外表看來十分古老的房屋。

像那樣外表古老的房屋，在本市可以是獨一無二的了，我當然不會找錯，而且在我進去之後，客廳中的陳設，並沒有多大的變更。

但是一切卻和上次來的時候大不相同，客廳之中凌亂不堪。

我繼續向前走去，我記得這房子的結構，我一間又一間房地找過去。可是找到的卻只是凌亂，有幾間房間，亂得像是有幾百頭大象來蹂躪過一樣。

我終於來到了蒙博士帶我看到了那兩個怪物的那間大房間門前。

那大房間在走廊的盡頭，我推了推門，門鎖著，我也懶得對傑克說話，只是向他作了一個手勢，傑克立時向門鎖射了兩槍。

門鎖損壞，我一腳踢開了門，走了進去。

才一走進來，未曾打開另外的幾扇門前，我自然看不到那些怪物，但是我已不由自主，起了一陣戰慄的感覺，我的聲音甚至也發起顫來。

我指著那些門，道：「那些門，你們看到沒有，你們只要打開其中的任何一扇就可以看到你們一生之中，從來也未曾看見過的怪物！」

我一說完了那幾句話，立時大踏步地走了出去，小郭驚訝道：「咦，你作什麼？」

我已然退到了門外：「沒有什麼，只不過我不願意再看那些怪物而已。」

我在到了門外之後，又聽到了一下槍聲，然後便是「砰」地一聲，有一扇門被踹開的聲音，再接著，便是傑克的一下怒吼聲。

而我在那時，身子已不由自主，發起抖來。

想起那些小房間中的怪物，實在是沒有法子不發抖，我連忙又向前走出了兩步，對那種怪物，離得越遠，心理上越好過的。

但是，我才走開，我的肩頭，便已被人緊緊抓住。那種事發生在我的身上，真是講出去也沒有人相信的，因爲我是一個身手極之敏捷的人，有人在背後走近我，我一定可以覺察。

但是，由於想著那些怪物，心頭恐怖莫名，竟使我被人抓住了肩頭才知道。

我忙轉過身來，看到抓住我的肩頭的，正是傑克，我忙道：「你看到那些怪物了？你能夠想像……那些怪物原來是什麼樣子的！」

傑克放了我的肩頭，但是他卻大聲吼叫了起來：「我難以想像，你是那樣無聊的騙徒！」

我不禁愕然，傑克叫道：「那些小房間中什麼也沒有，全是空的！」

我本來是再也沒有勇氣走進那房間去的了，聽得那樣說，我才又走了進去，幾乎所有的門全被打開了，每一扇門內，都空空如也，什麼也沒有。

我衝到一扇門前，在那間房中，本來有一個玻璃氧氣箱，箱中有一個果實一樣的東西，據蒙博士說，那是人的生命形成時的原始形態。

但是現在房間中什麼也沒有了！

我呆呆地站著，喃喃地道：「搬走了，他們竟什麼都搬走了！」

傑克在我身後冷笑著：「對不起，我也再見了！」

他向那幾個警員揮了揮手，幾個警員立時跟著他一起走了出去，小郭望著我，遲疑著未曾走，我則仍然像木頭一樣地站著。

過了好久，小郭才道：「你還不走？」

我搖著頭：「不走，我還要仔細地找一找，看看他們可有什麼東西留下來，他們並沒有多少時間，總應該有點東西留下的。」

小郭嘆了一聲：「你爲什麼一定不肯告訴我，你在這裏遇見了什麼怪事？」

我望了小郭半晌，在我望著他的時候，我幾乎已要決定將事情的經過講給他聽了。但是終於，我還是改變了我的主意，我嘆了一聲：「不，我不說給你聽，你最好還是不知道。」

小郭有點生氣，但是在我的面前，他自然是發不出脾氣來的，他只是揮了揮手，我道：「我們上上下下找一找，看可有什麼值得注意的東西。」

小郭沒有再說什麼，於是我們就在這屋子中，仔細地搜尋起來，我們搜尋了好幾小時，才停止了那種沒有意義的工作。

我說這種工作沒有意義，是因爲我們根本找不到什麼，什麼也沒有，留下來的東西，全是在任何屋子中都可以找得到的東西，而我想發現的一切，卻全被蒙博士所帶走了，蒙博士在撤退工作方面做得如此徹底，那實在是我料不到的事情。

我和小郭走出了那巨宅，來到了路上，我的神情十分沮喪，低著頭，慢慢地走著，小郭忽然道：「我倒有一條線索，可以追尋他們。」

我沮喪得甚至懶得講話，只是望著他。

小郭道：「他們搬走了許多東西——照你所說，那麼，他們一定要動用許多卡車，和許多十分熟練的搬運工人，一定是有規模的搬運公司來完成這件事的，你說是不是呢！」

「當然是！」我興奮了起來。

「去調查所有的搬運公司，可以有眉目，」小郭接著說：「這件事可以由我來進行，你應該去休息一下，你的精神似乎不很好。」

我知道以小郭的才能而論，進行一件那樣的事，簡直輕而易舉，而我，也的確需要休息一下了，所以我點了點頭。

小郭伸手，截住了一輛街車，他先讓我上車，我道：「別忘記，一有了消息，立即通知我！」

「當然，你放心！」他回答著。

我上了車，在車中，思緒混亂到了極點。

到了家中，我也一言不發，只是坐著發呆。

我想，在我離開之後，到小郭會同傑克，一起到那所古老大屋去，其間至多不過四五小時的時間，蒙博士的行事，竟如此乾淨俐落。

我實在難以想像他搬到什麼地方去了，在那屋子中，不但有器材，而且還有很多那樣的怪物！

現在，蒙博士在何處，只有依靠小郭的調查了，我不由自主地嘆起氣來，白素用同情的眼光望著我，柔聲道：「你有什麼心事？」

我搖了搖頭：「沒有什麼，我們要找的人走了，我正在想，他到什麼地方去了。」

白素握著我的手：「別想得太多了，你在想的事，實在都是和你無關的，是不是？」

我又呆了片刻，才道：「可以說沒有直接的關係，但是卻也不是全然無關，你還記得那天晚上，在歌劇院出來，我們見到的那中年人，他叫蒙博士，你知道蒙博士和生命開了什麼玩笑？」

白素搖了搖頭，並不出聲。

我又嘆了幾下，本來是絕不想將蒙博士所作的一切講給任何人聽的，但是那樣的事，如果我藏在心裏，不講給人家聽，那又會造成我內心極大的不安，是以我還是非講出來不可。

我將蒙博士的所作所爲，詳詳細細，向白素講了一遍。等到講完之後，白素的面色，十分蒼白，而我的心中，則輕鬆了不少。

過了好一會，白素才道：「那太可怕了，那實實在在，太可怕了！」

我苦笑著：「但蒙博士還洋洋自得，以爲他做了一件十分好的好事，他還揚言，以後將不會有死亡，那種奇形怪狀的『再造人』，將和我們一起生活在地球上！」

白素有點失神地睜大了眼睛：「我想，那不可能，只不過是他的夢想而已。」

我沒有再說什麼，因爲，就算那是蒙博士的夢想，那麼，他的夢想，也已經實行了一部分，因爲他已有了十幾個那樣的再造人！

小郭的消息，一直到第二天的中午才來，他在電話中道：「我已查到了，蒙博士也料到我們會去調查搬運公司，所以他吩咐搬運公司不可對人說，但是，我還是一樣查到了！」

「他將一切搬到了什麼地方？」

「一共是七輛大型搬運車，搬到了碼頭，又有三艘躉船，將東西運走，我們還未曾找到那三艘船，是以還沒有法子追查他真正的下落。」

我皺著眉道：「三艘船是無法隱藏的，只要再查下去，一定可以查到的。」

小郭道：「是，我再去查。」

小郭第二次消息，是下午三點鐘來的，他說；「我已查到那三艘船了。」

我急忙道：「怎麼樣？」

小郭道：「據那三艘船的船主說，他們將一切，運到了停泊在海港的一艘中型輪船之旁，上了貨，他們就離開了。」

「那是什麼輪船。」

「困難就在這裏，那輪船國籍不明，據稱，一上了貨之後，立即就駛離了海港，只知道它很殘舊！」

我吸了一口氣：「可能是蒙博士的私人輪船！」

小郭表示同意：「我也那樣想。」

我又道：「即使是私人輪船，也可以從港口的管理處查到它的去向。」

「我查過了，據那艘船的呈報，是駛往所羅門群島的，那是一個很長的航程，而且，也不知道他確切的目的地，究竟在何處？」

我嘆了一聲：「希望蒙博士的實驗，至此為止，那實在太可怕了！」

小郭在電話中靜了片刻，才道：「你究竟看到了什麼，應該講給我聽的。」

我考慮了一下，小郭是我的好朋友，我當然不應該隱瞞他的，是以我又將事情的詳細經過，和小郭講了一遍，我敘述得十分之詳細，連我自己，又忍不住再一次有噁心之感。

當我講完了之後，小郭的苦笑聲，傳了過來：「我真是幸運得很！」

我知道他那樣說的意思，他說他「幸運」，是因為我們兩人，同時扮成了老人，但是我卻被蒙博士找到，他卻沒有那樣可怕的經歷。

我嘆了一聲，小郭道：「這件事，我看就此算了吧，蒙博士已離開了本地，事情的本身，又如此可怕，還是別再追究了。」

我立即回答道：「小郭，你這種話是白說的，你明知那和我的性格不合！」

小郭沒有再說什麼，只是道：「那麼，我再去留意一下那輪船的動向。」

「好的。」我放下了電話。

接下來好幾天，我都心神恍惚，我幾乎每天晚上，都做噩夢，而且我噩夢中出現的，又毫無例外，全是那樣的怪物。

但是一直沒有蒙博士的消息，也沒有老人再神秘失蹤，隨著時間的過去，我的那種恐怖的印象，也慚漸淡薄了，當然我無法忘記，想起來之時，仍然不免有一種寒冷之感。

一直過了大半年，我幾乎將蒙博士這個人忘記了，而那天早上，我打開報紙，卻看到一則新聞：

夏威夷出現怪物，目睹者驚至昏厥。

第六部：遇到怪物的少婦

那新聞說，夏威夷有兩個少婦，用手推車推著她們的嬰兒，在海邊漫步，忽然看到一個樣子十分可怖的怪物。兩個少婦都嚇昏了過去，她們在醒過來之後，甚至難以形容這怪物的形狀。

我對著這則新聞，發了好一會呆。

蒙博士和他的怪物，是不是在夏威夷呢？至少，有可能！

而我自然要去查根究底，因爲我決不是對任何事情輕易中途放棄的人。

我瞞著白素，開始去辦出門的手續，第二天下午，我對白素撒了一個謊，說是在夏威夷的幾個朋友，有一些要緊的事要我去一次，幾天就回來。

當天晚上，我就到了夏威夷，第二天，我就往那一則新聞記載的地方去了。

那裏是一個很幽靜的海灘，有濃密的林木，隱藏在林木中的，則是一幢幢的房子。

一切很平靜，海灘上躺著不少在曬太陽的人，也有人在逐水嬉戲，那則新聞幾乎並沒有影響人們的享樂，那自然是當地人未曾想到這件事的嚴重性，只想到那可能是這兩個少婦眼花而已。

我在一家沿海的餐室中坐了下來，和在當地報館中服務的一個朋友，通了一個電話，告訴他我在夏威夷，現在在什麼地方，要他立即查一查那兩個發現怪物少婦的住址，我準備去找她們。

報館的那個朋友知道我的爲人，也知道我對一些稀奇古怪的事最有興趣，是以他立時在電話中打趣道：「那是什麼怪物，是金星來的，還是火星來的？」

我卻全然沒有心情和他開玩笑，我只是嚴肅地道：「那是地球上的，謝謝你，現在別再問了，快去查那兩個少婦的地址吧！」

那朋友笑著：「好，聽你的語氣，好像是世界末日就快到了一樣，你等一等。」

我等了大約十分鐘，才又聽到了他聲音：「她們是鄰居，她們的丈夫也是好朋友，合股開設一家出租遊艇的公司。」

「我要她們的地址。」

「你聽我說下去啊！」我那朋友說：「他們的遊艇公司，叫著占和布朗遊艇公司，招牌是紅底白字，如果你在海灘邊上——」

我忙道：「是的，我看到那招牌了。」

「那你就可以到那公司去，她們輪流一個在家照顧孩子，一個在公司照顧業務。你到公司去，不是見到占太太，就一定見到布朗太太。」

「好，謝謝你！」我放下了電話，立即推開了電話亭，迎著清涼的海風，向前走去，那家遊艇公司，離電話亭只不過十來碼。

我到了遊艇公司的門口，看到一個身形壯碩的少婦，穿著短褲，從一張桌子後站起來，笑臉可親，道：「先生，你需要什麼？」

我忙道：「我想見占太太，或布朗太太。」

少婦呆了一呆：「我是布朗太太。」

我作了一番簡單的自我介紹，我假稱是一家通訊社特派來的，派來採訪有關她見到的那個怪物的消息，請她合作。

當我講到她見到的那個怪物的時候，她臉上紅潤的神色立時消退，她變得十分驚懼和蒼白。她連看也不向我看一下，就下了逐客令：「對不起，我不想再提這件事了，請你走吧！」

我知道像這一類的美國家庭，他們的收入都不會太豐裕，大多數都期望著一筆額外的收入，所以我並不離開，又道：「布朗太太，如果你能和我合作，詳細描述那怪物的情形，通訊社方面，可以付出一筆相當數目的錢，作爲報酬。」

可是布朗太太卻顯然沒有興趣聽我的話，她的臉色更蒼白，同時她高聲叫了起來，道：「布朗！」

一個身形壯碩，高大，至少有二百二十磅的大漢，像旋風一樣地捲到了她的身邊，布朗太太像是要昏了過去，而那大漢將她扶住。

布朗太太指著我：「布朗，請他離開，他在騷擾我，請他離開！」

大漢立時向我瞪眼，向我道：「你聽到我太太的話了麼？你是想自己離去，還是我將你抛出去？」

我儘量使自己的臉上保持著微笑，我道：「我是一點惡意也沒有，我只不過替你們帶來一筆外快而已。」

一聽到了「外快」那個詞，那大漢的眼中，立即閃耀出異樣的光輝來，他立即吹了一下口哨，道：「什麼外快，有多少？」

我道：「大約是七千到一萬元，那要看尊夫人的合作程度而言。」

他的口哨聲更響：「你不是在開玩笑吧，你想要她做什麼？」

我道：「十分簡單，只要她和占太太，能將當日遇到怪物的經過，詳詳細細講出來，並且答覆我的問題，她和占太太就可以最高得到一萬元。」

布朗太太的心情，我十分明白，因為我自己在蒙博士那裏，見到了那樣的怪物之後，我也是一樣不想再提起它們來的。

可是現在，我卻又非做殘酷的事不可，因為我希望得知事情的真相。

我故意嘆了一聲，搖了搖頭：「那真太可惜了，我只好去找另外的題材了，再見！」

我轉身向門外走去，我知道布朗先生一定會阻止我離去的，果然，他立即大叫了起來：「喂，你別走，事情可以商量，是不是？」

我再轉過身來，布朗已握住了他妻子的手：「親愛的，一萬元，你想想，有了一萬元，我們就可以增購兩艘遊艇，而只要一個夏天，那兩艘遊艇，就可以替我們賺來另外兩艘！」

布朗夫人緊閉著眼，一聲不出。布朗先生繼續道：「而你所要做的，只不過是將那天經過的情形講一遍而已，你不是已向警方和記者都講過了一遍麼？什麼也沒有得到，再講上一遍，又怕什麼？」

布朗夫人嘆了一口氣道：「好吧，但是我一個人沒有這勇氣。」

布朗忙道：「我知道，我知道，你們是兩個人一起遇到那怪物的，當然要兩個人一起說，一萬元也由你們兩人平分，買兩艘遊艇，一艘叫莎莉，另一艘，就叫維拉莉絲號！」

布朗神采飛逸，看他的樣子，像是可以靠這一萬元發大財一樣，我也知道，「莎莉」和「維拉莉絲」，一定是布朗太太和占太太的名字。

他又興奮地道：「先生，請到我們的家中來，我們詳細談談。」

我自然歡迎他們講得越詳細越好，是以我點頭道：「談好了，我立即可以將支票付給你們。」

布朗拉著他的妻子，走出了店鋪，向海灘上一幢幢的屋子走去，二十分鐘之後，在一連兩幢平房之前，停了下來，他叫道：「占太太！」

另一個少婦從窗中探出頭來，布朗連忙走過去，將我的要求告訴她。我看得很清楚，和布朗太太一樣，她的臉上也現出十分吃驚的神色來。

但是布朗卻不斷說服她，她終於勉強點了點頭，於是，我們一起進了屋子，占太太正在照料兩個不足一歲的嬰孩，等我們全坐了下來之後，除嬰孩吮吸手指的聲音之外，沒有別的聲音。

還是由我最先打破沈寂，我道：「事情究竟是怎樣開始的，請告訴我。」

兩位太太一起用手遮住了臉，然後，占太太才道：「我們是不想再提起它了，那天，天氣很好，我和莎莉一起推著嬰兒車在散步——」

占太太講到這裏，略停了一停，深呼吸了一口氣，才又道：「忽然之間，我們聽到灌木叢中，有一種異樣的聲音，傳了出來。」

布朗太太忙道：「是的，那是一種很怪異的聲音，要不然也不會引起我們的注意。」

我問道：「你們可以確切地形容一下那種怪異的聲音像是什麼？」

「像是一個人在呻吟！」兩位太太同時回答。

我的臉色，也不由自主，變得十分難看起來。

占太太又補充道：「那像是一個人在呻吟，好像是有人被綁住了口在發出聲音那樣，當時，我們都向灌木叢中望去，就看到那……怪物……」

她講到這裏，身子竟不由自主，發起抖來！

我忙道：「那怪物怎樣？」

「那怪物，」占太太又喘著氣：「從灌木叢中，走了出來！」

在她講了那句話之後，房間中立時又靜了下來。我在過了片刻之後，問道：「你說『走出來』，那麼，這怪物是一個人，或是獸？」

布朗太太臉上的神情，可以証明她在竭力使自己有勇氣講述那一切，她道：「那……可以說是一個人，但是我們真的很難形容，它像是一個人，但是它……它就像是……就像是……」

在布朗太太不知如何形容那怪物之際，占太太接了上去：「就像是一個蠟做成的人，但是卻開始溶化了一樣，一切全是變形的，又好像那是隨便用麵粉搓成的人，而麵粉又太稀了！」

占太太的形容，已經十分貼切了！

儘管我未看到這怪物，但是我也可以肯定，這兩位太太所看到的怪物，正是我在蒙博士那裏見到過的那第一個怪物，也就是被蒙博士稱之為「成績最好的」那個！

我心中又是恐怖，又是興奮，我忙又問道：「你們當時怎樣呢？」

「我們尖聲叫了起來，那怪物的頭上，有幾個孔，其中的一個，發出怪異之極的聲音，我們聽得像是有一個人在呼喝著，接著我們就昏了過去。」

「你們能形容那呼喝的聲音麼？」

兩位太太互望了一眼，然後搖了搖頭：「不，我們當時實在太驚恐了，是不是真有呼喝聲，還是我們的錯覺，也未能肯定。」

「那麼，救醒你們的是什麼人？」

「是我們的鄰居，一位大學教授的兩位學生，他們經過，見到我們昏過去，將我們救醒的。」

我一聽得「大學教授的兩個學生」，心中便陡地一動，我忙道：「那兩個人救醒了你們之後，他們對那怪物有什麼表示？」

「他們說我們一定是眼花了，但是事實上，我們決無可能同時眼花的，所以我們就向警方投訴，可是警方搜查，卻沒有結果。」

我深深吸了一口氣：「那大學教授，可是又高又瘦，雙眼十分有神，經常穿著黑色衣服的麼？」

兩位先生和兩位太太，都現出十分驚訝的神色來：「原來你是認識傑教授的！」

我只是含糊地應了一聲。事情再明白也沒有了，所謂傑教授，就是蒙博士。

我又問：「那位教授的屋子在哪裡？」

占太太向窗外一指，道：「從這裏去，只不過一百碼，那房子本來就有很高的圍牆，教授來了之後，又將圍牆加高了許多，他一定是一個怪癖的人，但他為人倒是很和藹的。」

我沈默了半晌，布朗先生已問道：「先生，我們可以得到那一萬元麼？」

我立即道：「可以，但是你們必須對我的訪問，保守秘密，那是怕有同行會和我們競爭的緣故，希望你們能夠和我合作。」

「當然，當然！」布朗先生愉快地說。

我簽了一張一萬元的支票給他們，他們接過了支票之後，那種高興的神情，使人不容易忘懷，連兩位太太也一起笑了起來。

而我也和他們告辭，離開了那幢房子之後，我直向布朗太太所指的方向走去。

不到十分鐘，我就看到了那幢高得異樣的圍牆，那圍牆一眼就可以看出，是分兩次建成的，因為它分成上下兩截，下面那截，大約有八尺高，全是一塊一塊大麻石砌成的，而上面那截，顯然是後來加上去的，也有七八尺，那樣高的圍牆，看來的確十分異樣。

但這裏既然是一個自由發展的國度，自然就算將圍牆加高三十尺，也不會有人來干涉的。

我在看到了圍牆之後，略停了一停，在考慮著應該如何做。

蒙博士就住在圍牆之內的那幢屋子中，那是毫無疑問的事。

不但是蒙博士，而且他的助手，那些儀器，以及那些怪物，也一定是在那幢屋子之中，他在離開之際，訛稱到所羅門群島去，但是實際上，他卻是到夏威夷來了，如果不是那兩位太太遇到了怪物，而且新聞又傳了出來，我自然不容易再找到他。

但是現在，我應該怎樣辦呢？

我是走到門口去求見蒙博士，還是偷偷地從圍牆中爬進去？

我考慮了大約三分鐘，已經有了決定，我要通過在報館任職的那位朋友，和當地警方聯絡，然後，突然間衝進去，將他的所作所為公開！

我也不知道為什麼一定要和蒙博士過不去，因為在理論上來說，蒙博士在做的，的確是一件好事，而不是一種壞事。

他使一些已走到生命盡頭，隨時可能死亡的老人，重新獲得生命！

單從這一句話來看，他所做的，簡直是一件大大的好事！

可是，誰又能想到，當生命再來一次之後，它的外在形式，竟會變得如此可怕！

那或者就是我總不肯放過蒙博士，要使得他的工作停止的原因。我決定了之後，轉身向外走去，我是低著頭在向前疾走的，對於路上發生了一些什麼事，我也根本未曾在意。

突然之間，有一輛車子，在我的身邊，停了下來。

車子停下之際，所發出緊急剎車的聲音，令我直跳了起來，我連忙向車子望去，車中也有人伸出頭來望著我，剎那間，我們兩人都呆住了。

我的驚愕，比車中的人更甚，因為車中的人是在見到我後才停車的。

車中的人是蒙博士！

蒙博士看來瘦了不少，他的臉色，也很蒼白，可見這半年來，他的日子並不怎麼理想。

蒙博士的雙眼，仍然那樣炯炯有神，我決未曾想到我會在那樣的情形之下遇到他的，是以我呆住了，不知該說什麼才好。

蒙博士冷笑起來。

他一面冷笑，一面道：「你果然追來了，你是什麼，一頭超級的獵狗？」

我定了定神：「我想你這次逃不掉了，蒙博士，上次你走得真快，快得就像一隻兔子一樣！」

蒙博士突然笑了起來，但是我自然可以聽得到，他的笑聲十分之苦澀，他道：「好，既然來了，請進來坐坐吧，我有一些意外的消息要給你，是關於那些新生命的，我想你一定有興趣聽。」

一想起那些「新生命」，我的全身，都不由自主，起了一陣戰慄之感來。

我後退了一步：「我不想看那些東西，而且，我也要設法使你停止這種把戲！」

「為了什麼？就為了兩個無知婦人的尖叫，你就要我停止那麼偉大的事業。」

「如果你的事業真是那麼偉大，你為什麼不公開進行？」我對著他吼叫著：「為什麼你要鬼鬼祟祟，見不得人？為什麼你要在幾小時內，搬得乾乾淨淨？」

在聽得我那樣說之後，蒙博士之神情的變化，來得非常之快。

終於，他那種和我針鋒相對怒意消失了，而變得相當沮喪，他的語氣也平和了許多，他徐徐地道：「你問得好，問得十分對，那也正是我的悲劇，你知道麼？我太先進了，我走到了時代的前面！」

蒙博士的話，將他自己誇張到了近乎神話的地步，但是他的神情，卻表示他的心中，真正在忍受著十二萬分的痛苦。

我沒有出聲，只是望著他。

蒙博士又道：「我遠遠走在時代之前，一百年，甚至二百年，三百年，或者一千年，走在時代之前的人，是最痛苦的，他會被認為是瘋子，是妖怪，甚至有被人活活燒死的例子！」

我仍然不出聲，蒙博士攤開了手：「這就是我的悲劇，而我從來也沒有對任何人說起過，你是我第一個說起的人。」

我苦笑著：「你為什麼要對我說？」

蒙博士搖著頭：「誰知道？或許我認為你是最能瞭解我的心情！」

我的確瞭解他的心情，雖然我認為他狂妄，然而不可否認的是，蒙博士做的一切，的確是不應該在這個時代發生的事。

或許，在將來，事實正如蒙博士所說，地球上的人種之分，不但有膚色之分，而且有形狀之分——事實上，白種人和黑種人的外形，已經有很大的分別——地球上會有各種各樣形狀的人。

或許到了那時候，人人會見怪不怪，會和一個肉球或是一隻蟑螂似的「人」，一起生活。但這種事在現在，一提起來，就要被人認為瘋子！

我也不由自主，嘆了一聲。

蒙博士道：「還記得那十九個生命麼？他們又有一些極出人意料的發展，他們的智力，發展得極快，每天呈幾何級數進展。你看到過的那一個，現在的智力，已和一個成年人無異了！」

第七部：超越時代的悲哀

我吸進了一口氣道：「就是將那兩個少婦嚇得昏了過去的那個？」

「是的，他已能使用文字，但是由於發音系統的不同，他無法講出我們的話來，但是他有他自己的語言！」蒙博士興奮地說。

「他一個人的語言？」

「那有什麼關係？一個人一種語言，和一億人一種語言，有什麼不同，都是人類語言的一種。」

我苦笑了一下：「對不起，請恕我不能理解，因為我是這時代的。」

蒙博士道：「你知道他在嚇昏了那兩個少婦之後，說了什麼？他說他幾乎沒有力量跑回來，因為他看到了一個頭上長著金色的鬈曲的毛的怪物——那就是那個美麗的金髮少婦。」

我忽然有了一種想笑的感覺，可是，我的喉頭發乾，卻一點也笑不起來。

蒙博士道：「我們看他的樣子怪，他看我們的樣子，也一樣怪，他也幾乎昏了過去！」

我嘆了一聲：「可是，這究竟是我們的世界，對不對？地球是屬於我們這樣的人，而不是屬於他們那樣的人，對不對？」

我連問了蒙博士兩聲「對不對」，蒙博士卻大搖其頭，道：「為什麼？是我們的人數多麼？如果以數量來說，地球上最多的是細菌，地球應該是細菌的世界了？」

蒙博士的話，在我聽來，全是強詞奪理！

然而，我卻又難以去和他辯駁，因為在邏輯上，他總是占上風。

我又呆了片刻，蒙博士再度發出他的邀請：「你去看看他們，你就會承認他們是人了！」

我心中在急促地轉著念，我要用什麼方法，來制止這種事繼續再發展下去。

我現在還想不出辦法來。但是我一定會有辦法的。至少，我現在應該和蒙博士在一起，而不應該和他離開。要不然，他只怕又會失蹤了。

然後，我可以找機會和我的那位朋友聯絡，叫他告知警方人員，一起前來！

所以，在我考慮了一下之後，點頭道：「好的，但是我想，我永不會承認他們是人！」

蒙博士打開了車門，我上了車，坐在他的身邊，他的車子繼續向前駛去，不一會，便已駛進了圍牆。

圍牆內是一個相當大的花園，我發現沿著圍牆，是近二十間石砌的屋子，那些屋子十分矮，不會超過七尺高，當我跨出車子之際，我看到在其中一間屋子中，有一隻怪物，在慢慢爬出來。

那怪物的樣子，像一隻鞋子，可是它足有四尺長，它有許多足，有兩對眼（我猜想那是眼），它的顏色是一種異樣的紫薑色，當它看到蒙博士的時候，它發出一陣如同咀嚼似的聲音來。

我完全僵住了！

在那剎間，我幾乎一動也不能動，但是我相信，我曾見過它的照片，它現在顯然長大了，但是卻也更可怕了！

博士向他揮著手，發出一連串我聽來毛髮直豎的聲音，那怪物立時迅速地爬了回去，直到它消失在石屋中，我才透出一口氣來。

我立時尖叫了起來：「那樣的『人』！」

蒙博士轉過頭來，他神情十分嚴肅，一本正經地問道：「你看他的形狀像什麼？」

我喘著氣，道：「他不像什麼，他根本不是什麼！」

蒙博士卻仍然追問：「我本來也不知道他像什麼，但是如果你熟悉生物的進化史，你一定可以看出，他和人類的老祖宗的面目是一樣的。」

我張大了口，驚訝得說不出話來。

蒙博士繼續道：「你還想不起來麼？它的樣子，和化石上的三葉蟲相比較，簡直是一模一樣的！」

三葉蟲！在寒武紀、志留紀曾經是地球上主要生物的三葉蟲！

不是蒙博士提起，我很難將那怪物和三葉蟲聯想在一起，但是現在，我也決不會懷疑那怪物和三葉蟲有什麼多大的不同。

我張大了口，我那樣子一定像是一個傻瓜，而在剎那間，我幾乎也不能說什麼，我只是：「啊，三葉蟲，啊，三葉蟲。」

似乎除了那四個字之外，我已喪失了講別的話的能力。

蒙博士道：「是啊，你覺得它們兩者相像了？這不是太奇妙了麼？一個人，在他的生命用某種方法，回到原始狀態之後，再來一次，他的樣子會和以前不同，可是不論怎樣變，還是變不出人類遠祖形狀的範圍。」

我仍然在叫：「啊，三葉蟲。」

我又講了好幾次之後，才問道：「人是由三葉蟲變來的麼？」

蒙博士道：「從現在這種情形看來，那可以肯定，只要我拿出這個例子來，就沒有任何人可以駁得倒我的理論了。」

我道：「那麼……你其餘的人呢？」

「他們一定也像各種人類的遠祖，地球上最早存在的生物，早已進化了，他們甚至不像三葉蟲那樣，留下了大量的化石，所以他們的形狀，根本不為人所知，但是，生物在逐漸演變進化中，一定曾經過那幾個形狀。」

我突然叫了起來：「我看到過其中的一個，那……像是阿米巴蟲！」

蒙博士道：「你說得對，他十足是阿米巴蟲，他會隨時改變他身體的形狀，你可想見他？」

我連忙搖著手，蒙博士又道：「阿米巴是原始生物，當然阿米巴的體積十分小，可是你別忘記，生命再起源時，兩個細胞的結合，也和常人一樣大小！但是他只不過有著阿米巴的外形，他的內臟和腦部，和我們是一樣的，他是一個人！」

我沒有說話，只是苦笑。

我揮著手，我想說什麼，可是我實在說不出什麼來。蒙博士忽然問道：「你養過金魚？」

我總算講出兩個字：「養過。」

「有過繁殖金魚的經驗？」

「有。」

「你有研究過遺傳因子對金魚的影響？」

「當然沒有，我養金魚只不過為了欣賞它們的美態！」

「你覺得金魚美麗麼？」蒙博士再問。

這個問題，實在是最沒有意義的了。金魚自然是美麗，不但中國人知道，日本人知道，全世界的人，都知道金魚的美麗。

我瞪著眼，並沒有回答蒙博士的問題。

而蒙博士也不等我回答，就自顧自說了下去：「你一定覺得金魚美麗，但金魚是鯽魚變成的，金魚和鯽魚的差異多麼大？金魚看鯽魚，就像我們看三葉蟲一樣。」

我仍然不出聲，蒙博士的話，多少有一點道理，有幾種品種的金魚，體型上和鯽魚的形狀，相差之大，不可比擬，也使人難以想像。

譬如說，鳳尾翻鰓珠鱗絨球紫虎頭，那是一種極罕見的金魚，它的形狀，和鯽魚簡直完全不同！

蒙博士又道：「如果是有成功繁殖金魚的經驗，那麼你一定知道，不論什麼品種的金魚，魚卵經過孵化之後，一大部分小魚的形態是和鯽魚一樣的！」

我點著頭，因為蒙博士講的是事實。

博士再道：「那就是原始遺傳因子的作用，不論金魚變得多麼厲害，但是它們的下一代中，總還有一些保持著原來的形態！」

我道：「照你的理論來說，人會生下像三葉蟲一樣的嬰兒？」

「當然不會，人比鯽魚進步得多，但是遺傳因子的作用，十分神秘而不可捉摸，說不定在什麼時候，忽然有了影響，人不會生出像三葉蟲一樣的嬰孩，並不表示遺傳因子不存在，只不過因為某種因素，壓抑了它的作用而已。」蒙博士說得十分簡潔。

我呆了片刻，才道：「那麼，你意思是，當接受了那種注射之後，潛伏在人類體中，幾千萬，幾萬萬年的遺傳因子，忽然又活躍了起來。」

「是的，所以，再發育長成的人，接受了人類最遠祖先的遺傳，他們像三葉蟲，像阿米巴！像我們完全未曾見過的古生物或是像一個本來要用顯微鏡才可以看得見的微生物，變得如此多姿多采！」

我不禁發出一下呻吟聲來，苦笑著重覆著蒙博士的話：「多姿多采！」

蒙博士道：「自然是，你不覺得這件事在科學上的價值，無可比擬？」

我忙道：「我一點也看不出。」

「唉，你這個人，」蒙博士搖著頭：「你真看不出？不必多久，世界上最受人注意的模特兒，不是美女，而是幾位三葉蟲女士，我們都知道三葉蟲，但是我們所知的三葉蟲的形狀，是從化石上模擬下來的，而這位女士，卻是真正的三葉蟲，全世界有多少實驗室，多少高府要爭著聘請她！」

我發覺我已沒法子再和蒙博士說下去了，我不是說他講的話不對，他講的話很對，那些令人毛髮直豎的怪物，可能會比任何美女更吃香，但是我卻沒有法子接受他的這種觀念。

我和他一起停在屋子的門口，他請我進去，但是我卻只是站著。

我道：「我要走了。」

蒙博士搖著頭：「你不能走，你一走，我又要搬家了，現在我不想搬家，因為他們都長大了許多。」

我攤著手：「你可以將這一切公開！」

「還不到時候，朋友，」蒙博士說：「哥白尼說地球是圍繞著太陽轉的，他被燒死了，因為他的觀念，超越時代，我也是一樣！」

蒙博士不斷搖著頭，又道：「如果現在我將一切公開，我也一樣會被現在的法律處死，雖然在幾百年之後，這又會被當作是歷史上的反動，但現在我的死，卻絕不會有人同情，正像哥白尼被燒死，甚至是出於社會的壓力一樣的道理。」

我心中嘆了一聲，因為蒙博士若是被法律處死了，我一定拍手稱慶，但照他說來，這樣的事，如果成為歷史，那就會被認為是野蠻了。

我無法知道像蒙博士的預測是不是會成為事實。但是我卻至少知道，他舉的那個例子是對的。現在，我們看哥白尼被燒死，自然是一種野蠻，但是在當時，卻被認作是理所當然的事。

蒙博士突然伸手，按在我的肩頭上，他的聲音，也變得十分誠懇，他道：「所以，衛先生，就算你不能幫助我，也請你不要阻擋我，在現代人的眼光中看來，我是一個怪人，但是歷史的新一頁，總是要留一個人來首先創開的，是不是？」

我嘆了一口氣，在剎那間，我的心中亂得可以。

我絕不是一個沒有決斷力的人，相反，我的決斷力還十分強，但是在如今那樣的情形下，我卻決不知該如何做才好。

我原來的意思，是一定要阻止他再做下去，然後，再將他創造出來的那些怪物毀掉。

但現在，好像蒙博士已說服了我，我該怎麼辦呢？

我呆了好半晌，才道：「那我首先要聽聽你的計畫，你今後的發展計畫怎樣？」

「我自然已停止了對老人的試驗，我在經過了十九次的試驗之後，知道在生命再來一次之時，仍要維持現代人的外型，機會實在太微，而我也沒有法子去抑制突如其來的遺傳因子的影響，因為直到如今為止，遺傳因子根本不能捉摸。」

我略略鬆了一口氣：「那麼，這些怪人……」

蒙博士道：「我將使我的下半生，致力教育培養這十九個人。」

我苦笑了一下：「你倒說得容易，他們的樣子……你想，你能帶他們出去公開活動麼?他們一露面，就會引起極度的混亂，然後就被殺死。」

蒙博士嘆了一聲：「這就是我最大的難題，所以，這裏也不是我長期居留的地方，我計畫搬到中美洲宏都拉斯的叢林中去，你知道，在原始叢林中，不會有什麼人，他們也就不會被人家發現。」

我呆了半晌，又道：「那又怎樣呢？」

「我可以使他們受教育，使他們繁殖，他們已有十九個，而他們的生長速度十分快，可能他們的生命比我們短促，但是他們的人數一定會漸漸增加，增加到我們要承認他們是人為止！」

我伸手扶住門口，夏威夷的陽光，本來十分柔和，但那時，我卻只覺得陽光刺目得很，我竟然有點目眩頭暈的感覺。

我實在難以想像如果真的照蒙博士的話去做，世界上將來會發生什麼樣的混亂。這種怪得令人一見就要作嘔的人，即使越來越多，但他們想要現在的人類承認他們是「人」，只怕也不可能！

如果他們的數字還不夠，那一定輕而易舉被消滅，世界各國的紛爭雖然多，但是在消滅那樣的怪物這一點上，一定可以取得史無前例的各國通力合作！

而如果他們的數字已夠多了，而且也有了武器的話，那麼，這該是地球上大浩劫了，要和那種怪物和平共處，承認他們也是「人」，要經過什麼樣的爭鬥才有可能？

那自然不是我的胡思亂想，世界上任何地方都有排他性，人有思想，所以排他性更是根深蒂固，我們不妨看看，直到現在，人類號稱已進入「文明世紀」好多年了，但是多多少少白人，在心中仍然否定黑人的「人」的地位！

連白人和黑人之間，尚且如此，將來在人和那種怪物之間，怎能融洽共處？

我一面想，一面搖著頭。

蒙博士的手一直放在我的肩上，他的聲音也越來越誠懇，彷彿有一種催眠的力量，他道：「你一定肯答應我的，是不是？我這個月內就走，從此之後，我不會在文明社會中出現。」

過了半晌，我才問他：「博士，你覺得那樣做值得？」

蒙博士嘆了一口氣：「我非那樣做不可，衛先生，在母親的眼中，每一個孩子都是美麗的，這十九個生命，全是我一手培養出來的！」

我更難以下決定了，蒙博士如果照他所說的那樣去做的話，那麼他的犧牲極大，那甚至相當於虔誠的宗教信仰者對宗教的犧牲。

因為照他的計畫，他必須和文明社會隔絕，此生此世，就和那些可憐的怪物為伍。

一個人對他自己所做的事，具有那樣的犧牲精神，那麼，不論他所做的事是如何怪誕，總值得他人尊敬，他已決定那樣做了，我怎可以再去破壞他的計畫？

所以，我在呆了半晌之後：「你還有幾個助手，難道他們也和你一樣？」

「是的，他們一共五個人，四男一女，加上我六個，我們都決定了。」

我嘆了一聲：「你們什麼時候離開這裏？」

「一個月之內。」蒙博士回答。

我又望了他一會，才道：「好的，到時候，我來替你送行。」

蒙博士搖著頭：「不必了，我會悄悄地離去，不想驚動任何人。」

我已經轉過身，向外走去，蒙博士也不阻攔我。

當我走出那兩扇鐵門，回頭再去看那高得異樣的圍牆時，我不禁苦笑了起來。

我可以說是個很固執的，怎麼忽然間，我會改變了原來的主意呢？難道我真認為蒙博士做的事是十分偉大的？

我心中感到一片茫然，不知該如何回答自己心中的這一個問題，因為這個問題，和我的思想，完全格格不入，但我卻又不能不接受這事實。

我一直向前走著，直到來到了海灘邊上，望著碧藍的、一望無際的海洋，我仍然沒有答案。

我不知道在海邊站了多久，在思緒混亂的時候，時間過得特別快，快得莫名其妙，直到我想不應該再那樣呆立下去時，已經是幕色四合了。

我沿著海灘走著，住宿在海邊的一個小旅店中，第二天，幾乎一天沒有出門，第三天，我才又不由自主，來到了蒙博士的住所之外。

正當我決定是否應該去見蒙博士的時候，忽然有人在我的身後大叫一聲：「嗨！」

我回過頭來，站在我身後的是布朗先生，他正滿面笑容地望著我，我向前指了一指：「我想到教授的家中去拜訪他。」

布朗現出十分驚訝的神色來，道：「你去拜訪他？他已經搬走了啊！」

我也吃了一驚，我知道蒙博士是會搬走的，但是他說是在一個月內，我不知道他那麼快就會搬走，只不過隔了一天！

我忙問道：「那是什麼時候的事情？」

「前夜，和昨夜，他們好像習慣在夜晚搬家，吵得沒法子睡，我和幾個鄰人曾一起去向他們提抗議，但他們之中，似乎沒有人愛說話。」

我道：「你可曾看到什麼怪的東西？」

布朗睜大了眼：「你那樣問，是什麼意思？怪異的東西？指哪一類的東西而言？」

我道：「譬如說——」

可是，我只說了兩個字，便住了口，我攤了攤手：「沒有什麼，算了！」

因為，我發覺即使我再問下去，也是毫無意義的事情，如果布朗曾看到那些怪物的話，他一定不等我問，就會講出來的。

布朗對我，十分好感，他見我不再問下去，便又絮絮不休地告訴我，他已用那一萬美金，訂購了一艘有著透明底的遊艇，在那艘遊艇之上，將可以看到美麗的夏威夷海中的一切生物！

他津津有味地講著，但是我卻一點興趣也沒有，只是隨口敷衍了幾句，就和他告別了。

我並沒有在夏威夷再住下去，當天下午，就啟程回家，然後，我足足睡了十五小時，才和白素將我在夏威夷的遭遇，講了一遍。

當天晚上，我和白素去聽一個民歌獨唱會，當聽眾高叫「再來一次」之際，我忽然有了一種異樣的毛髮直豎之感！

當然，像許多故事一樣：從此之後，再也沒有人見到過蒙博士和他的助手，以及那些形狀可怖的「人」，至少，到目前為止，沒有人知道他們怎麼樣了。

（完）

倪匡珍藏限量紀念版 31

衛斯理傳奇之犀照

作者：倪匡
發行人：陳曉林
出版所：風雲時代出版股份有限公司
地址：10576台北市民生東路五段178號7樓之3
電話：(02) 2756-0949
傳真：(02) 2765-3799
執行主編：劉宇青
美術設計：許惠芳
業務總監：張瑋鳳
出版日期：2023年12月倪匡珍藏限量紀念版一刷
版權授權：倪匡
ISBN ：978-626-7369-17-3
風雲書網：http://www.eastbooks.com.tw
官方部落格：http://eastbooks.pixnet.net/blog
Facebook：http://www.facebook.com/h7560949
E-mail：h7560949@ms15.hinet.net
劃撥帳號：12043291
戶名：風雲時代出版股份有限公司

風雲發行所：33373桃園市龜山區公西村2鄰復興街304巷96號
電話：(03) 318-1378
傳真：(03) 318-1378
法律顧問：永然法律事務所 李永然律師
北辰著作權事務所 蕭雄淋律師

行政院新聞局局版台業字第3595號 營利事業統一編號22759935

國家圖書館出版品預行編目資料

衛斯理傳奇之犀照 ／ 倪匡著. -- 三版. --
臺北市：風雲時代出版股份有限公司，2023.11
面；公分 倪匡珍藏限量紀念版

ISBN 978-626-7369-17-3（平裝）

857.83 112015923